徳間文庫

警視庁心理捜査官

純粋なる殺人

黒崎視音

徳間書店

目次

純粋なる殺人

1

「疫病神(やくびょうがみ)……！」

吉村爽子(よしむらさわこ)は、荒い息をつきながら顔を向けた。

叫んだのは、ボブにちかいショートヘアの若い女だった。大勢の捜査員に囲まれた中、左手で、右手の平を摑(つか)んでいる。

手と手の隙間(すきま)から何かが、妙に重々しく垂(た)れ続けていた。

滴(したた)っているそれは、鮮血だった。

「あんた……、あんたはやっぱり、疫病神よ……！」

手を絞(しぼ)るように握りしめたまま、若い女――日高冴子(ひだかさえこ)はコケティッシュな顔立ちには似合わない、突き刺すような視線を向けてくる。

……庁舎の外、曇った空から巨大な太鼓を打つような音が響いていた。雷鳴とともに外壁に吹きつける大粒の雨が、窓ガラスへ波形の模様を描きながら、流れ落ちてゆく。

爽子は顰めても整った顔に、窓に揺れる水紋を映していた。そうしたまま、細い喉を鳴らして息を繰り返し、冴子を言葉もなく見詰め返すしかなかった。

いつもより暑い夏。

ある凶悪事件が、犯人逮捕というひとつの結末を迎えた、その直後の出来事だった。

その事件は、春先に発生した。

数ヶ月前――。

「おかえりなさい、支倉さん」

爽子はその日の朝、出勤してきた支倉由衣に声をかけた。

多摩中央署、刑事組織犯罪対策課の大部屋だった。

大きな窓からは、日ごとに暖かさを増す、早春の陽光が燦々と射し込み、書類が積み上がった、いつもはくすんだ捜査員らの机を、柔らかい色合いに見せていた。

「あ、主任！　戻りました」支倉は快活に答えて、にこりと笑う。

支倉は爽子よりひとつ年下の二十六歳。強行犯係の同僚だが、多摩中央署と同じ第九方面、町田署の捜査本部へと先日まで出向していて、今日、復帰したのだった。

そんなわけで、いつも元気な支倉だが、今朝は本来の所属に戻れたという安堵に加え、捜査本部で強いられた重圧から解放されたのを素直に喜んでいるらしく、ことさら明るい。

「ええ。お疲れさま」

無理もないかな……。爽子は微笑んで答えながら思う。支倉を責める気にはならなかった。

何故なら、捜査本部が設置されてからの最初の一ヶ月である〝第一期〟は、本部員数十名がほぼ全員、発生署の道場に泊まり込んで捜査に当たるのだ。しかも休日はない。

それだけでも肉体的に厳しい。けれどそれに加え、凶悪事件の所管課である警視庁本部捜査一課から出向し、捜査本部の指揮を執る担当係からは、高い水準の仕事を要求されもする。

その過酷さから、第一期が〝地獄〟とも称される所以である。

爽子自身、その〝地獄〟を何度も経験してきている。所轄の捜査員としても、——かつては〝赤バッジ〟、つまり捜査一課の一員としても。

もっとも爽子の場合、稚気さえ漂う童顔のために、業務歴を知るとみな驚くのだったが。

それはともかく、刑事部の取り決めで、他の所轄から応援に召集された指定捜査員は、第一期期間が終われば召集を解除される。従って、支倉の復帰は、町田署の特捜本部が、犯人逮捕に至っていないことを同時に示してもいた。

「あちらの本部は、被疑者を絞り込んでいるの?」

だから、爽子は支倉をねぎらうと、そう尋ねた。事件解決が気になったのはもちろんだったが、爽子には他にも気にする理由があった。

——あの人が、町田特捜の指揮を執っている……

爽子に問いかけられて、支倉の顔から明るさが翳った。そして、爽子の眼を避けるようにして言った。

「……私も皆さんも、必死に頑張ったんですけど」

「——そう」

爽子は、自分が加わっている間に被疑者検挙に漕ぎ着けられなかった、支倉の捜査員としての苦衷を察して、ちいさく答えて続けた。

「町田の事案、……マル害は女子大学生だったわね」

支倉は厳粛な表情になった顔を上げて、小さくうなずく。

「ええ。——酷い現場でした」

それはまさしく、凄惨な事件といえた。

端緒は、一本の通報からだった。

「大学生の娘が、朝から友達と出掛けたまま帰ってこないんです」

市内に居住する両親から、町田署に電話で相談があったのは三月五日の深夜、午後十一時五十分頃だった。

「携帯電話も、本人も一緒に出掛けた友達のも両方、繋がらなくて……」

所在不明の娘の姓名は有吉若菜、二十歳。町田市内の実家から、おなじく市内の東都大学へ通っている。両親の話では、これまでに帰宅が深夜に及んだことはなかったという。

この時点で事件性は不明だったが、町田署当直は念のため、有吉若菜と一緒に出掛けた木梨朱美の自宅へ警邏のパトカーを向かわせ、安否の確認をするよう指示した。

木梨朱美の自宅は、市内青柳町の中層マンションの三階だった。やってきた町田署員二名は、外廊下に面した窓から室内に明かりが灯っていないのを見て取った。

まだ帰宅していないのか……。だが、年嵩の巡査部長はドアノブに手を掛けてみて、活動帽下の眉を寄せた。

ドアノブを回すと、玄関のスチールドアは抵抗なく手前に開き、戸口にわずかな隙間をつくった。施錠されていないのだ。

「おい、鍵が掛かってないぞ」

「開いてるんですか？」相勤の若い巡査が言った。

二人の制服警察官は顔を見合わせた。若い女性二人と連絡が取れず、しかもその住居は明かりもなく、しかも無施錠。

「町田警察です。失礼します、木梨さん……？　おられませんか？　木梨さん？」

年嵩の巡査部長がドアを慎重に開けながら、真っ暗な室内へ向けて声をかけた。

返事はない。

と、そのかわりに室内から、どすっ、どすっ……と、何か重いものが跳ねて床にぶつかるような物音が返ってきた。

そして、得体の知れない物音に混じって、言葉にならない呻くような声も。

「誰かいるんですか？　入りますよ！」

何らかの異常事態が発生しているのは間違いなかった。巡査部長らは咄嗟に大きく開け放ったドアの中に飛び込んだ。そして電灯のスイッチを押した。

一瞬で明るく照らされたのは、地方から上京した女子学生が住むにはごく一般的な、ワンルームの室内だった。

しかし、一般的ではなかったのは、その床には若い女性がうつ伏せに転がっていることだった。……顔には、目鼻立ちがわからないほど太い粘着テープが貼り付けられ、目隠し、猿ぐつわをされていた。さらに粘着テープは両足首にも巻かれ、動けないようにされている。腕は背中に回され、両手首を腰の辺りで手錠代わりの結束バンドで拘束されている。

「大丈夫ですか！」

巡査部長は呼びかけながら室内に入って女性に駆け寄り抱え起こした。顔からミイラを覆う布のような粘着テープを引き剝がす。その下から現れた若い女性の眼は、恐怖に見開かれたまま巡査部長を見あげ、真っ青な唇から嗚咽のような息を繰り返した。

「助けて……！　助けてください！」

息の継ぎ目から、女は言葉を押し出した。

「あたし……あたし……！　殺される……！」

「警察です！　もう大丈夫です！」

その言葉に安心したのか、一転して半狂乱のように喚きはじめた女性をなだめつつ、巡査部長は続けた。

「もう大丈夫ですから！　落ち着いて。あなたは木梨さん？　それとも有吉さん？」

「あ、あたし、木梨です！　木梨朱美です！」

「判りました、木梨朱美さんですね？　お友達の有吉若菜さんは？　いまどこに？」

木梨朱美は巡査部長に問いかけられた途端、張り上げていた声を呑み込み、息を詰まらせた。

「あ……あああ……！」

見開いていた眼を、脅えたようにさらに広げて巡査部長を見あげる。

「もう一度、聞きますよ？」

巡査部長は、木梨朱美の表情に不吉な予感を覚えながら、噛んで含めるように質問を繰り返す。

「お友達の、有吉若菜さんは、いま、どこにいるんですか？」

木梨朱美は裂けるほどに見開いていた眼を、覗き込む巡査部長の顔から逸らした。そしてそのまま、頭を小刻みに震わせながらめぐらせ、巡査部長の背後へと、視線ごと顔を向けた。

「若菜は……若菜は」

首の据わっていない幼児か、潤滑油の切れた自動人形のような木梨朱美の口から、断片的な単語がこぼれ落ちた。

「……あそこ」

巡査部長と巡査は揃って振り返った。木梨朱美が視線で示した先にあるのは、開けっ放しの浴室のドアだった。

そこから微かな水の流れる音が聞こえるのに、二人の制服警察官はその時になってはじめて気付いた。

「見てくる……！　この人を頼む！　あと、署に一報入れとけ」

巡査部長は木梨朱美を巡査に任せて立ちあがると、浴室へと足を向けた。

折り戸が開け放たれたままの、しゃあ……という水音が間断なく聞こえてくる暗い浴室へと向かう巡査部長の胸には、悪い予感しかしなかった。しかし、確かめなければならない。マル害は瀕死の状態かもしれないのだ。ならば、命が助かる可能性はある。そのためには、一刻も早い緊急搬送が必要だ。

だが同時に、犯人がいまだ潜んでいる可能性もある。

巡査部長は、腋の下と防刃手袋をした両手が緊張の汗で湿るのを感じながら、浴室前へ至ったのだが――、ふと足もとに眼を落とすと、狭い脱衣所には下着を含めた女物の衣類が、重なって落ちている。マル害……もう一人の女子大生のものだろうか。

巡査部長は気を取り直すと床の上のそれらをまたぎ越え、浴室のスイッチを入れた。

そして、こぢんまりとしたユニットバスを覗き込んだ巡査部長は、そこで救急車を要請する必要がないのを悟った。

まず眼に入ったのは、奥の小さな洗面台だった。そこには刃物の類が、乱雑に積み上げられていた。そして先ほどから聞こえていた音、その源である蛇口から注がれる水が飛沫を散らしている。野蛮人がおぞましい食事に用いた後に、そこへ投げ込んだような刃物を洗っていて、無慈悲なほど冷たく光らせていた。

凶器の類か。巡査部長がそう思いながら眼を転じた、淡く柔らかな昼光色の照らすプラスチック製の浴槽は――。

血の海だった。

「くそ……！」巡査部長は思わず吐き捨てていた。

象牙色の浴槽、その半ばまで水で薄まった血で満たされており、その赤黒く染まった水面からは、白い腕が、助けを求める溺者のような格好で突きだされていた。それだけでなく、左足が浴槽の縁に引っかけられ、膝から下が外へぶらさがっている。

「ひでえ真似を……」

巡査部長は思わず呟いたが、惨状はそれだけではなかった。

惨状を覆った、波紋ひとつない深紅のベールのような水面には、両腕と左足の他にも遺体の一部が見えていた。

若い女性の横顔だった。……しかし横顔が覗いているのは、縦長の風呂の、ほぼ真ん中に位置していた。両腕と左足の位置からすれば……、本来ならそこは、遺体の腹部でなければならないはずだった。

ということは――。

「おい」

巡査部長は呆然と呟いた。

「まさか……」

有吉若菜は――、被害者は頭部を切断されている。

町田署の巡査部長は、すぐさま至急報で報告した。

「それで、捜本の見解は……?」

多摩中央署の大部屋で、爽子が聞いた。

「私は特捜開設電報に載ってた概要や、報道された範囲でしか事案のことは判らないけど……、やっぱり捜本は、マル被を性犯、と見てるの?」

「はい」支倉がうなずく。「捜一の柳原係長も、その筋で捜査を進めたんですけど……」

「そう……。お疲れさま」

爽子は支倉に微笑んでから、思った。

——柳原係長、大丈夫かな……。

柳原明日香は、爽子が捜査一課に所属していた頃の上司であり、また、最も信頼を寄せる人物でもあった。現在は〝特五〟——捜査一課第二特殊犯捜査第五係の係長であった。

爽子が町田の事件を気にするのは、自らもかつて籍を置き、いまは柳原が指揮を執る五係が担当しているからでもあった。

——でも、私なんかが心配しなくても……

そう思い返して、席に着こうと椅子を引いた爽子の手が止まった。

「……？」

ポケットで携帯電話が振動している。

爽子は、数ヶ月前に買い換えたばかりのスマートフォンを取り出すと、画面を見た。

「——柳原係長？」

爽子は液晶に表示された発信者の名前を、特徴的な、ただでさえ大きな瞳をさらに広げて、呟いていた。

「あの……、失礼します」

爽子は廊下で声をかけると、ドアを開けた。ドアの傍らには、大きく「町田市内マンション監禁殺人事件」と〝戒名〟が書かれた紙が貼ってある。

捜査本部の置かれた町田警察署の五階、その講堂だった。……町田署は署員数が六百四十名と、警視庁管内では二番目の大規模署だ。

だから、捜査本部の置かれている講堂も、それなりの広さがある。

けれど小さな体育館ほどの室内の、整然と並べられた長机に捜査員たちの姿はない。皆、それぞれの捜査事項に従って出払っている。

「ああ、吉村さん」

柳原の声が講堂の奥、長机の連なりの向こうから聞こえた。そこから、柳原が座ったまま片手を上げているのが、積み上げられた捜査資料の簿冊の山と、数人のデスク担当者たちの背中越しに見えた。

「柳原係長」

爽子が長机の間を縫って近づいたのは、捜査員らが会議の際につく席とは正対する上座、朝夕の会議で幹部の座る席である、通称〝ひな壇〟の脇だった。そこへ長机が集められて島になっている。

捜査本部を統括するデスク担当の占める席だった。

そこに詰めていた数人の捜査員が振り返って見迎えていたが、何人かは爽子にも馴染みだった。

「よう、鉄火場においでなすったな」

まず、そう声をかけてきたのは、デスク担当主任の植木だった。——一見すると指定暴力団の幹部、といった強面で、挨拶の言葉までそれに相応しい。

「あ、どうも……！　保田です。ホダではなくて、保田です」

太いセルフレームの眼鏡をかけて、必要以上に笑顔をみせている若い男は、保田秀だった。

「……どうも。ご無沙汰してます」

爽子は、少しはにかみつつ口の中で答えていたが——、柳原の傍らに立つ、自分と変わらない歳の若い女に気付いて、思わず足を止めた。

——なんであんたが、ここにいるの……？

よく知ってはいるが、親しくはない女。……その顔に笑みこそ取り繕っているが、あの頃と変わらず、口許のそれが冷笑なのが、一目で判る。

爽子と、爽子の見詰めたその若い女は、年齢のほかは全てが対照的だった。爽子は後ろで長い髪を若駒の尾のように纏めたポニーテールにちかい髪型だが、若い女の髪はボブにちかいショートだった。身長は五センチは高い。

「ご免なさい、突然に」

柳原明日香は、そんな若い女の傍らで席から立つと爽子を迎えた。

身長が女性警察官採用基準ぎりぎりしかない爽子に比べて、柳原は頭ひとつほど高く、女性としては長身だった。

そして、爽子へ向けた瓜実型(うりざね)の整った顔立ちには、いつもの難解な微笑(びしょう)を浮かべている。

「いえ――」

爽子は若い女から視線を引き剝がすと、視界の端に捉(とら)えるだけにとどめ、かつての上司に微笑んだ。

「――でも……、ちょっと驚きましたけど」

「そうね」柳原も苦笑した。

「あなたのところから来てもらった……支倉さん、だったわね？　あの子の召集が解除されてすぐだったものね」

柳原はそこまで言ってから、ふと笑みを消した。

「吉村さんはもちろん、吉村さんの職場にも、負担をかけて申し訳ないと思ってるわ」

爽子は町田署捜査本部へ出向したのだった。それも、柳原の強い要請で。

「そんなこと……ありません」

爽子は短く、きっぱりとそう告げたのだが——、実のところ、多摩中央署刑事組織犯罪対策課内で、波紋が生じなかったわけではない。

「前にも同じようなことがあっただろ。これじゃ指定捜査員じゃねえ、指名捜査員じゃねえか」

爽子が召集されたことを知らされると、同じ強行犯係の同僚、伊原は多摩中央署の大部屋でそう吐いた。

「いくら元上司だっていってもよ、吉村主任殿は、いまはうちの人間だろうが」

「あれ？　伊原長。吉村長がいなくなるのを寂しがっているように聞こえますよ」

強行犯係の緩衝材、高井が嫌味のない口調で伊原を揶揄すると、爽子は驚いて眼を瞬かせて伊原を見たものだ。

「ば、馬鹿野郎……！　誰がそんなことを言った！」

「主任が抜けたら、勤務割ががたがたになるだろ。宿直の肩代わりは、誰がするんだよ」

伊原が慌てたように言い返すと、伊原の腰巾着、三森が加勢した。

「あんたがすればいいじゃない！　一週間でも一ヶ月でも」

支倉は眼を吊り上げて三森にそう反駁してから、爽子に向き直った。そして、打って変わった済まなそうな表情で言った。

「すいません、主任。……私が捜本で役に立たなかったからかも」

「それは違うな」

普段、必要最小限しか喋らない佐々木が、ぽつりと言葉を挟んだ。

「ええ、佐々木さんの言うとおりだと思う」

爽子は佐々木に同意しながら、思っていた。……柳原係長が自分を呼ぶのは、その必要があるからだ、と。

だから爽子は、署内の協議で意思を確かめられた際、一言、答えたのだった。

「――行かせてください」

とはいえ、町田署の捜査本部の要請は刑事部長名で命じられている。もとより断るのは難しかったのだが、爽子本人も出向を承諾したとなれば、多摩中央署としても応じる他はなかった。

結局、爽子を気持ちよく送り出してくれたのは、支倉と――直属の上司である堀田強行犯係長だけだった。

「君の好きにするといい」堀田は言った。

「吉村君がいないのは痛手だが……、残ってる者で現場は回す。だから、安心して行ってこい」

「ありがとうございます。……申し訳ありません」

爽子は堀田係長と同僚たちに、最敬礼の位置まで頭を下げて多摩中央署庁舎を後にしたのだった。だから――

「私は自分の意思で、ここへ来ました」

爽子は柳原に、町田警察署の講堂でそうはっきりと告げた。

「そう、ありがとう……さっそくだけど、これを読んで意見を聞かせてもらえる?」

柳原が口許の微笑とともに差し出したのは、現場検証調書を綴じた、黒表紙の簿冊だった。

はい、と爽子は受け取り、立ったまま表紙をめくる。

――やっぱり……

爽子は読み進めながら、柳原明日香が心理捜査官の資格を持つ自分を呼んだのも当然だ、と思った。

被害者の女子大生、有吉若菜は頸部を切断されている。ここまでは、報道や文倉の話どおりだ。

だが、全裸にされて浴槽の水に浸けられた遺体の性器には、犯人の手で浴室掃除用のブラシの柄が突き込まれていた、と記されている。この事実は被害者の遺族感情に配慮してか、報道されていない。

死体の状況とその離断、性器への異物挿入。まぎれもなく特異事案――、異常犯罪だ。

「……読んだ限りでは〝レイピスト〟――強姦犯のうち、最も凶悪なサディスティック型だと思いますけど……？」

爽子はいくつか疑問に思いながら、書類から顔を上げて言った。

女性を暴行し殺害にまで至る性的殺人者については、捜査心理学で研究が続けられている。爽子が指摘したのは英国の研究者が唱えた分類だが、英国とは犯罪傾向が似ているのか、日本のそれとよく重なっている。

その研究によれば、性的殺人者は過去に殺人や強盗、放火、誘拐などの犯歴があり、かつ、それらのほとんどが自宅もしくは職場、あるいは前住所など、いわゆる土地鑑のある地域で犯行に及ぶとされる。犯罪心理学では、前者を〝拠点型〟、後者は〝通勤型〟と呼ぶが、性犯罪者で多いのは後者だ。

そして拠点を中心とした犯人の活動範囲については、日本では現場と同一か隣接する市町村、英国では三マイル足らずの同心円内に収まる傾向があるのが統計上、判っている。

つまり、犯行現場付近に土地鑑のある前歴者を地道に当たれば、被疑者にたどり着けるはずなのだ。

なのに、なぜ……？　爽子の抱いた疑問は、それだった。

「SSBCへの依頼は……？」爽子は言った。

SSBC――捜査支援分析センターは、捜査活動に必要な分析の元締めといえる所属だった。ここでは、現場の状況と過去の統計的データから犯人像を分析する、いわゆるプロファイリング業務も担（にな）っている。最近では様々な分野で、この〝プロファイリング〟という用語が使われるようになったため、犯罪心理学分野でのそれは〝犯罪者（オフェンダー）プロファイリング〟、――通称OPと区別して呼ばれるようになっている。

「もちろん。初動が終わった段階でね。SSBC情報分析係からの回答がこれ」

柳原は答えて別の簿冊を差し出した。

爽子は現場検証調書を机に置いて受け取った。

ページを捲（めく）ってみると、最初に記載されているのは、ある種の〝地図〟と呼べる図表だった。

それは、犯行時の犯人の行動や被害者の状況を、支配性、暴力性、関与性の三つに分け、そのテーマ別に手口、犯行状況といった諸要素をファセット理論で分析し、紙上に点描して図式化したものだ。

ファセット理論そのものは、もともと質問紙調査の結果をデータ解析するために提唱された理論だが、現在、捜査心理学における犯罪情報分析では、この手法が世界的には主流だ。英国が発祥の、犯行時における犯人のテーマ性を重視する、いわゆる〝リヴァプール〟方式と呼ばれるプロファイリング手法の進化版といえた。

この分析手法では、罪種ごとに比較的よくみられる犯行手口は図の中心へ点で示される。そして、手口が特徴的になればなるほど、中心から離れたところへ示してゆく。その後、犯行手口を示す点を囲む円を描けば、その輪郭は楕円状になる。

何故ならその楕円の歪み、偏りこそが、犯人の犯行目的、行動特性、性的嗜好といった〝犯行テーマ〟を示すものであるからだ。こうして、犯人像が文字通り二次元的に可視化される。

そしていま、爽子の見詰める犯人の楕円は、紙上で片方へと大きく吊り上がった曲線を描いていた。——まるで、残虐な妄想を脳裏に蠢かせながら、被害者を狙う犯人の血走った眼のように。

——監禁、殺人、なにより頭部離断……。

やはり、本件被疑者の特性は暴力性と支配性が突出している。

爽子はさらに、報告書を捲る。——情報分析係は念のため、主流の〝リヴァプール方式〟だけではなく〝FBI方式〟でも分析したようだ。

『被疑者は年齢二十代から三十代の男性。

犯人は過去に強制性交、殺人、恐喝等、暴力的な前歴及び犯歴があると推定される。また、犯行現場に土地鑑を有する者（過去の居住歴も含む）。

被害者へ欺罔（きもう）を用いず、電撃的襲撃を行うという態様から、未婚である可能性が高い。また、被害者の性器への異物挿入という署名的行動は、強姦の代理行為と推察でき、犯人は性的な機能不全に悩んでいる可能性もある』

「――妥当な分析と思います」

爽子が書面から顔を上げて告げると、柳原は肯（うなず）いた。

「確かにね。私たちにもその回答は、充分に納得できるものだった。なにより、監禁された木梨朱美の証言を科学的に裏書きしてもいる。……当然のことながらね」

柳原はすこし曖昧（あいまい）な言い方をして、息をついた。

「犯人は現場にいくつも遺留品を残してるけれど、そのいずれからも指紋掌紋（しもんしょうもん）は検出されなかった。そこで、SSBCの分析結果に合致する者十五名を被疑者名簿に挙げて、徹底した行動確認（こうかく）を行った結果――」

美貌（びぼう）の捜査主任官は、口許だけで苦笑した。

「そのうち二名の女の敵を、現行犯で逮捕しただけ。もちろん取調室で徹底的に締め上げてやったんだけど、シロだった。あとの十三名も、犯行日時の所在が確認されたわ」

「あの……」爽子が口を開いた。

「手口記録と犯歴者検索の条件を、もっと広げてみてはどうでしょう? 例えば過去に被害者の自宅で犯行に及んだり、あまり暴力性のない性犯犯歴者も含めてみては……。どこを犯行現場に選ぶかは変化しませんし、最初は暴力的でなかった犯人も、犯行を重ねるにつれて行為がエスカレートしてゆく傾向がありますから。それを情報分析支援システム（CIS-CATS）の検索にかければ……」

　日本警察も海外と同様、二〇〇〇年代に入ってから犯罪情報分析にコンピューターを活用している。警察庁の機関である科学警察研究所が中心となって、初期の地理的プロファイリングシステム〝パワープロット〟、犯罪情報統合システム〝C-PAT〟の開発を経て完成されたのが、現行のCIS-CATS（シスキャッツ）だった。

「さすがね」柳原は微笑んだ。

「情報分析係からも同じ提案をされたわ。だから、さっき言った十五名の被疑者は、吉村さんの言った条件でさらに検索して、被疑者リストに挙がった連中なの」

「——そうですか」

爽子は視線を一旦落としたものの、再度、柳原へ据えて告げた。

「判りました。それで、柳原係長。私は何をお手伝いすれば……?」

「吉村さん」

柳原は微笑を吹き消し、組んだ手の上に細いおとがいを触れさせて告げた。

「特別心理捜査官のあなたの眼で、被害者、犯行現場……すべての状況と情報を再度分析して、これまでの捜査に抜けがないか、あるとすればどこなのか、それを調べて欲しい。捜一の、昔ながらの下品な言い方をすれば、〝ケツを洗う〟ってやつね」

「でも、それは……」

爽子は言いかけて口を閉じた。なぜならそれは、柳原たちがこれまで懸命に続けてきた捜査の瑕疵を、指摘することになる恐れもあるからだ。

――被疑者を捕るのが、私たちの仕事だ。でも……

爽子としては、さすがに躊躇わざるを得ない。

「かまわない」

柳原は爽子の迷いを見透かしたように、断言した。

「捜査の結果は被疑者を捕れるか捕れないか、常に百点か零点かのどちらかしかない。でも、結果的には百点だとしても、その過程まで百点満点だとは限らない。それは私にも解ってる」

爽子は、やや上目遣いに見詰めてくる柳原へ視線を返しながら、聞き続ける。

「……そして自分たちのしてきた捜査に手落ちがあったのなら、現場を預かる捜査主任官として、私はその事実を受け容(い)れる」

柳原は告げてから、ふっと息をつくように微笑した。

「だから吉村さん。あなたに探して欲しいのは、私たちには見えなかったところ。あるいは、見なかったところ。特別心理捜査官――プロファイラーとしての視点でね」

先ほど、柳原はＳＳＢＣに依頼し提示された犯罪情報分析が、被害者の証言を科学的に裏書きしている、と言った。ということはつまり、ＳＳＢＣの行った分析の妥当性(だとうせい)を認めながらも、私にはそれ以上のなにかを探せ、ということだ。

難しい、……と爽子は正直、思った。しかし――。

柳原の手助けができるのなら。――なにより、この野放しにしておくことは絶対にできない性的殺人者を捕まえられるのならば。

私はやらなくてはならない。

「判りました」爽子は微笑んでうなずく。

「〝行動科学アドバイザー〟を、お引き受けします」

今日、〝プロファイラー〟という呼び名は様々な影響もあって、誤解を招いている。爽子が告げたそれは、英国における、より現実の業務に即した呼称だった。

「頼んだわね」柳原は笑みを大きくしてうなずいた。

「吉村さんは特命担当とします。相勤は——日高さんで」

そういって柳原が身振りで示したのは、爽子が頑なに目をやるのを拒んできた、柳原の傍らに立つ女性捜査員だった。

「お久しぶり」

その若い女性捜査員——日高冴子のかけてきた短い挨拶は、明朗そのものだった。けれどそちらに眼も向けず前を向いたままの爽子の耳は、その親しげな声色に潜められた、底意地の悪い響きを聞き取る。……実際、爽子の耳には〝お久しぶり〟ではなく、冴子が自分を〝ゴキブリ〟、と呼んだかのように聞こえていた。

「解りました。早速ですが、現場をこの眼で見てきたいと思います」

もっとも、爽子にしても、自分自身の被害妄想じみた思考と大人げなさにやりきれない気持ちになってはいたのだった。が、それでも冴子を一顧だにせず、依怙地なまでの態度で柳原へ告げると、その場できびすを返した。

「あっ、ちょっと！　待ちなさいよ！」

爽子は呼び止める冴子に構わず、講堂の机の列を抜け、すたすたと歩いて行った。

「あの二人を組ませて、ほんとに良かったんですかい」

デスク主任の植木が、爽子と、それを追うように冴子が講堂から出て行くと、自席から柳原に声をかけた。

「同じ釜の飯を食った兄弟分にしちゃあ、大の仲良しってわけじゃなさそうですが。大丈夫ですかね」

「そうね。でも……」柳原も二人の消えた戸口へ顔を向けたまま言った。

「上からの指示なのよ。どういうわけか、ね」

警視庁本部は、柳原が爽子を捜査本部へ召集するのを許可するにあたり、日高冴子と爽子を組ませることを、その条件としたのだった。

捜査本部内の編成は指揮を執る捜査主任官の専任事項であり、一捜査員の配置に関して口を挟んでくるのは異例だ。その指示は、柳原の上司である第二特殊犯捜査の鷹野(たかの)管理官を通してであり、必然的に、爽子と日高冴子を相勤にする決定を下したのは、より指揮系統上部であるのを窺(うかが)わせた。

どういうこと……？　柳原も当然、不審には思っている。

もともと、日高冴子は刑事畑の捜査員ではない。公安部出身であり、自身もそこに所属していた柳原の、元部下だった。

いまは第九方面本部監察係にいると聞いていた。だから、特捜開設電報で召集された捜査員の中に、周囲に愛想を振りまく冴子の姿を見つけると、柳原は驚いたものだったのだが――。

「あ、先輩！」

柳原が捜本を立ち上げる喧噪の中で声をかけると、冴子は笑顔で答えたものだ。

「それが、福生署警備課に臨時配置されてたんですけど、急に今度はここへ行け、って言われちゃって。私はたらい回しにされる救急車かぁ、って言いたかったんですけど！　でも、先輩とまたご一緒できて、嬉しいです」

「そう、よろしくね」

柳原も笑顔を返したものだったが、公安時代の元部下の言い分を鵜呑みにはできなかった。

何故なら田園調布で発生した現職警察官殺人事件の際の記憶があったからだ。あの事案では被害者が身内であり、さらにかつて公安部に所属していたという業務歴があったため、過激派の犯行も視野に入れる必要があった。だから、公安部の冴子が捜査本部に参加するのに、当初は違和感はなかった。しかし——。

犯人逮捕へ漕ぎ着けた後、日高冴子は柳原へ告げたのだった。

自分は爽子を監視するために捜査本部へ来た、と。

そしてこうも言った。——爽子は疫病神だ。理由までは知らされていないが、爽子は上層部から眼を付けられているのだ、と。

とすれば、今回の不可解な指示も——。

「なるほど、そういうことか」柳原は思い至って呟いた。「私の手の内を読んだ、ってことね」

異常心理を窺わせる事件が発生すれば、私がその専門家である爽子を呼び寄せる、ということを予測していた誰かが、上層部にいたわけだ。

やはり、今度も日高冴子は爽子を監視するために送り込まれたのだろう。しかし……。

「それにしたって特捜開設当初から——一ヶ月も前から寄越すなんて……」

まるで〝投入〟——公安警察の秘密工作である〝作業〟でいうところの、潜入捜査じみた入念さだ。……警務部人事二課あたりが爽子を的にかけたのか。いや、警察官としては少々危なっかしいとはいえ、不正とは無縁の、捜査に献身する修道女じみた爽子に、そこまでするとは思えない。

では何故……？　柳原の胸で、釈然としない疑問だけが、くすぶり続けた。

「――どうして、日高さんがいるの」

釈然としないのは、爽子も柳原と同様だった。だから、私有車のアルト・ワークスを運転しながら、そう無味乾燥な声で質したのだった。

「ご挨拶ねえ」

助手席からそう答えた冴子の口調は、気分を害された様子もなく、明るい。ウィンドーの枠に肘をつき、後ろに流れてゆく景色を眺めていた杏形の眼を笑いで細めて、爽子へ向けた。

「久しぶりじゃん？　なのに、なによそれ？」

「別に――会いたいと思ったことなんて、ない」

爽子は平板な声で答えたものの気持ちを抑えられず、一刹那だけ、人形じみて整った顔の眉を、ぴくりと顰めた。そして、前を向いたまま続けた。

「思う理由も、ない」

爽子と冴子は、警視庁警察学校の同期だった。それだけでなく、巡査部長昇任も同時だった。

だが、それぞれが歩んだ経歴——爽子が刑事畑、冴子が公安畑であるのと同じくらいに、性格はかけ離れていた。

そんな対照的といえる爽子と冴子が互いを意識したのは、警察学校に入校してすぐの拝命式直前、その予行演習の時だった。

あの時、真新しい制服を貸与され、初めて袖を通した興奮で、五百人もの生徒たちが集まった術科棟は、興奮の坩堝と化したものだった。大多数の生徒たちは、この後に教官、助教から叩き込まれる警察礼式の教練、その厳しさなど知りもせず、まだ身体に馴染んでいない不格好な制服姿ではしゃぎ、敬礼の真似事をしたりした。

爽子はけれど、そんな喧噪から、ひとり離れていたのだった。

初めて制服に身を包んで、嬉しくなかったわけではもちろんない。たとえいまは似合わないとしても、感激していた。感慨の深さでは、体育館ほどもある術科棟を埋めた同期生のうちでも、決して誰にも負けなかった。

十歳の頃の自分に、夢へと一歩を踏み出したことを、報告したかった。

けれど、はしゃぎだしたい感情を堰き止めたのは、心にいるその幼い自分自身だった。

喜びを表情にだすことができなかった。

だから、爽子は表面上、周囲からは淡々と佇んでいるように見えたのだったが——。

日高冴子と目が合ったのは、その時だった。

冴子は、まだ入校して間もないというのに、もう数人の輪の中心で笑顔を咲かせていた。そしてその視線が、ふとそれた拍子に、制服の青い人混みの外れにぽつんと立った、爽子へと向けられたのだった。

その途端、冴子の愛らしささえある顔から、笑みが拭われたように消えた。

なに、こいつ。……冴子はどこか値踏みするような表情になって、目付きがそう告げていた。

あんたこそ、なによ。……爽子はなんともいえない不快さに口もとを引き結んで、眼を逸らした。

「あ、あの……！　吉村さん？」

救いの手が差し伸べられたのはその時だった。爽子は微かに顰めていた顔を驚きの表情に変えて、そちらを見る。自分と同じく馴染んでいない制服を着た女子学生が、ひとの良さそうな笑顔で、にこにこ笑っていた。

「吉村――そうこさん、だよね？」

「ええと、あの……さわこ、と読むんですけど」

「あ、ご免なさい！　そのお、良かったら一緒に写真撮らない？」

「いえ、私は別に――」

人が親切に手を差し伸べてくれたとき、どうして自分は、一歩引いてしまうんだろう。反射的、といってもいいほど自然に、頑なに拒絶してしまう。そんな自分が、集団行動を求められる警察学校を、無事に卒業できるんだろうか……。

「そんなこと言わないで。ね？　撮ろうよ？　一生に一度なんだよ？」

そういって強引に爽子の腕を抱えて同期生たちの輪へとひっぱって行ってくれたのが、今でも親しい、同期の結城麻子なのだった。

あの入校式直前、爽子と冴子の、互いの決して好意的とはいえない視線が交叉したのは、ほんの数瞬に過ぎない。けれどそれで充分だった。

爽子は一日で冴子が嫌いになったが、それは冴子も同様のようだった。その証拠に警察学校在学中、爽子は事あるごとに冴子から、嫌味、当てつけ、皮肉を浴びせられた。

爽子はそんな冴子の嫌がらせを相手にせず、やり過ごしたが、――それでも、結城麻子のように親しくなった友人がいなければ、六ヶ月間を耐え抜けたかは判らない。

……その日高冴子が、いま自分の車で、隣の席に乗っている。逢うと藤島直人も座る、その助手席に、平然と座っているのだ。

爽子にとっては納得できない、というより許せないことだった。

る。

「なにあんた、まだ根に持ってんの？　やだなあ、もう」

冴子はそんな爽子の内心を知ってか知らずか、平然とおかしそうに笑う。

爽子は、目の前の信号が赤く変わったのを幸い、キッ、と音を立ててアルト・ワークスを停めた。それから、左手をステアリングから離して、上半身ごと助手席の冴子に向き直る。

「根に持たせるようなことをしたのは誰？」

私は自分が弱いから、過去に拘ってしまう……。そんなことは自覚している。けれど、この日高冴子だけは受け容れられない。なぜならそれは、価値観が違う、というより、種類そのものが違う人間だから。

吼え掛かる寸前のヨークシャーテリアのような顔をむけた爽子を、冴子は薄い笑みを浮かべて見返していた。が、やがて不意に口を開く。

「信号、変わったよ？」

「――えっ？」

爽子が慌てて向き直ると、テールランプを点けて停まっていたはずの前の車は、いつのまにかいなくなっている。後ろで鳴ったクラクションに急かされるようにして、爽子は急いでアクセルを踏んだ。

「ま、任務なんだし」冴子は、走り出してしばらくしてから言った。

「仲良くやりましょ」

「生まれ変わったら、考えてあげてもいい」

爽子はステアリングに覆い被さるように運転しながら、素っ気なく答えた。

だが、犯行現場である町田市内青柳町の中層マンションに着くと、冴子の言うとおりにせざるを得なくなった。

「あんた、現場の鍵もってないでしょ」

冴子が三階の外廊下、スチールドアの前で言った。

爽子は冴子と並んでドアの前に立ちながら、いつもの透明な表情のままだったものの、内心では、うっ、と言葉に詰まっていた。冴子への感情が先走り、現場の鍵を借りるのを忘れていた。

「あんたさあ、どうやってここへ入ろうと思ったわけ？」

冴子は、にこっ、と笑ってポケットから鍵を取り出す。その笑みに屈託(くったく)はなく、同性ながら魅力的なのは爽子も認めざるを得ない。

この演技性人格者……！　と内心で吐き捨てて、爽子はポケットから取り出した白手袋を両手に嵌めながら、冷ややかに相勤を見た。

白手袋をすでに利き手に嵌め終えていた冴子は、唇に挟んでいたもう片方をとりながら、白い眼を向けてきた爽子へ、にっ、と笑い返した。

すでに鑑識課の現場検証は、一ヶ月前に終了している。ふたりの女性捜査員は最低限の身支度だけを整えると、ドアに向き直った。

「——開けてくれる？」爽子はドアを見たまま短く告げた。

冴子が鍵穴へ差した鍵を回すと、ガタン！　と場違いに大きく、ボルトの外れる音が白昼の外廊下へ響いた。そして、冴子の白手袋に包まれた手でノブが引かれると、ドアと戸口の隙間が、黒々とした不吉な棒グラフのパーセンテージのように太くなってゆく。

「——ちょっと待って」

ドアが開かれ、入ろうという段になって爽子が口を開いた。

「犯行時、ここは施錠されていなかったのね？」

「ええ」冴子がうなずいた。

「犯行当日の午後五時頃、マル害の有吉若菜は、友人でこの部屋の住人でもある木梨朱美とともに、立ち寄った。……そのとき、施錠はしなかったと朱美は証言してる」

そう、と爽子は短く答えて続けた。

「このマンションって、防犯カメラは？」

「一階のエントランスに一ヶ所。でも犯行時間帯、映ってるのは住人と関係者ばかりで、不審な人物はいなかった」

「じゃあ、マンション内の住民への聞き込み、検索及び捜索は？」

爽子はこのマンションにやって来てから、初めて冴子をまともに見た。

「被疑者はこのマンション内にいる可能性が……」

「やったに決まってるでしょ」冴子が呆れ顔で言う。

「それこそローラー並みに、徹底的にね。大体、先輩が——柳原係長が、そのくらい気付かないはずないでしょ。馬鹿にしてる？」

「……そういうわけじゃないけど」

爽子は呟いた。

「ここはね、見たら判ると思うんだけど」

冴子は振り返り、庇ごしに少し霞がかった春の空を見上げて、一日の長の優越感を滲ませた口調で説明した。

「見てのとおり開放的な造りだから、侵入しようと思えば、どこからでも入れる。それを不安がって、管理会社へ防犯カメラの増設を要望してた住民もいたみたいだけどね。そういうのもあって、土地鑑のある〝地ボシ〟の犯行が有力と見たんだけど」

「そう……、判った。入りましょ」

ドアを開けて中に入った途端、蒸れた空気に取り巻かれた。

爽子と冴子は、背後から響いた、ドアが明るい春の陽差しを締め出す音を聞いてから、狭い三和土に立ってワンルームの室内を見渡した。

そこは十畳ほどの広さで、薄暗かった。まるで、犯人の残虐性の残滓のような暗さ。

「さっきも言ったように――」

冴子が言った。

「被害者二名がここへ着いたのが五時頃。そして、およそ一時間ほど談笑していたところへ、突然、男が侵入してきた。この玄関からね」

「欺罔は、なし……。ブリッツタイプ、か」

「――あのさあ」

爽子が呟くと、冴子はひそめた眼で見やった。

「それ、独りごと？　それとも私に話しかけてるの？」

「ああ……」

爽子も冴子の抗議にさすがに苦笑し……思わず、ごめん、と続けようとした言葉を、慌てて呑み込んでから続ける。

「欺罔、っていうのはSSBCの報告にもあったけど、被害者を騙そうとすること。例えば宅配便とか隣近所なんかを装って。ブリッツタイプは電撃的襲撃型、被害者をいきなり襲って圧倒すること。とすると――」

爽子は視線を戻した。

「〝ヴィクティム－オフェンダー〟関係なし。……〝ストレンジャー〟の可能性が高い」

「だから判るように言ってくれる？」

「つまり、〝流し〟」

冴子は、格好つけちゃって……最初からそういえ、とでもいいたげに鼻を鳴らした。

「木梨朱美も、そう証言してる。〝知らない男の人だった〟と」

「マル被の人台は？」

爽子は冴子の様子をわざと無視して尋ねた。

「黒いニット帽にサングラス、マスク。だから面体は不明だけど、声や仕草の印象から〝二十代から三十代でまだ若い〟って。上衣は黒っぽいジャンパー、下衣も同色のジーンズ。そいつは、〝反対側がギザギザになっている刃物〟、……サバイバルナイフの類でしょうね。それを所持していた」

――可哀想に、さぞ恐ろしかっただろう……。

日常に突如、ひとの形をした地獄が現れたのだから。犯行に遭う、ほんのつい数分前まではただの女子大学生だったのに、それからは被害者という人間にされてしまう。

爽子は黙って靴を脱いで、くつ下で床を踏んだ。

「侵入してきたマル被は、〝声を出したら殺す、物音を出しても殺す〟と有吉、木梨両名を脅した」

形ばかりのキッチンを過ぎ、部屋の中ほどまで歩いた爽子の後ろから、続いた冴子が言った。

「犯人はまず、木梨朱美を拘束した。当該マル害の証言では、この部屋にあった粘着テープを足首に巻き、そのあと目隠しして口を塞(ふさ)ぐように命じた。マル被はそうやって足かせ、目隠し、猿ぐつわを自分でさせてから、当該マル害の腕を、これは持ち込んだ結束バンドで後ろ手に縛った」

「当該マル害……木梨朱美は、東都大学の二年だったわね」

「ええ。進学を機に上京。出身は……岡山県の、確か備前(びぜん)市ってところ」

「そう……、岡山」

爽子自身は生まれも育ちも都内だったが、母親が岡山の出だった。その影響か、時々、あまり上品とはいえない響きの岡山弁が、口をついて出ることがある。

「そうして犯人は、木梨朱美を拘束してから、その傍らで……有吉若菜を性的に暴行した」

冴子は警察官としてはもちろん、女性としても憤怒を抑えた抑揚のない口調で告げた。

爽子もまた、友人が穢されてゆくのをすぐそばで、しかも身動きはおろか眼も見えず悲鳴を上げることさえできない状態で、肌身に突き刺さるように感じ続けた木梨朱美の恐怖を思うと、叩き込まれた警察官職務執行法が、脳裏から消し飛びそうになる。

だから、感情を封印した。少なくともいまは。

代わりに爽子は、薄暗さに慣れはじめた眼で、あらためて部屋の中を見回した。

壁際の片袖机とシングルベッド、小さな座卓のようなテーブル。……それは残虐な事件の犯行現場というだけでなく、木梨朱美が平和な日常を断ち切られる前の、これまでの生活を窺わせる光景だった。

「犯人は暴行の後、有吉若菜を浴室へと連れて行った」

爽子は冴子に促されて、浴室の、アルミ製の折り戸が開けたままになっている、真っ暗な戸口の前に立った。洗濯機やタオルの納まった棚があった。

「被害者の着衣はここ、脱衣所へ纏まって重なってた。下着からなにから、一式」

「引き裂かれたり、破かれたりして？」

冴子が足下に視線を落として告げると、爽子も同じようにしてきいた。

「いえ、破損はなし」冴子は眼を上げて言った。

「脱ぐように脅されたんでしょうね」

……？　爽子はふと違和感を持つ。

「それからここで……殺害された」

冴子は壁にある、浴室のスイッチを押した。

窓がないせいで、妥協(だきょう)のない黒一色の闇だった戸口の中が一瞬で照らし出された。温かな昼光色の蛍光灯に、狭いユニットバスの内部が、象牙色に浮かび上がる。

「死体は全裸で、頸部を切断されたうえ、浴槽で水に浸けられた状態で発見された。性器には、浴室掃除用のブラシの柄が挿入されていた」

浴槽には死体は勿論(もちろん)のこと、血の薄まった水も抜かれていたが、それでも半ばまで満たした赤い血の跡が、水平な筋になって残っていた。

「頭部離断、退行的屍姦(レグレッシブ・ネクロフィリア)。〝署名的行為〟、……シグネチャーか」

「解説をお願いできますでしょうか、吉村先生？」

「署名的行為っていうのは、犯人の犯行テーマを特徴づけるもの」

「なんだ、〝特癖〟のことね」

白けた口調で答えた冴子に、爽子は続けた。

「いえ」爽子は言った。

「確かに、特癖も犯人の個性を表すものだけど、同時に犯行を成功させる要因にもなり得る。でも……、〝署名的行為〟は犯行の成功率をあげるかどうかには関係なく、犯人の動機にふかく結びついた行動のことだから」

へえ、と形ばかり感心してみせる冴子に構わず、爽子は言った。

「それで、死因は？」

「絞殺」冴子は短く言った。

「凶器は細いワイヤー。マル害の首には防御創、いわゆる〝吉川線〟が残ってた。死亡推定時刻は、胃の内容物及び直腸温度から十八時から十九時の間。監禁されていた木梨朱美も、襲われてから三十分くらいで……有吉若菜の声が聞こえなくなったと証言してる」

冴子はじっとユニットバスを見詰めたまま続ける。

「頸部切断に使われたのは、鋸。片手で使えるほど小さい、枝打ち用の物らしいけど」

「それは、鑑定で？」

「あそこに遺留されてたから。創傷の断面とも一致した。間違いないでしょ」

冴子は皮肉っぽく、ほそいおとがいを振って、ユニットバスの壁際を示す。凶器が投げ込まれ、警察官が事件を覚知した際、蛇口から注がれる水が飛沫を上げていた洗面台だった。

「凶器と成傷器は、犯人が持ち込んだものよね？」

「はあ？」冴子が言った。

「よほど特殊な趣味の持ち主でもない限り、女子大生の部屋に、枝打ち用の鋸やらワイヤーがあるわけないでしょ」

「そういう意味じゃなくて」爽子は言った。

「だったら、遺留品から犯人に繋がる指紋、掌紋、ＤＮＡ資料なんかを採証できなかったのか、ってこと」

「検出されなかった」冴子は言った。

「綺麗に洗われて、投げ込まれてたみたい」

「――それで、犯人の精液痕は？　採証されなかったって、報告書にはあった」

爽子は、性的殺人における決定的な証拠について質した。

「死体をくまなく検査したけど、体表、性器、口腔……、どこからも発見されなかった」

「被害者の着衣からは？　それに浴槽内の水は」

爽子が眉を寄せて聞くと、冴子は肩をすくめた。

「犯人に直接結びつくんだから、鑑識が徹底的に調べたに決まってんじゃん。浴槽内の水も全部くみ上げて検査されたって。鑑識さんたち、部屋を暗くして変なゴーグルして……なんていったかな、特殊なライトまで使って検索したんだから」

特殊なライトとはＡＬＳ、〝励起光源〟のことだろう。懐中電灯ほどの大きさで、特定の波長の可視光線を照射し、痕跡の発見を容易にする鑑識資機材である。そのうち、紫外線は、精液斑発見には特に有効だ。

鑑識が徹底的に作業して発見できなかったということは――やはり存在しないのか。

なるほど、だからＳＳＢＣは、退行的屍姦と合わせて〝犯人は性的機能不全ではないか〟と分析したわけか、と爽子は思った。

「犯人は殺害後、頭部の切断と証拠隠滅を行った。……しかし、帰宅しないのを心配した有吉若菜の家族から、何度も携帯電話へ所在確認の架電があると、発覚を恐れてこの場から逃走した。最終着信時間を確認したところ、二十三時二十二分。殺害から約三時間。……死体の損壊はもちろん、証拠を消す時間も充分にあった、ってこと」

冴子は、ぱちん、と音を立てて壁のスイッチを切った。浴室が再び暗がりに塗り込められて見えなくなった。

「で、吉村先生は、なにがお判りになりましたの？」冴子は脇を向いて、揶揄するように尋ねる。

「〝うん、これは秩序型ね〟とか言い出すわけ？　〝犯人は男で間違いない〟って」

「いまどきの捜査心理学は――」

爽子は、凄惨な痕跡を覆った、慈悲深くさえ感じられる闇から目を逸らしながら、ふん、と細い鼻梁の先で息をつき、冴子の皮肉を一蹴した。

「――そういう単純な類型論はとらない」

「あっ、そ」冴子は面白くもない、という顔で答える。

「で、用事は済んだ？　お偉い吉村先生に私がご説明申し上げられるのは、このくらいですけど」

「ええ。もう充分」

爽子は言ってきびすを返し、三和土へ向かった。

「――マル害の有吉若菜さんって、どんな子だったの」

爽子が、冴子より先に靴を履いて立ちあがり、室内へ振り返った。

「目立つタイプじゃなかったけど……、誰にでも優しい、感じのいい子だったらしいね」

冴子も靴を履いて立ちあがって答える。

「交友関係、アルバイト先、異性関係も特になし。少なくとも……三年生になる一ヶ月前に、あんな酷い殺され方をする理由は、見付からなかった」

「そんな理由、誰にもない」

　爽子はぽつりと言った。

「正論だけど、犯人にはあった。違う？」

　冴子は苛立った口調で吐き捨てる。判りきったことを、いちいち言い立てて突っかかる。だからお前が嫌いだ、という風に。

「……そうね。違わない」

　爽子は、冴子でなく犯人に対して告げるべき言葉だった……、と少し反省してから答え、続けた。

「――それで、木梨朱美さんは、いまどこに？」

「身体的にはともかく、自宅で、しかも親友があんなことになったんだからね。今も都内の、心療内科のある病院に入院中。ちょっと変わった子かな」

　冴子は口調を戻して言った。

「田舎の両親は、本心では実家に連れて帰りたかったらしいけど。地方じゃ近所の眼があるから」

急性ストレス障害か、あるいは心的外傷後ストレス障害か……。これからさきずっと、木梨朱美は刃と化した記憶に心を苛まれる。

――何の落ち度もないのに、酷すぎる現実だ……。

「ここも、引っ越すんでしょうね」

爽子はワンルームの、さして広くない室内をみたび、見渡して言った。

主を失った部屋。いや、これから先、新たな主が永遠に現れないかもしれない部屋。

爽子と冴子は、最後に三和土で手を合わせてから、ドアを開け、そんな部屋を後にした。

見るべきものは見た。

爽子は冴子を乗せて町田署に帰る道すがら、運転しながらそう思った。

分析を開始しなければ――。

2

爽子は、スチール製のドアの前に立っていた。

中層マンションの三階、外廊下。……背後の手摺り壁ごしに射し込んだ、夕暮れまえの紅い日を受けて、影がドアへ斜めに立っていた。

爽子は、本来の自分の身長より十五センチ以上も高い視点からドアノブを見おろして、室内の気配を窺っていた。そして、ドアの内側から微かに漏れてくる話し声、その合間に弾ける笑い声を息を潜めて確認し……そっとノブを握る。

そして、音を立てないようノブを回す。

神経が、張りつめながら興奮しているのを爽子は感じる。いや、緊張が興奮をつのらせてくれる。

これまでずっと脳裏に取り憑き、渦巻き、常に意識の先を疾走していた強烈な願望。それにようやく追いつけるのだ……！

が、一抹の不安がないかといえば嘘になる。自分が社会的には許されないであろうことを実行しようとしているのも、よく解っている。しかし、どうしても抑えられない。先走っていたはずの衝動は、ようやく胸のあるべきところに収まってはいるものの突き上げてくる。欲望を。

爽子の手の中で、ノブは回りきった。試しに、そっと引っ張ってみる。

ボルトが引っ掛かる音も立てず、ドアは硬い拒絶もなく隙間をあけた。爽子は、現実が自分の欲動を受け容れたのを確信する。

これは、俺の渇望してきた世界への扉だ――。

行け、行け、行け！　爽子は叫びだしたいような獣欲に突き飛ばされ、隠し持っていたナイフを取り出すと、ドアを一気呵成に開けて飛び込んだ。

玄関から部屋の奥まで一目で見通せた。二人の若い女が小さなテーブルを挟んで床に座って話していたが、ひとりが弾かれたようにこちらを見て眼を見開く。もうひとりの女も、異変に気付いて振り返って同じ表情になった。

〝女〟だ。〝獲物〟だ。――爽子にとって、驚愕の表情を並べた二人の女子大生の存在は、それ以上でも以下でもない。

爽子は、二人の若い女が腰を浮かせる閑もなく浮かべた、〝獲物〟に相応しい表情を見ると、沸騰するような興奮と優越感を同時に感じる。

俺は〝狩人〟だ……！

「騒ぐな！　どっちかが声を出したらお前ら二人とも殺す！　音を立てても殺す！」

爽子はサバイバルナイフの凶悪な切っ先を突きつけたまま、低く恫喝する。

もうこの場で、何も恐れるものなどない。ここは俺の〝世界〟だ。邪魔するやつがいるとすれば、それは外からやってくる連中だ。

だから俺は、俺の〝世界〟をより完全なものにするために行動する。まず、呆然と身をすくませる女の顔を見比べた。……こっちの方が好みだ。

俺は部屋を物色して見つけた粘着テープを、最初の獲物に決めたのとは違う方の女に投げ与えて、告げた。

「そいつを自分の足へ巻け……！　目と口にも貼り付けろ」

そうしてから、これは予め用意していた結束バンドを取り出し、両手首を後ろ手に縛って転がしておく。……これで邪魔されずにすむし、あとでゆっくり愉しめる。

俺は、俺の世界が完全へと近づいてゆくのを、為す術もなく眺めているしかなかった女へと向き直る。ナイフを突きつけたまま、覆い被さるように近づいてゆく。

女が俺の意図を察して、薄く涙の滲んだ眼をさらに見開いた。その眼を逸らすこともできないまま、拒絶の意思を示して激しく首を振る。そうしながら口が動いて、声を出さずに訴える。

〝お願い、やめて……！　お願い……！〟

俺はこの瞬間をずっと窺い続けてたんだ、ここまできてやめるわけがねえだろう？　それにリスクを払ってるんだ。幸い、お前のお友達は転がったまま大人しくしてる。俺の影響力……つまり恐怖で身体が痺れてるんだろうが、自分が騒げばお前の身が危ないってのを理解しているからだ。

望ましい展開だ——爽子がそう思った時だった。

泣き出しそうな女の顔が近づき、一杯になりかけた俺の視界に、ざっ！　と砂嵐のような音を立てて、ノイズが奔った。

俺は……爽子は驚く。なんだ？　どうなってるんだ？

女の顔の輪郭ががが……瞬くように揺れれれれ……

細部がががががが……、崩れてててて——ゆく。

まるで、アンテナが接触不良のテレビ画面のようだった。さらに、不意に強烈な白光が女の顔を、室内を照らし出し始め、網膜が灼けるようなその光は細部を溶かし、塗り込めてゆく。

周りもももも……、色褪せたようににににに、——色彩を失いモノトーンになってゆく。

「くそ、もうちょっと……」

爽子は、幾分舌足らずな感じの、自分自身の肉声を聞いた。

だが——、脳裏のスクリーンに映し出した映像の崩壊はとまらない。

やがて、爽子の視界は真っ白に漂白され、……ついには放送終了後のテレビ画面のようなノイズに覆われ、暗転した。

ホワイトアウト。

「……視（み）えない」

爽子はうつむけた上半身を起こし、閉じていた眼を開くと、呟いた。細い肩で大きく息をつき、堅く寄せていた眉を戻した。それから、目頭（めがしら）に片手をやりながら顔を上げる。

目の前には長机が寄せられ、そのうえを写真がびっしりと埋めていた。そこは町田署五階の講堂だったが、とうに朝の捜査会議は終わっている。爽子は、捜査員らがそれぞれの捜査事項に従って出払った後、冴子に手伝わせていくつかの机を寄せると、そこに現場写真を時系列に並べた。

爽子は準備を整えると、今度は別の机の上へ腰掛け、足は靴を脱いでパイプ椅子の座面へ載せ、すべての写真を見渡せる位置に座っていた。そうして、もう二時間ほども分析に没頭していたのだったが――。

「……やっぱり、視えない」

柳原に呼ばれてこの捜査本部へと出向してから、すでに一週間が経っている。頭の中で犯行現場を再現してみるのも、初めてではない。

けれど何度試しても、ある段階から犯行の再現を先へ進めることができなかった。何故なら——。

——あまりに犯行と犯人の行動がそぐわない……

「どう？　犯罪マニアの好奇心は満たせた？」

考え込む爽子の耳に、日高冴子の声が聞こえた。

「——別に」

爽子は思考を無遠慮に邪魔されたうえ、さらにその言い草に内心では、むっ、と顔をしかめたものの、それをおくびにも出さなかった。そして、透明な表情で写真に眼を据えたまま、素っ気なく答える。

「趣味でしてるわけじゃないもの」

こうして現場写真を並べての沈思黙考は、ＦＢＩのプロファイラーたちのやり方だった。ＦＢＩ式プロファイリングは、リヴァプール式のそれと比べて〝芸術(アート)〟的と揶揄混じりに称されるが、その所以でもある。

「あっ、そ。ま、あんたがなにを趣味にしたって、私にはどうでもいいけど」

冴子はそう言い捨ててから、はい、と手にした二本の缶コーヒーを示した。

「ちょっと休憩すれば？　キリマンジャロとモカ、どっちがいい？」

爽子は差し出された二つの缶をちらりと見て、それから冴子へと顔を向ける。そして、大きな眼を見据えると瞬きもせずに答えた。

「マンデリン」

この餓鬼（がき）は人の親切を……、という風に露骨に顔をしかめる冴子へ、爽子はすこし意地悪く微笑して続ける。

「日高さんは？　どっちがいいの？」

「私はキリマンジャロだけど」

「じゃ、私もキリマンジャロ」

冴子はしかめっ面（つら）のまま、爆発寸前の手榴弾（しゅりゅうだん）でも押しつけるように缶を差し出す。

「どうもありがとう」

爽子は、ささやかな勝利に、してやったり、とばかりに微笑んだまま受け取る。

が――冴子は手渡すと表情を一転させ、くすっ、と笑った。

「馬ぁ鹿。あんたみたいな捻（ひね）くれもんが、どう答えるかを予測できない私だと思う？」

え？　と缶を手にしたまま眼を丸くする爽子を、冴子は、いひひ、と可愛らしく笑いながらプルタブを引いた。

「――で、あんたは何をそんなに考え込んでんの？」

冴子が口許から、一口啜った缶コーヒーを下ろして尋ねる。

「………」

爽子は両手で包んだ缶を見たまま、薄い唇をつぐんでいた。答えなかったのでなく、答えられなかったからだった。

「私たちって、いまは一応、相勤じゃないの？　それとも、頭の悪い奴には説明しても無駄ってわけ？」

「……そういうわけじゃない」

言い募られて爽子もさすがに小さく息をつき、顔をあげて冴子をみた。

「――そういうわけじゃ、ないんだけど」

「じゃ、言ってみなさいよ」

そこまで問われると、さすがに爽子も答えないわけにもいかず、口を開いた。

「〝リヴァプール式〟にいえば、犯行テーマにブレがある……。〝FBI式〟にいうと〝ファンタジー〟に一貫性がない……」

「はあ？」冴子は苛立たしげに眉を吊り上げて言った。

「どっち方式でいわれたって、わけわかんないってば」

「聞きたいといったのはそっちでしょ？」

爽子は尖った視線を向けたが、冴子は鼻先で一蹴して言った。

「つまりさあ、どういうこと？」

爽子は、眉を吊り上げる冴子から目を逸らし、ぽつりと言った。

「……私にも、判らない」

「犯人はサディスティック型で、被害者二人を圧倒的暴力で襲撃してる……」

爽子は言った。

「犯人の目的はもちろん、性的な暴行……自分の完全な支配下に置くこと。でも、暴力の行使それ自体も、重要な目的だった。にもかかわらず――」

眉ひとつ動かさず聞いている冴子に、爽子は言った。

「殺害された有吉若菜の着衣は、破損もなく捨て置かれていただけだった」

「犯人が被害者を脅して、自分で脱ぐようにいったんじゃない？」

冴子が、そのどこが疑問なのか、という口調で言った。

「なぜ？　犯人はどうして、被害者にそんな要求をしたの？」

爽子が特別心理捜査官の鋭利な眼で尋ねると、冴子は気圧されたのか、そっぽを向く振りをして目を逸らした。

「私に判るわけないでしょ」

当然だった。爽子はそれに気付くと小さく息をついて、自分も並べた写真へ向き直る。

「レイピストの中には確かに、被害者に着衣を脱ぐように命じる者もいる。それは――」

爽子は静かな口調に戻って言った。

「それは、たとえわずかではあっても、被害者の心情や犯行後に配慮したため。でも」

爽子は、目の前の机を隙間なく覆った現場写真を眼で示して続ける。

「でもこの犯人は、頭部離断の道具まで用意していた。それはつまり、……殺害するのが前提の犯行であり、被害者を最初から〝非人格化〟していた、といっていいと思う。そんな犯人がどうして被害者に服を脱がせたのか……。手間をかけずに、興奮に突き動かされるまま次の行動――」

〝……お嬢ちゃん、ちょっとの間、静かにしてるんだよ〟

その時、爽子の胸底から湧き出した擦(かす)れた暗い声が、脳裏に反響した。

――私を過去へ引きずり込もうとする呪詛(じゅそ)だ……。

「どうしたの？」

唐突(とうとつ)に口を閉じた爽子へ、冴子が怪訝(けげん)そうに続きを促した。

「……っ、次の行動へ移るはずでしょ。そ、それに」

消えろ……！　心の底の牢獄から出てくるな……！　爽子は平静を装いながら、なんとか言葉を押し出す。

「それに、被害者の衣類を引き裂くという行為には、レイピストにとっては象徴的な意味もある」

冴子は腕組みして講堂の天井を見あげて、自分なりに爽子の説明を咀嚼している様子だったが、やがて口を開く。

「吉村先生のご高説は承ったけど」冴子は言った。

「あんたがどういったところでさあ、被害者の着衣が現場に破損せずに放置されていたのは、動かせない事実なわけだしさ。刑事部の皆さんはよく言うんでしょ？　〝事件のことは犯人に聞け〟って。どうして着衣を破かなかったのかなんて、犯人を捕まえてから聞くしかないんじゃない？」

「いま何故なのかが解れば、犯人に結びつく手がかりになる。そして理解するのが、私の仕事だから」

爽子はそう言い返したのだが、内心では、冴子の言い分ももっともだと考えていた。

もっと情報が欲しい。爽子はそう考えて、ふと思い出して尋ねた。

「――監禁された、もうひとりのマル害……木梨朱美さんは、犯行時の状況をどう証言してるの？」

「調書は読んだんでしょ」

「読んだけど、やっぱり詳しい状況は本人に――」

「吉村、あんたね。あそこで何が起こったと思ってんの？」

冴子は難じるように爽子の言葉を遮った。

「あっ……」

爽子は冴子の言葉に。胸を衝かれたように口を閉じた。

「まだ十代の女の子が、突然によ？　見も知らぬ悪人が家に押し入ってきて縛られたんだよ？」

そうだった。私は犯人逮捕のためとはいえ……。

――分析に集中するあまり……。私まで犯人と同じように……。

冴子は、睫毛を伏せた爽子を冷ややかに見やりながら続けた。

「普通、パニックでしょ。生きた心地なんかしなかっただろうし……。それだけじゃなくて、さらに親友がされたことを考えたら……。可哀想だったよ」

「――そうね。ほんとに、そう。私が無神経だった」

爽子は後悔の酸が心の底を灼くのを感じながら、冴子へ顔を向けた。

「そういえば、日高さんは前に木梨朱美さんに会ったことある、って言ってたよね」

爽子が現場マンションの部屋からの立ち去り際、冴子が告げたことに触れると、冴子はうなずく。

「ええ。被害者聴取を任されたから」

「そう。木梨朱美さんてどんな子？　ちょっと変わってる、って言ってなかった？」

「まあ……事件が事件だから、そのせいだったからかもしれないんだけど……」

冴子は言葉を選びながら、その時の様子を話し出した。

「……初動では町田署の捜査員が聴取に当たった。だから私が木梨朱美から話を聞いたのは、事件発生の翌日だったんだけど」

冴子は、木梨朱美が搬送されて治療を受けている病院に、捜査一課の捜査員とともに赴（おもむ）いたのだった。

「木梨さん、なんでもいいんです」

一課の捜査員は自己紹介もそこそこに、ベッド脇の円（まる）椅子に座るなり口を開いた。

「あの時なにがあったか、思い出したことはありませんか？　耳にしたこと、感じたことでもいいんですよ。あの場であったことを、もうすこし詳しく話していただけませんか」

殺人事件専務の捜査員の使命感は、ときに抑えようのない威圧を関係者に与えることがある。まして今回の被害者は安全なはずの自宅で、親友を凄惨な手口で殺害された女性だ。さらに未成年ときている。

冴子は出しゃばらないよう、質問する捜査員の後ろへ控えていたのだが、見ていられずに口を挟んだ。

「いや、ちょっと待ってください。いきなり、そんなこと聞かれても――ねえ?」

冴子は、ベッドで上半身を起こし、俯いたままの少女へ小さく笑いかけた。

俯いた木梨朱美の顔立ちは、整ってはいるものの印象に残るほどではない。けれどいまはその顔には、監禁の苦痛を物語って、赤い帯のような粘着テープの痕が残っている。それは、陰惨な〝徴〟のようにみえた。

何も判らないくせに、公安の小娘が邪魔するな……! 質問を遮られた捜査員が横目で、冴子を睨みつけてくる。〝ハム〟は犬に食われて死ね、と胸の内で吐き捨てているのが判る目付きだった。ハムとは警察内部での公安部をさす隠語であり、刑事部は〝ジ〟といった。

だから冴子も、うるさい、ケツの病気のくせに!……と胸の内で単細胞刑事に応酬してから、木梨朱美に眼を戻す。

「あ、ごめんね。私は、日高っていうの。よろしくね。――あ、座るね?」

少々の無遠慮さは相手との距離を縮める。冴子は経験からそれを知っていた。

「朱美さん。辛かったね、ほんとに……。でも、すこしだけお話ししてもらえると、私たち、すごく助かるんだけど。……有吉さんのためにも、もちろん」

冴子が木梨朱美へと向けた、まっすぐな眼差しと真情溢れる声は、公安捜査員が〝協力者〟を獲得しようとしているときのそれだった。

「いま、とっても辛いよね。解る……。でも私は、朱美さんが強い人だって思うから。ちょっとだけ、協力してくれないかな？」

陰気で無口な公安捜査員など、現実には存在しない。公安部員の仕事は第一に、他人に喋らせることだ。だから、そうした〝作業〟に慣れている冴子の語りかけには、相手の耳に届きやすい自然な温かさと、耳に残りやすい独特の抑揚があった。

「無理させるつもりはないから安心して。だって、私は朱美さんの味方だから。ね？」

「え……？」

木梨朱美が初めて身じろぎした。俯けていた顔を上げると、ゆっくりと頭を巡らせて、初めて冴子を正面に見た。

「……味方、ですか？」

「ええ、そうよ」

「……ほんとに？」

埴輪（はにわ）のような、表情を失った顔で聞き返した木梨朱美に、冴子は強く請け合った。

「ほんとよ。私は、朱美さんの味方」

そうして、冴子は被害者との信頼関係を築いてきたのだが——。ふと奇妙に感じる出来事があったのは、入院から二週間ほど経った頃だった。

「お加減はどう……？　あれ？」

冴子は、見舞いと聴取を兼ねて訪ねた木梨朱美の病室で、サイドテーブルに載せられている物へ目を止めていった。

分厚い書物だった。専門書の類らしい。

「これって？」

「あ、冴子さん」

ベッドに身を起こしていた朱美が冴子を見あげた。膝を覆ったシーツの上には、やはり書物とノートが広げられている。

「お勉強？」

はい、と朱美ははにかんだように、小さく笑う。

「……大学へ戻ったとき困らないように、と思って」

冴子は、話題にちゃんと興味を持っている、と示すため、サイドテーブルから一冊を手にすると、ぱらぱらと捲ってみた。どのページにも、得体の知れない化学式が載っている。

「朱美さん、大学では薬学部なのよね」

冴子は本を閉じて、朱美に微笑みかけた。

「将来の希望は、やっぱり薬剤師さん？」

「はい。国家試験は年々難しくなってるって……だから、いまから勉強しとかないと……」

だからといって、自らが監禁され、さらに親友が殺されたというのに。冴子もさすがに、奇異に思ったのだったが――。

「……まあ、むしろ、だからこそ勉強に没頭して忘れたい、って思ったのかもしれないけどね」

冴子は町田署の講堂で爽子に言った。

「いまも地元に帰らずに、埼玉の親戚の家で療養しているのは、そのせいかもしれないけど」

窓の外では、庁舎と道路を隔てたビルから射す陽差しが、検討を始めたときからはいくらか西へ傾いていた。

「それに」

と、冴子は木梨朱美には決して見せなかった、少し意地の悪い笑みで続けた。

「誰かさんと同じで、ガリ勉タイプなのかもしれないでしょ？　あんたも教場では休憩時間に本ばっかり読んでたでしょ」

「あれは……」

爽子は言いかけて止めた。あれは……、誰にも話しかけられたくなかったし、第一、話す相手もいなかったから……。

「ま、私が木梨朱美をちょっと変わってるな、と感じたのは、そういうわけ」

「そう……」

爽子は呟くと、窓へ顔を向けた。疲れた目に、ビルの窓に照り返された燦々とした陽の光が滲みた。

なぜ、有吉若菜の衣類は破損していないのか。爽子は眩しさと思考に集中したせいで半ば閉じた瞳で、改めて現場写真を見おろす。

冴子へ説明したとおり、犯人の行動には違和感がある。

――違和感をそのままにしてはいけない。自分に都合のいい解釈をして、納得してはいけない……。

とはいうものの、そうなると犯行現場の状況を——被害者である有吉若菜の着衣が、犯人によって破損されていないという事実、言い換えるなら厳然たる〝現実〟を疑うことになる。それこそ、事実を恣意的に扱うことに繋がる。

一体、疑うべきは自分自身の分析か。それとも犯行現場という〝現実〟か。

現実を疑うべくもないとすれば、私は何を間違えたのだろう……？

「……いえ、根本は同じか」

爽子はふと思いついて呟き、膝の上で両手に包んでいた缶コーヒーを持ち上げると、一気に飲み干した。

与えられたデータが偏っていれば、分析にも当然、バイアスが生じる。

とすれば……。ではそもそも、私が〝現実〟として取り込んだもの……データは何だ？

現場検証調書、鑑識捜査報告書。そして——。

「……そして？」

爽子はただでさえ大きな眼を見開いて、顔を上げた。

自らの分析のほかに、まだ、疑うべきものがあることに気付いたからだった。

それも、〝現実〟の根幹を成す要素で。

これを検討していなかったとは……。

「……おえんじゃろ」

爽子は思わず、わずかに開いていた唇から、岡山弁の呟きをこぼしていた。

「はあ？　なに？　ミケランジェロ？」

冴子は退屈そうに爽子を眺めていたが、咎めるように聞き返した。

西の果ての片田舎の方言など判るはずもなく、愛らしさの残る顔を大袈裟にしかめた冴子に、爽子はちらりと微笑みをのぞかせてから、答えた。

「……なんでもない」

ミケランジェロ、か。爽子は警察学校同期の聞き間違いに、くすっ、と笑った。そして微笑したまま思った。

そうだ、いま私に必要なのは発想の転換――ルネッサンスだ、と。

その日から、爽子の挙動がおかしくなった。

口数が極端に減り、考え込んでいる様子が増えた。

冴子は当然、そんな爽子を不審に思い問い質した。何を考えているのか、と。

「え？　うん……」爽子は、講堂のパイプ椅子に座ったまま口を開いた。

「いろいろと……、考えてはいるんだけど」

そうぼんやり続けた爽子は、冴子からみるとおかしな行動をとった。——座面に腰を落ち着けたまま、パンツスーツの足を持ち上げると膝を抱くような姿勢になったのだった。丁度、小学生が体育の時間にする、いわゆる体操座りに似ていた。

無意識の動作らしかったが、なに考えてんの？　こいつ……と、冴子は、クラスの問題児を見る担任教師のような眼で、それを眺めた。

さらに、爽子の奇行は、それに留まらなかった。次の日から、妙にこそこそと、ひとりで何かを調べはじめたらしい。

冴子がそれに気付いたのは、トイレに行こうと講堂のドアを押したときだった。——押した途端、ドアが何か柔らかいと同時に硬さのあるものにぶつかった。

「あ、ごめんなさい……！」

咄嗟に可憐な詫びを冴子は口にしたのだが、——目の前にあったのが若駒の尻尾のような髪と細い背中、つまり爽子だと気付くと、急に冷たく言った。

「あんた、なにやってんの」

爽子は、いたた……と、ドアのぶつかった後頭部を撫でていたが、左肩の上に片頬だけを覗かせて振り返ると、言った。

「別に。……ただ、ぼんやりしちゃっただけ」

「吉村。あんた、そんなんじゃほんとの馬鹿だと思われるよ」

「ほっといてよ」

冴子が腕組みして釘を刺すと、爽子はそう言い捨て廊下を行ってしまった。

さらにお次は、署の刑事部屋で、だった。

「――なにやってんの、あんた」

冴子は、爽子がいつの間にか姿を消したのに気付いて、あの餓鬼は……と内心で苛立ちながら、庁舎内を捜し回ったのだが、――爽子が刑事部屋にいるのを見つけると、生徒の不備を指摘する警察学校の助教のような声で、そう告げた。

爽子は奇妙なことをしていた。

大部屋では捜査員らの席は、係ごとに纏まって島になっているが、爽子は空いた席の一つに、背を向けていた。それだけでなく背を机に向けたまま、両足を曲げ、尻を引き出しにおしつけるようにしてしゃがみ込んでいたのだった。まるで、警察学校における術科の教練で、気が遠くなるほどやらされたスクワットの、それも、もっとも腰を落としたときの姿勢に似ていた。

〝追尾〟に慣れているはずの冴子が、発見に手間取ったのは、ただでさえ小柄な爽子が、そうして机の陰に隠れていたからでもあった。それはともかく――。

「吉村。おかしな真似はするなって、私、この間いっといたよね」

冴子は前回の奇行のときと同じく、腕組みして続けた。

「別に。ちょっと……」

爽子もさすがにばつが悪そうに、口の中でごにょごにょと答えながら立ちあがる。が、冴子は追及の手を緩めない。

「ちょっと、なに？」冴子は言った。

「ちょっとおしっこがしたくなって、ここで済ませようとしたわけ？」

「そんなわけないでしょ……！」

爽子が少し赤らめた顔で言い返す。

「当たり前よ。そんなことしたら私が逮捕してやる」

腕組みした冴子のまえを、捜査員らの失笑や好奇の眼差しに見送られながら、爽子はすこし口を尖らせて通り過ぎた。

まったく、得体の知れない奴……。と冴子は思ったものの、爽子の挙動不審に、何か意味があることは察していた。

爽子にしても、自分へ向けられた冴子の胡乱な眼は判っていた。

いけれど、まだその理由を明かす決心がつかない。なにしろそれは、これまでの前提、いうなれば捜査本部が取り組んできた〝現実〟を崩すものだったから。いくら柳原に期待されても、軽々しく口にできることではなかった。

――でも、私の考えたとおりだとしたら……

だから爽子は、その夜も頭に疑念を取り憑かせたまま、勤務解除後、捜査本部のある町田署を出ると小田急線に揺られて、多摩センター駅まで帰った。

爽子は多摩中央署の単身待機寮に住んでいる。

庁舎玄関を入ると、昼間は各種申請に訪れた市民で騒がしい一階も、窓口の閉まったこの時間、カウンター状の仕切りの内側に、何人かの残業の制服警察官の姿が見られる程度だった。

「あ、吉村主任！」

爽子は庁舎の五階から七階までを占める中央寮へと上がろうと、エレベーターを待っていたのだが、そのドアが開いてすぐにかけられた声に、うつむけていた顔を戻した。

「ああ、支倉さん……」爽子は少し努力して微笑んだ。「お疲れさま。今日は、もう？」

「あ、はい。主任もお疲れさまですけど……」

エレベーターから降りた支倉は、自分より背の小さな爽子の顔色を、まじまじと覗き込むようにして言った。

「ええと、吉村主任。なんだか、……疲れてません？」

「そ、そんなことはないけど」

爽子は支倉が案じつつ探ってくる目を避けた。そして、年下の同僚と話している間に誰かが乗り込んでしまい、ドアを閉じてしまったエレベーターのボタンを押した。

あ、すいません！　と支倉が気付いて恐縮する。

「――ごめんなさいね」

爽子が階数表示を見あげたまま言った。

「え？」

「支倉さんの誘ってくれた今年のお花見、行けなくなってしまって……。係のみんなにも、迷惑を」

「いえ、そんな！　全然ぜんぜん……！　気にしないでください」

支倉が胸の前で両手を振って否定する間に、エレベーターのドアが開く。

エレベーターに乗り込むと疲れた様子で壁にもたれながらも微笑んでみせる爽子を、支倉はドアが左右から掻き消してしまうまで見送った。

吉村主任、大変なんだな……。口ではああ言ってたけど、大丈夫かな……。

支倉はそんな、いつになく思い悩む様子の爽子と言葉を交わしたせいか、このまま帰宅する気が、なんとなく失せた。

「あっちち……！」

支倉は焼き鳥の串を口から引き抜くと、小さな悲鳴をあげた。

ぼんやりしていたせいで葱をうっかり嚙んでしまい、染みだした熱い汁が舌を灼いたのだった。年季を感じさせる飴色のカウンターからジョッキを慌てて取りあげると、口許で一気に傾ける。

支倉は、よく冷えたビールで口の中を爽快に洗い流すと、息をついた。

……帰る気の失せた支倉が立ち寄ったのは、多摩センター駅にほど近い、居酒屋「のび」だった。

二十畳ほどのあまり広くない店内は、支倉の座るカウンターをはじめ、壁際のテーブル席も八割方はうまり、まずまず賑わっている。

店主は元警察官ということもあり、多摩中央署の警察官たちが安心して飲める店だ。

支倉は爽子を誘おうか、とも思うには思った。けれど結局そうしなかったのは、爽子が体質的にアルコールを受け付けないのを、知っていたからだった。それだけでなく、そういった強行犯係や刑組課の飲み会でも、爽子が楽しんでいるようには見えなかったせいもある。とはいっても今夜、私が声をかければ、爽子は無理してでも付き合ってくれただろう、と支倉は思う。自分も含めた、強行犯係のみんなに負担を掛けているという負い目から。

吉村主任、疲れてるんだし、無理はいえないよね……。

そういうわけで、支倉はひとり飲んでいたのだったが――、口の中が落ち着いて、ふうっと息をつくと、それを見計らったように声がかけられた。

「となり、空いてる？」

え？　と振り仰いだ支倉へと笑いかけたのは――。

日高冴子だった。

「あ、……〝マムシ〟の」支倉は思わず言葉が転がりだした口を、慌てて手で押さえる。

マムシとは、警察官の非違を取り締まる監察係をさす。支倉は、冴子とは町田署の捜査本部で顔見知り程度にはなっていたのだった。

「やあねえ、そんなに嫌わないでよ。ね？」

「あ、……いいえ！　ええっと、私そろそろ帰ろうかな、と」

支倉は、愛想良く笑いかけた冴子から目を逸らすと、いそいそとバッグや持ち物を纏め始める。

「じゃ、じゃあ私はこれで——」

「マムシが東京都の絶滅危惧種だって、知ってた？」

冴子が唐突に尋ねると、席を立ちかけていた支倉は思わず身動きを止め、顔を向けてしまう。

「ほんとですか？」

「ほんとよー？　東京都絶滅危惧I類。知らなかったでしょ」

へえ、と支倉が素直に感心した、まさにその隙に、冴子はするりと隣の席へ座った。そうしながら、カウンターの中で煙に燻されつつ焼き鳥の串を回す、元盗犯係の親爺に声をかけた。

「すいませーん！　生をふたぁつ！」

しまった、嵌められた……。支倉は、この場から容易に立ち去れなくなったのを悟った。

——ああもう、私のばかばか……！

「あの……、なにか私に御用ですか」

支倉は覚悟を決めて椅子に座り直すと、前を向いたまま、硬い口調で言った。

「あ、どうもありがとうございます！　はい、お疲れさま！」

冴子はカウンターの内側から差し出された二つのジョッキを受け取り、一つを支倉に手渡した。

「はあ、やっぱり仕事のあとのビールは最高よね」

冴子が傾けたジョッキを口許から離して、支倉に笑いかける。

「あれ？　飲まないの？　遠慮せずに、飲んで飲んで」

「あの……、もう一度聞きますけど、私に何か御用なんですか」

冴子は、ジョッキは手にしてはいるもののカウンターに置いたままの支倉から再び問い返されると、笑顔を向けて口を開く。

「そうねえ……用ってほどじゃないけど。――支倉さんって、吉村とは親しいのよね？」

「親しいっていうか……、上司ですから」

「そ。じゃあさあ、あいつからいま扱ってる事案のこと、――なにか聞いてない？」

支倉は、そう明るく告げて横から覗き込んでくる冴子の笑顔に、前を向いたまま、取り調べを受ける被疑者のごとき気持ちを味わう。

勘弁してくれよ刑事さん……。そういいたくなったが、それでもやはり、支倉も捜査専務の端くれではあった。この公安出身である爽子の同期は、何か具体的なネタがあって、それを自分に当てようとしているわけではない、ということに気付いたのだった。すると、度胸が据わった。

「何も聞いてませんけど――」

支倉は初めて冴子へ顔を向け、その眼をはっきり見返して言った。

「――吉村主任とは、まだ同じ町田の特捜ですよね？　だったら直接、主任に聞いてみたらいいんじゃないですか」

捜査側の持つ情報が少ないほど、被疑者は否認して抵抗する傾向があるが、支倉の反応はまさにそれと同じであった。

「もしかして、吉村主任とは仲悪いんですか？」

「んー？　そんなことはないけど」

冴子は、支倉のちょっと意地悪な反撃に、爽子とは警察学校時代から大の仲良しよ、と言わんばかりの笑顔を向ける。犬猿の仲なのはおくびにも出さない。

「でも、ほら。捜査員同士、近すぎると逆に言いにくいってこと、あるじゃない？」

「あるんですか」

「ないの？」

冴子は軽く受け流したものの、支倉の強張(こわば)ったままの横顔から、爽子に関して何も漏らす気がないのを見て取る。だが、冴子ら公安捜査員にとって、〝作業は拒絶されたときから始まる〟ものであった。

「とにかく、私はなにも聞いてません。でも」

文倉はそうきっぱり断言すると、手元のジョッキに眼を落とす。そして、店内を掻き回す喧噪のなかで、泡が琥珀（こはく）色の表面で潰（つぶ）れてゆくのを数えるようにして続けた。

「――でも、さっき擦れ違ったとき、なんだか思い悩んでる様子でしたから……。吉村主任のこと、心配してるんです」

「そういえばさ、どうして吉村〝主任〟なの？」

この子は本当に、吉村から何も聞いてないんだな……。冴子はそう確信して話題を変えた。それに、どうも〝対象者（モニター）〟の選定を誤ってもいるようだった。

あんな奴にもシンパがいる、という事実に、冴子は単純に驚いてもいた。

「ね、どうして？　普通、所轄なら名前に〝長〟を付けて呼ぶもんじゃない？　なのに、どうしてあいつにはわざわざ堅苦しく〝主任〟って？」

「え？」

文倉は問われて、虚を突かれた表情になったものの、しばらく考えてから、答えた。

「吉村主任が……すごく凛（りん）としているから、って思います」

「――! って……はあ? あいつが? 凜としてる?」

冴子は、支倉の答えを待つ間に口へ含んだビールを、危うく噴き出しかけながら聞き返す。

「根暗そうな顔して、後ろ向きな感じでいつも隅に引っ込んでる、あいつが? あ、ごめんなさい。そういうつもりじゃ……」

冴子は思わず漏れた本音を慌てて詫びたが、支倉は苦笑しただけで怒りもせず続けた。

「転属したての頃は、吉村主任をそういう風にいうひと、署内でも多かったんです」

支倉は記憶を辿るように、ジョッキから笑顔を上げた。

「主任は、あんなに綺麗なのに、滅多に感情を表に出しませんよね。だから私、吉村主任がみんなの前で着任の挨拶したとき、つい、お人形さんみたい、って呟いちゃったくらいで。あ、でもそれが本人に聞こえちゃって、あの大きな眼で睨まれちゃいましたけど」

「へえ、そうなんだあ」

やや大仰に相づちを打った冴子に、支倉は小さく笑った。

「本庁捜一……〝花の一課〟にいたのを鼻にかけて、気取ってるんじゃないかって陰口をいう人までいて。それに本部からうちへ来たのだって、昇任したからじゃないですよね。〝罰俸転勤〟って噂も流れましたから、余計に。主任本人はなにも言わないし」

罰俸転勤とは、不祥事を起こした者が人事で〝飛ばされる〟のを指す。

あいつは警察学校へ入校していた頃と変わらず、扱いにくい性格のままらしい。そう胸の内で失笑して、ジョッキを唇に傾けかけた冴子に、支倉が、でも、と続けた。

「でも……現場で吉村主任以上に頼りになるひとは、いないんです」

支倉は上半身を回すと、初めて冴子を正面に捉えてそう告げた。支倉の顔からは頑なさが消え、代わりに柔らかく微笑んでいた。その、爽子への信頼に裏打ちされた支倉の表情を見て、冴子は思わずジョッキを持つ手を止めた。

「主任の事案を掌握する力――」

支倉は書類に書き込むように挙げ、爽子とともに扱ってきた幾つもの事案を、胸の内で反芻しながら続ける。

「――それに、被害者になった人たちへの思いやり。なにより、そういう人たちのために、絶対に諦めず被疑者を赦さない姿勢とか……。だから、私」

支倉は、どこか誇らしく笑った。

「吉村主任は桜の花みたいなひとだな、って思うんです」

「あいつが、桜の花？」

まあ確かに影の薄い奴だけど、見方を変えれば清楚で可憐に見えなくもないかな……。

と、不承不承そう心の中で認めた冴子へ、――さすがに自分の言葉を照れくさく感じたのか、支倉はカウンターに向き直ってから続けた。

「いえ、吉村主任の容姿だけで、そう思うんじゃないんです。……桜の木って、春になるまでは何の木だったか、みんな意識もしないし、思い出しもしないじゃないですか。でも、花が咲くとほんとに華やかで……唯一無二の存在感、っていうか」

「まあ、そうかな」冴子は、微笑む支倉の横顔に答える。

「そういうところが、吉村主任と同じなんです。だって、いつもはあんなに物静かで遠慮がちなのに、一旦臨場したら、とても颯爽としていて……」

そこまで言ってから、支倉の笑みが、ふと翳った。

「でも……、そういう吉村主任を時々、痛々しく思っちゃうこともあります。――生意気ですけど」

支倉は付け加えるように言うと、ジョッキを呷った。

冴子は、支倉がジョッキを満たしていたビールを喉に流し込む間、店内を満たす酔客たちのざわめきを聞いていたが、――中身の半分ほどに減ったジョッキを音を立ててカウンターに置くと口を開く。

「支倉さん? あなた……同期の私なんかより、よっぽどあいつのことが解ってるみたいね？」

「いえ、そんな……！」

冴子がちょっと揶揄を忍ばせた口調でいうと、支倉は慌てたように冴子の方を向き、胸の前で手を振った。

「私には、吉村主任の考えてることは解りません。……でも、吉村主任が傍目からみて気になる行動を始めたのなら、きっと何かを見つけたんです。私たちが気付かなかった何かを」

それに、と支倉は言った。

「……町田の事案はマル害が女性で、しかも二十歳になったばっかりでしょ。だから余計に一所懸命なのかも。吉村主任、そういう案件では眼の色が変わるから……」

被害者が未成年者や女性であった場合、過剰な感情移入をもって捜査に当たる。

そして……しばしば暴走する。

――ま、そこらあたりが、私を町田署の捜本へ〝投入〟するのを決めた、警視庁本部の偉い人たちの懸念なんだろうけど……。

「まあ、支倉さんがあいつが大好きだってことは、よく判った！　判りましたよ？　支倉さんみたいないい仲間に慕われてて、あいつがちょっと羨ましいくらい」

冴子は内心の呟きを胸の内に留め、笑みを咲かせて言った。

「あ、いや……私、そんな……」

「でもさ、もうあいつの話はいいから。ね、飲もうよ？　飲もう飲もう。——あ、すいません！　ネギマと砂肝、お願いします！」


それから数日後。

出向して十日、四月に入ったその日、爽子は冴子の姿が見当たらないのを確認すると、講堂を抜け出した。

そうして、人気のない廊下を歩きだしたところ——。

「あら、吉村先生？　どちらへお出掛け？」

爽子は通り過ぎた曲がり角、その陰から唐突に声をかけられると、びくり、と華奢な肩を撥ね上げて立ち止まった。

振り返ると——腕組みした日高冴子が、壁にもたれてこちらを見ている。

「——日高さん」

眼を見張りはしたものの、すぐにいつもの透明な表情に戻った爽子へ、冴子は壁から身を離して近づきながら続けた。

「あんた、この前から隠れてこそこそなにやってんのよ？　ねえ」

冴子は、〝視察〟を打ち切ったように装って〝対象〟の動きを誘い、油断したところを追尾するという、公安の古典的な手法を使ったのだった。

そんな単純な手法にまんまと乗せられて、爽子は、しまった、と唇を嚙む思いになった。

「別に、隠れてなんか……。それに、こそこそなんて……」

「ふうん、あっそ」

ぼそぼそと言い訳じみた口調で目を逸らした爽子に、冴子は素っ気なく告げてから続けた。

「――じゃあ、行こう」

「え？」

爽子は顔を上げて、長い睫毛を瞬かせた。そんな爽子の肩先を、冴子はすたすたと追い越して廊下を歩き出してから、立ち止まったままの爽子を振り返った。

「出掛けるんでしょ？」

こいつは、どうしても私に付いてくるつもりらしい……。促された爽子は思った。ならば仕方がない。それに……。

――いつかは、話さねばならないことだし。

だから爽子は、表情を消した顔で息をつくと、自分を凝視する冴子へ、無味乾燥に告げたのだった。

「ご自由に」

爽子も足を踏み出し、不本意ながら冴子と肩を並べて廊下を歩き出した。

そうして、途中、会話らしい会話もないままアルト・ワークスで二人の女性捜査員がやって来たのは、町田市内青柳町の犯行現場、木梨朱美のワンルームマンションだった。

「私に隠れてこっそり来ようとしたのって、ここ?」

「別に、隠れて来ようとしたわけじゃ――」

冴子が玄関のドアを閉めながらいうと、靴を脱ぎながら爽子が言い返す。

「ああもう、判ったわかった。……で? 何しに来たの? 何かの確認?」

「――ええ」

爽子は、白手袋を嵌めた手を腰に当てて室内を見回す冴子を三和土に残し、床へ上がりながら続けた。

「もし私の考えたとおりなら、あるはずのものを」

マンション内は、十日ほど前に訪れたときと変わっていない。それは当然ではあったが、室内を漂う陰鬱(いんうつ)な薄闇はむしろ、射し込む陽光の明るさが増したぶん、より濃くなっている気がする。爽子はそんな闇を、蛍光灯のスイッチを入れて追い払った。

「なによ？　その、あんたの考えたとおりならあるはずのもの、って」

冴子はそう問い返したのだが、爽子はといえば、室内灯の光量だけでは足りないのか、取り出したペンライトでトイレのドア枠を照らし、その表面を綿密に調べはじめて返事もしない。

「………」

爽子は無言で、ライトの丸い光で照らした戸口の建材へと眼を近づけて、さらに白手袋の指先を撫でるように走らせ続ける。まるで、獲物の臭いを嗅ぎ取ろうとする猟犬のように。

ここじゃない、と爽子は丸めていた背を伸ばしながら結論づけた。私が推定した犯人の手の届く範囲に、痕跡はない。――次だ。

「答える気はなし、ってわけね」

冴子が、目前を狭い庭を駆け回るヨークシャーテリアのように通り過ぎた爽子へと吐き捨てた。

爽子は冴子の冷たい視線に背中を刺されながら室内を横切ると、居室の壁際にある片袖机へと近づき、その脇で膝をついた。

そして引き出しを開けては、調べて行く。だが、調べて行くのは、引き出しに納められていた文房具やノートではなかった。それらには眼もくれず、爽子が浴室の戸口でしていたのと同じように、眼を近づけ指先で撫でているのは——。

引き出しの、取っ手の付いた手前の板だった。爽子は、その上部の縁を調べている。

一本目、二本目……。まだ真新しい、安物の合板に施された塗装には、何の異常も見受けられず、指先にも反応はない。三本目——。

「……ん？」

爽子は縁をなぞる指を止めた。手袋を通して、何かに引っ掛かる感触が明瞭にする。

「なに？　どうかした？」

爽子は、背後へ近づいて言った冴子へ答える余裕もなく、……そっと、合板の縁の一点で止めていた人差し指をあげた。

縁が僅かに——だが確かに、へこんでいる。

「引き出しに何か仕舞おうとして、挟んじゃったみたいね。これがどうかしたの？」

爽子は、冴子が身を屈めて背中越しに覗き込みながら尋ねると、ポケットからメジャーをつかみ出しながら答えた。

「——木梨朱美を拘束していた結束バンドの幅、覚えてる？」

「さあ……」

「私は覚えてる。五ミリ」

爽子は予言のように告げて、メジャーの伸ばした目盛りを、へこみに当てた。

極小の溝のようなそのへこみは、正確に、一センチの半分だった。

冴子は、ふうん、と拍子抜けしたように背を伸ばした。が――。

あることに気付いて、息を呑んだ。

「吉村、あんた、まさか……！　朱美ちゃんが自分で拘束したって……？」

爽子は小さなへこみを見詰めたまま答えなかった。けれど代わりにその手の中から、伸びていたメジャーが巻き取られる、カシャン！　という音が響いた。

「私が木梨朱美を疑い始めたのは」

爽子は町田署への帰路、アルト・ワークスを運転しながら言った。

「前にも話したけど、犯行の残虐性からはおよそ考えにくい行動を、犯人がとっているからだった」

犯人は有吉若菜を絞殺し、さらに頭部を離断までしていた。にもかかわらず、引き裂かれもせず床へ打ち捨てられていた、その着衣。

「木梨朱美の証言を含む犯人像と犯行態様の間に、乖離があるのはなぜか。……これまでの捜査結果を前提とする限り、矛盾は解き明かせない。そう気付いたのは、日高さんと話してるときだったんだけど」

「──で?」冴子が助手席で頬杖をつき、前を向いたまま促す。

「あんたは自分が分析するうえで、一番パーセンテージの高いデータを提供した朱美ちゃんを疑った、と」

「ええ。洗い直すと、木梨朱美の証言には不審なところがいくつも浮かび上がった」

爽子は交差点に差しかかると速度を緩め、左右に眼を走らせながら続ける。

「……まず目に付いたのは拘束に使用された物品だった。犯人は木梨朱美へ目隠し、猿ぐつわ、足かせをするのには粘着テープを使っていながら、なぜ、両手だけは結束バンドで拘束したんだろう、って」

爽子は交差点を通過すると、再びアクセルを踏み込みながら言った。

「証言のとおりなら、助けも呼べず逃げだせなくなった時点で、犯人は木梨朱美を完全な支配下においた、っていえるけど……。にもかかわらず、どうしてそんな相手にわざわざ別の道具を用いる必然性があった? そのまま粘着テープを使えばいいのに」

「で、あんたは朱美ちゃんを疑ったけど、あの子が発見時に身動きもままならない状態だったのは、臨場した地域課警察官が現認してる。だからあんたは色々とおかしな真似をして、試してたってわけか。――自分で自分の両手首を、結束バンドで縛ることは可能なのか、と」

冴子は表情こそ仏頂面（ぶっちょうづら）のままだったものの、脳裏で爽子の〝奇行〟を思い出しながら言った。

あれらはすべて、自分の仮説を実験していたのだ。

最初に爽子は、あらかじめ両手首を結束バンドで縛った状態で――いわば縄跳びの要領で、曲げた両足が腕の中をくぐれるのではないかと考えたのだろう。だから、自分に問われて、講堂のパイプ椅子で膝を抱え込んだのだろう。

だが、それは試してみて無理だと悟った。

だからその考えを捨てて、ドアの外で立ったり、刑事部屋の机の側にしゃがみ込んだりしたのだ。

事前に輪にした結束バンドを両手首へ通しておき、それからバンドの末端を何かで挟んで固定することさえできれば、強く引っ張ることで締め上げ、自分自身を拘束されていたかのように偽装できるのではないか、という仮説が成り立つかどうかを試すために。

そしてそれは、先ほど爽子の発見した、机の引き出しの縁に残された工具痕（ツールマーク）で実証された。

木梨朱美は後ろ手にしゃがみこみ、結束バンドの末端を机の引き出しに挟んで固定したのだ。

「で、あんたは木梨朱美がそんな偽装工作までした以上、……犯人だ、と」

「ええ」

爽子はうなずいた。

「犯行現場のワンルームはいわば、密室だった。犯行を目撃した者はいない。それに、地取りでも防カメでも、黒ずくめの男性被疑者の影も形もない。それどころか侵入経路さえ、いまだに特定できない……」

「でも、だからって」

冴子は爽子の白い横顔に向けて反論した。

「大体、動機はなに？　木梨朱美と有吉若菜の間には男関係、お金……何のトラブルもなかった。むしろ、事件当夜みたいにいつも連れだって出掛けるほど、仲が良かったんだよ？　あんたが正気で言ってんのなら、それはどう説明してくれるわけ？」

「……私にもわからない」

爽子はぽつりと言った。

「これまでの統計からだと、女性殺人犯の犯行は、毒殺みたいな間接的な手口がほとんどで……。しかもその特徴は、金銭目的といった明確な動機を持ち、それを達成するための〝道具的〟なものであることなんだけど。……この事案みたいに、男性の〝トラウマ‐統制モデル〟のような――」

「ああもう、うるさい！　判るようにいって！」

「つまりこれまでは、女性が残虐な行為そのものを目的に犯行を行うことはない、とされてきた。にもかかわらず……。木梨朱美には、サイコパシー属性が……」

「なんだか知らないけど、私には朱美ちゃんは普通の子に見えたけど？　それに現場には、凶器って遺留品が――」

冴子は鼻で嗤ってそこまで言ってから、急に口を閉じた。あることに気付いたのだった。

「ええ」

爽子は、冴子の胸の内に浮かんだ疑問に答えて、前を向いたままうなずいた。

「〝凶器のワイヤーや鋸は犯人が持ち込んだもの〟……それを保証しているのは、木梨朱美本人の証言だけよ」

爽子は、ちらりと冴子へ向けた眼を笑わせて言った。

「あのとき日高さんのいったとおり、特殊な趣味の女子大生かもしれないってことね」

「……なにそれ、嫌味のつもり？　まだ、あんたのご高説が正しいと決まったわけじゃないでしょ」

「ええ」

憤然と言い返した冴子に、爽子は前を向いたまま平然と答え、ゆっくりとブレーキを踏みこむ。

冴子も視線を戻すと、数十メートル先で、エプロン姿の保育士たちに引率された園児の一団が横断歩道を渡ろうと、路肩に固まっているのが見えた。

爽子と冴子は、停車したアルト・ワークスの車内から、笑顔と手振りで、園児たちに横断歩道を渡るよう促す。

「……でも、木梨朱美の犯行となれば、現場に残っていたはずのものが発見されなかった理由にも説明が付く」

爽子が、目の前の横断歩道を、揃いの黄色い帽子を被った園児たちの列が横切って行くという、平和そのものの光景を見ながら言った。

「――精液？」

冴子が、道路を渡りながら手を振りかえしてくる園児たちに、助手席から笑顔を咲かせながら答えた。

「ええ。犯人は精液を残さなかったのではなく、――残るはずがなかった。女性だから」

爽子と冴子を乗せたアルト・ワークスは、園児たちが道路を渡りきると、再び走り出す。――自分たちを見送る間に、女性捜査員同士がどんな会話をしていたかを知れば、保育士たちは驚いたに違いない。

「……私が考えた偽装のやり方なんて、誰でも思いつく」

爽子はしばらく無言で運転してから、口を開く。

「でも、誰もが疑いを持たなかったのは、経験から〝動機もなく女性が女性を殺害するはずがない〟〝女性が残虐な行為そのものを目的に犯行を行うはずがない〟……なにより、〝性的殺人を女性が犯すはずがない〟……、そういう思い込みがあったから。私自身、そう信じ込んでいた」

爽子は下唇を噛んだ。爽子はこの時点では思い至ってはいなかったが、そうでない者もいた。

それはともかく、爽子は薄いが柔らかそうな唇に、小さな歯形を残して続けた。

「そのとき、思った。私も含めてみんなが、〝確証エラー〟を起こしてたんだ、って」

「確証エラー？　なにそれ？」

「……つまり、思い込み」

「最初からそう言いなさいよ」

「とにかく私は、……木梨朱美を被疑者とみていいと思う」

それからしばらくの間、二人の間にはエンジンの発する、わずかな音しかなかった。

「で？　吉村先生は、どうやって御説を立証すんの？」

アルト・ワークスが捜査本部のある町田署付近まで帰りつくと、冴子が素っ気なく言った。

「犯行現場のワンルームはある意味、密室で、犯行を目撃したひとはいない。あんたそういったよね？　おまけにそこには木梨朱美の指紋がそこら中にべたべた残ってたんだろうけど、……でも、なんの不思議もない。でしょ？　だって本人の家なんだもんね」

冴子は、長広舌(ちょうこうぜつ)に付き合った返礼とばかりに爽子を視界の端に見たまま、挑発するように告げた。

けれど爽子は、前だけを見据えて運転を続ける。

その横顔に浮かんだ、その頑なな表情こそ、冴子がもっとも嫌う爽子の表情だった。

ほんと、昔から大嫌いだった、こいつのこの顔……。冴子は自分でも不思議だったのだが、ここ数日は爽子への嫌悪を忘れていた。けれど、それがいま唐突に、胸の奥から黒雲のように湧(わ)いていた。だから、囀(さえず)るように続けた。

「さらにさらに、よ？　凶器や成傷器なんかからの指紋掌紋、ＤＮＡ資料の検出は、すべて駄目！……ときてる。あんたが自作自演だと主張してる拘束にしても、使われた粘着テープは、朱美ちゃんが〝犯人に脅されて自分で貼ったり巻いたりした〟って証言している以上、朱美ちゃんの指紋その他が検出されても全然おかしくはない。おまけに、あんたが見つけた結束バンドと同じ幅の痕跡にしたって、証拠として認められるかどうか怪しいもんよね？　つまりさ、証明するのはほぼ不可能ってこと。――どう？　違う？」

冴子は、爽子の木梨朱美犯行説を立証する困難さを散々にあげつらってから、運転席に顔を向けて駄目押しする。

「吉村先生の説は、無理筋っぽくないですかあ？」

爽子は答えないまま左ウインカーを出し、路上でアルト・ワークスを停める。――二人を乗せたワークスは話している間に、町田署の前まで差し掛かっていた。

「――日高さんの言ったことは、判ってる」

爽子は左車線の車が途切れるのを見計らってアクセルを踏み込み、ステアリングを回しながら口を開いた。

ワークスは歩道を越えるとき、突き上げられるように揺れたものの、庁舎前の、公用車の並んだ敷地へと滑り込んで行く。

「だから柳原係長には、——まだ言わないで」

もし自分の仮説が正しければ……と、爽子は思う。これまでの捜査方針——捜査要項の百八十度転換を求めるものだ。

いや、それだけでなく、もし間違っていたら……？

それほど重大なことを、捜査員として軽々しく口に出すことはできなかった。

だが、爽子は同時に、柳原は自分の分析なら信じてくれる、……と何故だか漠然と信じてもいるのだった。しかし、ならばなおのこと慎重にならなくてはいけない、とも思う。

だから冴子には、柳原からの信頼に応えるためにも、黙っていてほしいと告げたのだった。

「はあ？　答えになっていないんですけど」

冴子は、アルト・ワークスが黒白及び覆面車両の並ぶ駐車場を行き、外来者用の白い枠内へ爽子が停車させると、車内で呆れた声をあげた。

「もう一度聞くけど？　あんたはどうやって、あんたの考えを証明するわけ？　いっとくけどね、いままでみたいに〝ええ……〟とか〝まあ……〟とかいって誤魔化す気なら、あんたを妄想症の重症者として病院へ連れてってやる」

「——それは」

シフトレバーを押し込みながら爽子は呟く。

「それは――」

爽子はサイドブレーキを、ぎっ、と音を立てて引くと、冴子の顔を正面から見返した。

「マル害を――木梨朱美さんをもっと掘り下げたい……？」

柳原明日香は、捜査本部の席で顔を上げて言った。そして、手にしていた報告書の簿冊を置いて続ける。

「それは、どうして？」

「あの……、それは」

爽子は立ったまま下から柳原から見詰められると、視線を泳がせてしまう。――その姿はまるで、万引きで補導された女子高生が職員室に呼び出され、担任の女教師に絞られているように見えた。

「ええと、その……被害者のリスク度の評価には、生育歴なんかも知っておく必要があって……それで……」

しどろもどろに答える爽子の隣には、冴子も立っていた。

先日、爽子とともに犯行現場で結束バンドを固定した痕跡を発見し、さらに仮説を聞かされて、完全に納得したわけではないものの冴子も爽子の仮説に、いくらかの説得力を感じたのも事実であった。蓋然性がある、という程度ではあったけれど。

そうして爽子と検討した結果、柳原へ木梨朱美の身辺捜査を上申する、という結論に至ったのだった。とはいえ——。

「でもさ。あんた、先輩を説得できんの？　ほんとのことを言うわけにはいかないのに」

「え……？　だ、大丈夫。私がなんとか考えてみる」

懸念を指摘した冴子に、爽子は少女じみた童顔を硬くして請けあったものだった。

それにもかかわらず、このざまだ。——馬鹿、大見得切ったんだから、ちゃんと考えときなさいよ。冴子は爽子の隣で、私はこいつとは無関係です、とでも言いたげな仏頂面になって、内心では舌打ちしていた。

「なるほど」柳原は言った。

「それでマル害の出身地、岡山県の……備前市か。そこへ出張したい、と」

爽子は柳原の、教場で回答の粗を探す教官のような口調に、これは認めてもらえないだろうな、と思った。

木梨朱美の犯行を証明するのは、物証の得られない現状ではほぼ不可能だ。

——でも、私の考えが間違っていないなら、木梨朱美の過去には必ず、犯行に繋がる予兆があったはず……

ならば、進学し上京するまで過ごした地元へ赴いて調べるほかはない。その考えに揺るぎはないが……肝心の柳原を納得させられる大義名分は、頭からひねり出せなかった。

駄目か……。爽子は心の中で唇を噛んだ。

「いいわ、行ってらっしゃい」

柳原が言った。

「え？」

半ば諦めながらも必死に言い募っていた爽子と、そんな爽子の脇で、警察学校同期の不甲斐なさに、だめだこりゃ、とばかりにそっぽを向いていた冴子は、異口同音に答えて柳原を見た。

「あの……係長？」

「いいんですか？」

爽子と冴子は顔を見合わせた。

「どうしたの？」

柳原は仲の良くない部下同士の、この時ばかりは息のあった反応を愉しむように笑った。

「あなたたちが申請したんでしょう？……行ってくれば。岡山へ」

「あの、ほんとに……いいんでしょうか」

爽子がおずおずと付け加える。通常、捜査本部で捜査員が出張したいといいだせば、デスク主任らからその必要性、当地における捜査事項について厳しい質疑を受けなくてはならない。

だから、あっさりと出張が認められたことに、爽子と冴子は拍子抜けしかけたのだが――、そんな二人に柳原は告げた。

「ただし、必ず獲物を咥(くわ)えて帰ってくること」

かつて〝公安一課の女狐(めぎつね)〟と恐れられた片鱗(へんりん)を上目遣いに光らせて、柳原は続ける。

「判ってるとは思うけど、それが猟犬とペットの違いだから。――いいわね?」

柳原の眼光に、爽子と冴子の背筋が、反射的にぴんと伸びた。そして、警察学校時代の術科教練のときのように、二人並んで直立不動の姿勢になる。

「はい、必ず。係長、ありがとうございます」

爽子は、胸の内に生じた微かな違和感の所在を探りつつ柳原の眼を見て答え、冴子も続いた。

「はい。ご期待に沿えるよう頑張ります、先輩」

そうして爽子と冴子は、翌朝、東京から西の果てへ、――岡山へと発(た)つことが決まった。

3

吉村爽子は、日高冴子と木梨朱美の身辺捜査のために岡山県へとむかう当日の早朝、まだ暗いうちに多摩中央署を出た。

白々とした蛍光灯の灯る庁舎から一歩踏み出すと、まだ明け切らない空は、夜の余韻のような紫色をしていた。

五月とはいえ、街はひんやりした払暁の冷気に沈んでいる。

――すこし肌寒い……。

爽子は、少しずつ明るさの増す空で、まだ健気に瞬いている星たちを見あげて微笑む。

――でも、気持ちいい。

スーツの肩にかけたスポーツバッグをひと揺すりして、歩き出す。

多摩センター駅は、署から目と鼻の距離だ。署の敷地を出ると、もう駅舎がクレーター状に造成された中に見えた。爽子はその縁に沿って半円を描いて延びた、まだ夜の気配の中にあるデパートやホテルの建ち並ぶ歩道を、歩いて行く。

歩道に人影はなく、大通りを駅舎へと繋ぐ陸橋から見おろした道路にも走る車はまばらだった。おかげで朝の空気には靴底やタイヤに掻き回されるまえの、おろしたてのような新鮮さがあった。

未来の月面都市のような光景の中で、様々な街の匂いもまた、……鎮もっている。そんな言葉があるかどうかは知らないけれど、爽子はそう思う。

こんな風に、夜の終わりへ安堵ともつかない感情を抱くのは、人がまだ夜陰を恐れていた太古からの本能からか、それとも自分が警察官だからか。

どちらだろう、と爽子は肩からずれるバッグを気にしながら思う。夜明けは太古の人々にとって寒さや野生動物といった恐怖からの解放だったはずであり、当直についた警察官にとっては辛い勤務の解除が間近なのを告げ――同時に、一日のうちで最も一一〇番通報が少ない平穏な時間帯でもあるからだろうか。

爽子はそんなことを思いながら、数分ほどで人気のない京王多摩センター駅へ着くと、所在なげな自動改札を通り過ぎながら、くすっと笑った。

――私、なんだか緊張してるのかな……。

なにしろ間近で親友を殺害されたうえ、自身も監禁の被害者――町田署捜査本部のほぼ全員がそう信じて疑わない木梨朱美。物証は期待できない状況下で、その犯人性を裏付けるなにかを探し出さねばならないのだ。殺人事件に携わる捜査員は被害者へ必ず誓う。あなたが人生を断ち切られたときの苦痛と、それを与えた犯人を絶対に赦さない、と。それはある意味で生者と交わすよりも重い、死者との約束なのだった。緊張しないほうがおかしい。

――でも、それだけじゃなくて……。

爽子には、克己の首輪と執念という牙をもつ猟犬じみた捜査員としての本能とは別に、いわば個人としてのささやかな感慨もあったのだった。

私は岡山県へ行く。……幼い頃に起こった〝あの事件〟から、ずっと確執を抱えている母の生まれた場所であり、さらに……顔を知らず存在さえも曖昧な父とも関わりがあるであろう土地へ。私が、なんとなく自分のルーツのように感じているところへ――生まれて初めて。

そういえば、と爽子は自分の足音だけがやたらと耳につく駅舎を抜け、ホームから、ほぼ無人の始発電車へ乗り込みながら、気付く。

――私は新幹線に乗ったことがない……。

捜査で近県へ出向するのは珍しくはないが、そうした場合は概ね捜査車両が交通手段だった。それに警察官になる前の学生時代、中学や高校の修学旅行にも爽子は参加していない。その費用が、母ひとり子ひとりの家庭には負担が大きかったからだが、どこか孤立しがちだった爽子も、それを押してまであえて参加したいと母に訴えなかったせいもある。そんな暮らしぶりでも大学進学が叶(かな)ったのは、母の、やはり岡山の実家が学費を援助してくれたからだった。

——縁を感じるのはそのせいかもしれない……。そのお陰で私は心理学をまなべて、特別心理捜査官に任用されることができたんだから……

そんな土地へ、これから赴くんだ。爽子は薄い胸の奥で、様々な期待と不安を入り混じらせたまま新宿(しんじゅく)駅で京王線から山手線(やまのて)に乗り換えると、日高冴子と待ち合わせた品川駅まで山手線に揺られていった。

そうして、爽子が到着した品川駅の広大なコンコースは、まるで清潔な廃墟のようだった。

まだ午前六時まえの時間帯、店舗のシャッターは下りたままで、鉄とコンクリートが醸(かも)し出すひんやりした硬質の空気が漂っている。

日高冴子は、中央改札のホールで待っていた。

「あ、来た？」

「——おはよ」

爽子は口の中で答える。そんな爽子を、冴子はスーツ姿でキャリーバッグを脇に立てたまま、身なりを点検するように眺めた。

「あんた、朝ご飯は？　買ってないの？」

冴子は片手に持った小さなレジ袋を示して言った。

「え？　……折角だから、車内販売でなにか買おうかな、って」

爽子が答えると、冴子はなぜかちょっと意地の悪い、それでも魅力的な笑みを覗かせる。

「ふうん、そう？　ま、あんたがそういうなら、別にいいけど。——さ、もう新幹線が来るよ。行こ」

冴子がキャリーバッグの取っ手を持って、キャスターの音をごろごろとコンコースに響かせながら歩き出す。爽子は冴子の表情の意味が解らないまま、後を追うように歩き出す。

「ちゃんと領収書もらうのよ。ほら、そこのボタン」

爽子は冴子に注意されながら、慣れない手つきで券売機のタッチパネルを操作して切符を買った。

——こんなことも私、初めてだ……。

爽子は微苦笑しながら冴子を追って改札を抜けると、エスカレーターで新幹線乗り場へと降りた。

するとと丁度、ホームにはベルが鳴り響き、……〈のぞみ一号〉博多行きが、構内へ入線してくるところだった。

風圧とともにすべり込んできた白い車体が、目の前を圧倒的な存在感を放ちながら、視界の端から端へと延びてゆく。爽子は、ホームに沿ってゆっくりと停止した、白い車体の優美さに、少し気圧されたように感じて、ホームに佇んだ。

大きくて、綺麗……。爽子は眼を見張って眺めながら、心で呟いた。もちろん、爽子もこの国に住んでいる以上、新幹線を写真や映像で見たことはある。けれど、間近で見るのは初めてなのだ。そして、それら媒体を介したものには、存在感が決定的に欠けていた。

爽子は、目の前の電車が工業技術の結晶なのがわかってはいても、その滑らかな生物的な曲線に、海豚や鯨といった海洋哺乳類を連想する。

「なに、あんた。新幹線、見たことないの？」

冴子は、ほどなくして開いた新幹線のドアへ歩きかけたが、爽子がホームに立ったままなのに気付いて、振り返る。

「え？　う、うん。――そんなことはないけど……」

爽子も声をかけられて、慌てて歩き出す。

乗り込んだ車両には、背広姿の出張らしい乗客たちが、ぽつんぽつんと離れて座席を埋めていた。

空いていた窓際の二列席に並んで席を占めると、爽子が何だかホテルみたい……、と物珍しげに車内を見回すのに構わず、冴子の方はバッグから必要な物を取り出すと、さっさと荷物を棚に押し上げる。そうしてから座席の背もたれを倒し、座り心地のいい角度に調節する。

「あんた、携帯に充電は？　それにＷｉ－Ｆｉを繋げないと」

冴子はスマートフォンと接続した充電器を、足もとのコンセントに差しながら言った。旅慣れている。

「え……と、そうなの？」

「あんた相変わらず、抜けすぎ」

冴子は呆れた顔をして、指導巡査のように続ける。

「あっちじゃ連絡手段はこれだけでしょ。バッテリー、切らさないようにしてよ」

当然の指摘に、爽子はまたちょっと慌てて、支倉から熱心に薦められたラブパワー製のバッテリー兼充電器をバッグから引っ張り出す。

そうこうするうちに、窓の外のホームに発車ベルが響き、——やがて〈のぞみ〉は、微（かす）かな振動とともに、動きはじめた。後ろへと押しやられてゆく駅構内を見ながら、爽子は小さく驚いていた。——すごい、揺れもしない……。

品川駅から走り出してしばらくは、高層ビルの林立した見慣れた風景が続いてゆく。けれど爽子は、それがなにか貴重な映像ででもあるかのように、大きな瞳を見開き、一心に見詰め続ける。

そうして都心を抜け、さらに多摩川を越えると、風景からビルが姿を消し、かわりに覆いが取れたように青空が広がり、眺めが変わる。

東京都内を通過すると、爽子は、私はいま〝私の街〟を離れたのかもしれない……、ふとそう思った。

——私という人間が生まれ、形作られ、……そして、これからもずっとそこで生きてゆくだろうと、漠然と信じている街から。

故郷。そういえるほどに確たる愛着があるわけではないけど……でも。

「あんたさあ。やっぱり、新幹線に乗ったことないんじゃないの？」

「うるさいな、悪い？」

物思いを邪魔されて、爽子は少女じみた童顔を、むっ、としかめて言い返す。

「香り高いコーヒー、サンドイッチは——」

そこへ折よく、ワゴン販売の女性の声が通路の後ろから聞こえた。爽子は冴子へ言い返すのを中断し、通りかかった販売員を呼び止めた。と――。

「……え？」

販売員の女性から、注文したサンドイッチの値段を告げられて、爽子は財布を取り出す手を思わず止めた。コンビニエンスストアの物より、三倍近くも高い。隣で冴子が笑いを押し殺している。

「ど……、どうもありがとう」

爽子は動揺を隠して千円札を渡し、プラスチックパック入りのサンドイッチを受け取る。

「なんでだろ？　これ、いっつも食べてるコンビニのやつなんだけどさあ――」

冴子も、レジ袋から同じくサンドイッチを取り出して、食べながら嬉しそうに言う。

「――今朝はなんか、余計においしく感じちゃうのよね」

「あっ、そ。私は、これが食べてみたかったから」

爽子も負けずに平然とした風を装って、ぱくぱくと自分の高価なサンドイッチを食べた。

朝食を済ませたあとも、爽子は飽くことなく、車窓を流れてゆく景色を見詰め続けた。

そんな爽子の隣で、起床が早かったせいで、冴子はうたた寝をした。

「あ……、寝ちゃった」

束(つか)の間の眠りから目を覚まして、爽子へ顔を上げた冴子は――、驚嘆した。

「あんた、ずっとそうやって外を眺めてたの？」

爽子は、品川を発車したときと同じ顔を半ば窓へ向けた姿勢だった。腕時計で見ると、爽子はもう一時間以上もそうしていたらしい。

爽子は冴子の呆れた声にも、ちらりと視線をおくっただけだった。

「私にとっては珍しいから。それに――」

爽子は眼を車窓にもどして口を開く。

「――景色を見ていると、いろんなことが思い浮かぶから」

「別に興味なんかないけど……、どんなこと？」

爽子は車窓の外を見詰めたまま、気分を害した様子もなく言った。

「犯行現場から犯人の逃走経路、居住地を予測する地理的プロファイリングのソフトに、〝リゲル〟っていうのがあって……、いろんな国の法執行機関に採用されてるんだけど。――その〝リゲル〟の着想を開発者であるカナダの元警察官は、日本を旅行したときに、この東海道新幹線から眺めた風景から思いついたんだっけ、……とか」

「なにそれ、初めて新幹線に乗った中学生みたいな顔して眺めてると思ったら。……あんた、そんなことばっかり考えてたの？」

冴子はいよいよ呆れて言ったが、爽子は透明な表情で窓に向いたまま答えた。

「いまは……、それだけ」

爽子は置き去りにしてゆく街や山々に惹かれながらも、思考のほとんどを事案へと傾けていた。

その焦点にあるのはもちろん被疑者、木梨朱美だった。

現状では、物証を得るのはほぼ不可能。しかも捜本のほとんどの捜査員は、朱美を親友を殺された被害者とみている。

でも、と爽子は思った。いま木梨朱美がどれほど子猫のように大人しそうにみえたとしても、過去に残した足跡のなかには、子猫に似合わない禍々しいかぎ爪で穿たれた、今日犯行へと至る兆し——サイコパシー属性殺人者たちの特徴である〝セントラルエイト〟と呼ばれる因子が、きっとあるはずだ。

それを見つけ出せるか。

考え続ける爽子の耳に、間もなく名古屋に到着するのを車内アナウンスが知らせた。

二人を乗せた〈のぞみ〉は定刻どおり、午前九時過ぎに岡山駅へ着いた。

途中、車内は名古屋、それに大阪から乗り込んだ乗客たちの交わす関西弁で賑やかになったのだが、爽子と冴子は、それら関西からの乗客とともにホームに降り立った。

高さがビルの三階くらいはありそうな新幹線ホーム、そこから防音の透明アクリル板越しに眺めた市街は、それなりに繁華だった。

駅前を埋める自動車の群れと、その間を路面電車が走る広い目抜き通り。いまは鳴りを潜めている電光掲示板を屋上に載せた、あまり高くないビルに囲まれていた。そのせいなのか、爽子も写真では目にしたことのある漆黒の岡山城は、肉眼では見えなかった。

「ちょっと、あれ」

冴子が、ホームからエレベーターを降りた駅舎内で、壁を視線で示して言った。

爽子も目をやると、岡山駅を中心に描いた路線図だった。……都内の、脳外科医の教科書ばりに複雑な路線図を見慣れている目には、随分と簡素に映る。

「ああいう路線図を見るとさあ、ああ、地方に来たなって思っちゃうのよね」

「解りやすくていいと思う。私は、いまだに迷うもの」

冴子が揶揄混じりに呟くと、爽子は多少の不愉快さを持って、西の果ての片田舎を弁護する。

「はあ？　そうなの？　音痴なのはカラオケと運動だけにしときなさいよ」

鼻で嗤(わら)った冴子とともに一旦新幹線乗り場を出て、在来線の山陽本線、赤穂(あこう)行きへ乗り換える。都内を走る私鉄や山手線のステンレス製でスマートな車両に比べると、質実剛健で鋼鉄の重量感のある車両は、通勤ラッシュの余韻の残る時間帯ではあったものの、座席には余裕があった。

「電車まで骨董品（こっとうひん）みたいじゃない」

「……うるさい」

間もなく、二人を乗せた電車は動き出した。

市街を抜けて——とはいっても、都心のように超高層ビルがそびえているわけでもない。それらに比べれば岡山市街の建物は低く、また間隔も心なしかゆったりしていて、空を隠すほどではなかった。岡山駅を発車してすぐ、市街の中心を流れ、かつては岡山城の堀の役割も果たしていた、川面の眩（まぶ）しい旭川（あさひがわ）を渡った。

爽子が眼を惹かれたのはそんな市街よりも、郊外の風景だった。

電車が進むにつれて、住宅の合間に見えていた田畑が広くなってゆく。そして線路に近づいたり遠くなったりする、鮮やかな新緑に萌えた低い山々。

吉井川（よしいがわ）の鉄橋を渡ると、いよいよ田園風景にかわった。——吉井川は、桃太郎伝説において、桃が流れてきたとされる一級河川（かせん）だ。

爽子は、電車が国道を挟み、降りたばかりの新幹線の高架と併走するなか、空と農地の広さに眼を見張った。

穏やかな陽光のもと、そのどこもかしこも、冬の眠りから覚めた春の息吹が地面から立ち昇っているように見える。光がはしゃいでる——そんな気がした。

殺人事件の捜査でここに来たのが、何となく申し訳なくなってしまうほどの陽気だった。

「——次で降りるよ」

「わかってる」

爽子は、冴子に告げられて我知らず車窓へ向けていた微笑を消し、捜査員の顔に戻って答えた。

そうして二人の警視庁捜査員が降り立ったのは、赤穂線の伊部駅だった。岡山駅で乗車した際は山陽本線だが、途中で電車は赤穂線に乗り入れるからだ。

「着いたね。ようやく」

「ええ」

爽子は、幅の狭いホームに立って軽く身体を伸ばす冴子へ答えた。

夜の明けきらない東京を出発して五時間半、ようやく目指した目的地へと辿り着いたのだった。

伊部駅は山間の平地にあった。四階建てのビルだったが、駅自体は一階の一部だけらしい。爽子は駅から出る際、窓口で切符を扱っているのが駅員ではなく、エプロン姿の女性なのを不思議に思ったのだが、――駅を出て正面に回ると、その理由が解った。建物の壁面には備前焼産業会館、と表記されている。そこは地域振興のための施設も兼ねているらしく、一階は地域特産品を扱う売店になっていて――その店員が切符の販売業務を兼任していたのだ。そんなことも爽子には珍しかったが、一階の明るい店内からは、二階の備前焼ギャラリーへあがれるらしい。

駅前とはいうものの、観光地らしい賑やかな商店街があるわけでなく、目立つ建物といえば、目の前を横切る、乗用車や大型トラックが行き交う国道越しに、地元の信用金庫があるだけだった。

「さて。まずは地元署へご挨拶、と」

「ええ。行きましょ」

「あ、ちょっと……！　どこ行くのよ。こっちよ、こっち」

爽子が肩にかけたバッグをひと揺すりし、タクシーが二台ほど手持ちぶさたに停まったささやかな駅前ロータリー……というより駐車場を歩き出すと、冴子がキャリーバッグを音を立てて引きながら、呆れたように呼び止める。

木梨朱美の実家は備前市中心部の南片上（かたかみ）地区であり、本来なら、備前片上駅で降りたほうがより近い。にもかかわらず、爽子と冴子がそのふたつ手前でわざわざ降りたのは、まずは県警の地元署へ、〝仁義を切〟っておく必要があるからだ。いわば他人の家の庭を掘り返すに当たっての挨拶であった。県警本部には柳原から連絡が行っているはずだ。

そういった理由で爽子と冴子がまず足を向けたのは、岡山県警備前警察署だった。

伊部駅の前を通る幹線道路、乗用車はもちろん大型トラックがひっきりなしに通る国道二号線を少し歩いた山際に、備前署はあった。

都内の瀟洒な庁舎とは違い、極端に窓の少ない要塞じみた三階建てだった。庁舎前には事故処理車、黒白パトカーが並び、広い敷地には他にも警察車両が並んでいる。

「なんかやたらと目に付くわね、あの焼き物。駅前でもみたけど」

冴子が、署の門を入った正面入り口で足を止めて言った。

車寄せの庇に金色の旭日章を掲げているのは、日本全国津々浦々、どこの警察署でも同様だ。けれどこの備前署は、旭日章と並んで、「備」「前」「警」「察」「署」と署名が一文字ずつ陶板に記されて、庇の下の外壁に塡め込まれていた。

冴子はその陶板の、温かみのある深い茶褐色と緩やかな線の模様に目を止めて、呟いたのだった。

「え？　知らないの？　備前焼」爽子は驚いて振り返る。

名の通り、備前市の特産品であった。そのため警察署の表記だけでなく、駅前の電話ボックスの屋根にまで備前焼が使われている。

「備前焼？　ああ、あれが……。素焼きの食器でしょ？　お年寄りが有り難がる」

「……あのね。――まあ、いいけど」

爽子はこともなげに言い捨てた冴子に、本で読んだ知識をひとくさり力説してやろうかと思ったが、止めた。なにしろその魅力を語ろうにも、一見素朴にみえるこの陶器を、自分自身、一つも持っていなかったから。

それに、冴子の鑑賞眼はともかくとして、如才のなさは特筆に値した。

「ほら。ちゃんとお土産まで用意しといたんだからね、私は」

冴子はバッグから包装された箱入り菓子を取り出しながら言った。

「有名すぎて嫌味にならず、それでいてそこそこ知られているのを選ぶのに、苦労したんだから。感謝しなさいよ」

「はいはい」と爽子は形ばかりの謝意を示す。

そうして準備を整えてから署の玄関を入り、対応してくれた副署長に、しばらくこちらの〝庭先〟を調べ回るについての挨拶をすませた。副署長は県警本部から警視庁警察官が出張してくる旨は連絡を受けてはいたものの、やって来たのが女性捜査員同士の相勤なのには、驚いた様子だった。

また、署側の厚意で嵩張る荷物も預かってくれたうえ、さらに市内中心部まで警察車両で送ってもらえることになった。

「あはは、田舎の県警さんは、お警まで珍しいのかなあ」

冴子が、庁舎前の車寄せで車が回されてくるのを待つ間、おかしそうに笑った。

「そういうけど――」

なによ、田舎田舎って……。爽子は眉を寄せた渋面をして言った。気が合わないのは昔からだが、冴子のこの土地への感想が、なぜかいちいち感情を刺激する。

「ここの県警は、携帯端末の活用が警視庁より進んでるって、部内誌で読んだけど」

岡山県警は、独自に開発したスマートフォンとスマートウォッチを連動させる最新システムを、地域警察官に配備している。携帯端末を警察活動に導入した時期も、警視庁より十年近く早いのだった。

「ふうん？　なんか、やたらと肩を持つじゃない」

冴子はからかうような眼を爽子へ流す。

「こっちの県警に転職すれば？　そんなに好きなら」

「別に……そういうわけじゃないけど」

だが、無駄口はここまでだった。爽子と冴子は回されてきた捜査車両のトヨタ・アリオンが目の前へ滑り込んでくると、表情を引き締める。

　そして、乗り込むと備前市中心部へ向かった。

　爽子と冴子を後部座席へ乗せたアリオンは、備前署を出発すると、すぐに国道二号を左折し、伊部駅とは逆の方向へと緩い傾斜の長い坂を登った。その先には蒲鉾(かまぼこ)形のトンネルの入り口があった。

「ここを抜けたら、町が見渡せます」

　運転する私服の若い備前署員の言葉を聞きながら、トンネルの、昼光灯の瞬く薄闇を抜けると――。

　備前市の町並が、新緑に染まった山間を埋めて広がっているのが、見渡せた。

　なんだか可愛らしい工業都市……。それが爽子の第一印象だった。

　爽子の感想はあながち間違っていない。運転者の若い署員によれば、備前市の主な産業は、瀬戸内海での漁業と、そしてやはり古来より盛んな焼き物、とりわけ煉瓦(れんが)なのだという。署員の説明を、遠く町並を透かして望めた入り江のような海と、所々に立つ工場の煙突という風景が補足してくれた。

　そういえば、と爽子は、さらに短いトンネルを通り抜けながら、ふと思い出す。――自分の所属、多摩中央署は名の通り、高度経済成長期に建設された団地群、多摩ニュータウンも管轄するが、その建設当初、浴室や台所の建材に使用されたタイルは、ここ備前市のメーカーで製造されたもの、と何かで読んだ記憶がある。そういう意味でも縁があったのかもしれない。

備前市の人口は約三万四千人。

「まあ、のんびりした町ですよ」

備前署員はそういいながら、アリオンの進路を変えて斜路へ入った。そのままぐるりと回って走ってきた国道の下のアンダーパスを潜ると、市道へと降りた。

高さのある建物は見当たらず、どこか静かな気配のする町だった。いま捜査車両が通り過ぎてゆくのは目抜き通りらしいのだが、シャッターを下ろした商店が目立った。

「なんだか昭和レトロ、って感じね」

爽子は、冴子がそう囁きかけてくるのを聞きながら、セピア色をした記録映画の世界へと迷い込んでしまったような面持ちで、囁き返した。

「うん。でも、どうしてかな。……なんだか懐かしい」

木梨朱美の実家はそんな市街の外れ、南片上地区にあった。そこは昔からの住宅地らしく、緩い傾斜地に真新しい住宅と瓦葺きの古い家が半分ずつ建ち並んでいる一画だった。

「へえ、大きいんだ」

「……ええ」

冴子が煉瓦造りの門柱を見あげて感想を漏らすと、爽子も同意した。

木梨朱美の実家は、英国風のヴィクトリア様式というのか、とにかく凝った造りの洋館だったからだ。からまった蔦の装飾が施された柵に囲まれた敷地も、見たところ百坪以上はありそうだった。ただし古色蒼然としていて、爽子は昔の資産家の瀟洒な屋敷、という感じがした。

「ほんとに、こんな遠いところまで……。ご苦労さまです」

予め訪問を報せてあった朱美の母親は、爽子と冴子をピアノの置かれた居間に通すと、まずそう労ってから続けた。

「あの……それで犯人は？　もう目星がついたんですか」

外観と同様、室内も英国調で整えられていて、そんなソファに爽子と冴子は並んで座ったのだが――、問われて爽子は答えた。

「……いえ、申し訳ありません」

爽子は胸の奥に微かな痛みを感じたが、表情は変えない。……まさか、あなたの娘を疑っています、といえるはずがなかった。ここへ来たのもそれを捜査するためです、とは。

「ですが現在、捜査本部は五十人態勢で犯人を追っていますから。——必ず」

「どうか、よろしくお願いします。朱美のことだけでのうて、亡くなったお友達のためにも、はよう捕まえてください」

母親は、茶器を運んできた盆を抱えるようにして、頭を下げた。

自分の娘を、全く疑っていない。……当然の反応ではあったけれど、爽子としては自分の推測どおりであった場合に、目の前の母親を苦しめるであろう懊悩が、ともすれば脳裏に浮かんできそうになる。

——そうなったとき、このひとは、いまここに座っている私をどう思うんだろう……。

「あ、お母さん？　私、朱美さんからお話を聞くのを担当したんですけど」

冴子は、爽子の心中にさした薄い翳りを明敏に感じ取り、話題を変えた。

「まあ、あなたが……。朱美から、ようしてくれる女刑事さんがおるんよ、と……。御世話になりました」

「いいえ、至らなくて。——ところで朱美さん、いまお元気ですか？　私は担当ではなくなってしまったんで……、いまは埼玉の御親戚のところで療養されてるんですよね？」

「ええ、はい……」母親は眼を伏せた。

「あっちでお医者に診てもらっとるほうが、きょうてえこと思い出さんで済むから……本人がそう言うもんで、そうさせとるんですけど……」

「そうですか。朱美さん、勉強が遅れるのも気になるようでしたしね」

冴子は屈託の欠片（かけら）もない笑顔でうなずいた。

できれば朱美の自室、とりわけ本棚などを見せてもらい読書傾向など知りたかったが、それでは疑念を抱かせることになる。爽子と冴子は、通り一遍の挨拶だけを済ませて、木梨家の洋館を辞した。

「さて、顔見せは済ませた、と」

住宅街を少し歩き、見送りの母親からは見えないところまで来ると、冴子が口を開いた。

「――ここからが、あんた本来の目的よね？」

爽子は肩を並べて歩きながら、うなずいた。

「ええ、そうね」

だが、近隣の聞き込みは難航した。――まず、そもそも住民が在宅している家が少ない。

さらに、在宅していたとしてもお年寄りの場合が多く、〝東京の警視庁から来た女刑事二人組〟を珍しがりはしても、表面的な話しか聞けない。

「……あの子はちいせえ頃から、よう勉強ができてなあ。賢けぇ子ぉじゃった」

「朱美ちゃん？　普通のお嬢さんですよ？　道で会っても、ちゃんと挨拶のできる。……

あの、もういいでしょうか」

「え？　ああ、木梨さんのところのお嬢さん。勉強のできる、いい子ですよ？……ごめんなさい。いま鍋を火にかけてるんで」

午前中かけて知り得たのは、この程度だった。——通行者をつかまえて聞こうにも、東京都内の住宅街とは違い、路上には人影そのものがない。車社会のせいだった。

「……ま、地方じゃ誰が誰に何を話したかなんて筒抜けだから、難しいな。それにさ」

冴子が休憩時、昼食を摂（と）りに入ったラーメン屋のテーブルで、麵を一口啜ってから言った。

「あの子の家ってさ、中堅陶器メーカーの創業者一族って話じゃん。そういうのも、影響してるんじゃないかな」

それは、聞き込んだ先で耳にした話だった。——朱美の曾祖父に当たるその人物は、地域振興にも尽力したとかで、小さな銅像でもどこかに建っていそうな、いわゆる〝地元の名士〟だったらしい。爽子は、朱美の実家の造りが立派なのはそれで納得できたものの、住民から話を拾えない理由については、違った。

「それだけじゃない気がする」爽子は言いながらレンゲで炒飯（チャーハン）をつついた。

土地に根ざし、地縁血縁で結ばれた地域社会で有力者への忖度（そんたく）があるのは、爽子にも解る。けれど――。

「みんな、何かに触れないようにしてる」

爽子は米粒を数えるような眼を皿に落として呟く。

「……私は、そう感じる」

木梨朱美の過去について近所の住人が一様に口が重いのは、なにか理由があるのではないか。爽子はレンゲで炒飯をすくいながらそう思う。

「女の勘の無駄遣いじゃなきゃいいけどね。あ、聞いたといえば――」

冴子は、爽子が考え込みながら、炒飯をぱくりと口に入れるのを横目で見やりながら無味乾燥に言って、話題を変えた。

「ここの名物で〝カキオコ〟ってあるんだって。牡蠣の入ったお好み焼き。美味しそうよね、食べてみたいな」

「――私、牡蠣、食べられないから」

「あっ、そ。あんたねえ」

冴子は、相変わらず事件以外の話題には乗らない爽子へ苛立ったのか、言った。

「好きなものより嫌いなものの方が多いんじゃないの？」

冴子は何気なくしたであろう皮肉混じりの指摘だったが、――当の爽子は額を弾かれたように顔を上げ、仏頂面になった冴子を正面から見た。

そうなのだろうか……？　私——

「な、なによ？」

爽子が驚いたまま、ただでさえ大きな眼をさらに開いてまじまじと見詰めると、冴子もさすがに鼻白(はなじろ)む。

私は、……世界を拒絶してるの……？

「そ、そんなことない……！」

爽子はふと浮かび上がった考えを打ち消すように、炒飯をレンゲで口いっぱいに押し込んだ。

——そんなはずない……！　いえ、そうであってほしくない……！

私には……いえ、いまの私には、少なくともこの世界を受け容られる……受け容れる理由はあるんだから。

「馬鹿、なにひとりで大食いコンテスト始めちゃってるのよ？」

冴子は呆れたように、急に炒飯を掻き込み始めた爽子へ声をかける。

「こぼさずゆっくり食べな」

「うふはい」

爽子は炒飯を頬張ったまま、冴子を睨んで言った。

午後も徒労に終わるかもしれない。

そんな不吉な予感に足を重くしながら、地元のチェーン店らしいラーメン屋を後にした爽子と冴子だったが――、僥倖が少しだけ味方してくれた。

それは、ある親子連れとの出会いだった。

切っ掛けは、木梨朱美の実家のある南片上地区の住宅街へと戻り、聞き込みしているときだった。

「なんにも出てこないわね。相変わらず、優等生のお嬢さん、って話ばっかり」

冴子が、応対してくれた中年女性に礼を言って玄関先を離れ、道路をすこし歩いてから爽子に言った。

住民たちの口は午前中と同じく、排他的な県民性もあって、相変わらず重い。

「でも、何かある」

爽子は前を向いたまま、確信を持って答えた。

「言いたくないんだとしたら、それにはなんらかの理由があるはずよ。――必ずね」

そしてその理由こそが、木梨朱美が殺人へと行き着いたのを示す、禍々しいかぎ爪で穿たれた足跡ではないのか。爽子の直感がそう告げていた。

「それはまあ、そうだけどさ」

冴子は小さく息をついて同意する。

「そもそもがあんたの勘違いじゃないの、って言いたいけど……。ま、これだけ当たり障りのないことばっかり聞かされてると、逆に疑わしいって、私も思いはじめたけどさ。でも……」

そのとき、背後からエンジン音が聞こえた。路肩へ避けて道を譲った二人の女性捜査員の脇を、赤いフィットが徐行で通り過ぎる。

爽子と冴子が立ち止まったまま、なんとなく眼で追っていると、フィットは三軒先の路上で一旦停車し、そして、そのままバックで住宅のカーポートへと入ってゆく。

爽子と冴子は顔を見合わせ――それから、小走りにその家へ向かう。

「あ、こんにちは……！　すいません、突然。――ちょっと、お話ししていいですか？」

冴子は低いコンクリート塀ごしに声をかけた。

すると、屋根だけの簡素なカーポートに停めたフィットの、その助手席のチャイルドシートから小さな女の子を降ろしていた三十代ほどの女性が、振り返った。

母親らしい女性の傍ら、打ちっ放しのコンクリートの地面には、地元のスーパーのものらしい、白葱とチラシの突きでた膨らんだレジ袋が置かれている。

「あの……、なんですか？ うちは化粧品や保険のセールスは、お断りしてるんですけど」

買い物から帰ったばかりの主婦らしい女性は、怪訝そうな顔で口を開いた。

「あ、いえ。そういうんじゃないんです。失礼しますね」

冴子は笑顔のまま低い門扉を押して、狭い庭に入ってゆく。爽子も続く。

「あのお、うち、宗教のお誘いもお断りしてるんですけど……」

「ああ、ご心配なく。私たち、警視庁の者なんです」

冴子は、車の脇で相変わらず怪訝な表情の主婦に、内ポケットから紐に繋がれた手帳を示す。

「けいしちょうの、けーじさん？」

主婦のジーンズの後ろへ隠れていた、まだ小学校に上がる前の年齢にみえた女の子が、冴子と爽子を見あげて唐突に声を上げた。

「ほんもの？ ほんもののけーじさんなの？ てちょう、みせてみせて？」

円らな瞳に好奇心を溢れさせて両手を伸ばした女の子の様子に、爽子は自然に笑みをこぼして、片膝をついて屈み込んだ。

「いいよ。——はい、どうぞ。持ってみて」

亡失防止の吊り紐で上着と繋がったままの手帳を渡された女の子は、眼をさらに輝かせて、小さな手の上に載せた黒い手帳の、その意外な重たさに驚いている様子だった。

「もう、千佳（ちか）！……どうもすみません」

「いえ、いいんです。求められたら、提示するきまりですから」

爽子は恐縮する母親に屈み込んだまま答え、興味津々に見入る女の子を微笑ましく見詰めた。

「あの……それで、どういった御用件ですか」

「ええ。先ほど警視庁からといいましたから、もうお分かりかもしれませんけど」

冴子は笑みを崩さず前置きして、続けた。

「木梨朱美さんの事件……、御存知ですよね？　なにか——」

「こわいおねえちゃんのこと、しらべにきたの？」

唐突に、千佳、と呼ばれた女の子が手帳から顔を上げ、爽子に言った。

〝こわいおねえちゃん〟……？　爽子はちいさく息を呑んで、じっと見詰めてくる女の子の、黒々とした無垢な眼を見返した。

女の子は、——木梨朱美を怖いお姉ちゃん、と呼んだのだ。

木梨朱美のなにが、この子にそう感じさせた？　爽子の脳裏に浮かんだ疑問はしかし、――母親が慌てたようにあげた声で打ち消された。

「ちょっと、千佳！　あんたなに言いよんで！……すみません、子どものいうことですから！　すみません、うち、これから用事がありますから！」

主婦は地面のレジ袋を引っ摑むと、がさがさと鳴らして持ち上げる。

「すみません！　ほら、あんたもはよう来られ！　はよう！」

それから、でも……、とまだ何か言いたそうな女の子の手を、主婦は強引にひいた。

その力で、女の子の小さな手にあった警察手帳は亡失防止ひもに引っ張られ、宙に放り出される。

主婦はそのまま前を向いて、片膝をついたままの爽子と冴子を振り返り振り返りする女の子を引きずるようにして、狭い庭を玄関へ歩いて行く。

「あの……！」

爽子の呼び止める声とドアの閉まる音が、同時に響いた。

「ちょっと、疲れたかな。あんたは？」

「ええ、私も」

冴子が、アリオンの暗い後部座席で顔をウィンドーへ向けたまま口を開くと、爽子は答えながら思う。

——早朝から五百キロを移動して、慣れない土地で一日中、足を棒にしたんだから……。

爽子も冴子の隣で、ウィンドーへと眼をむけていたけれど、なにも見えなかった。何故なら、ウィンドーの外は、ほとんど触れられそうに感じるほどの濃密な闇が満たしているからだった。風景が黒一色に塗り込められているせいで、自分たちを乗せた備前署の捜査車両が本当に走っているのかどうかさえ、ともすれば確信がもてなくなるほどの。

けれどそんな錯覚に陥らなかったのは、時折、闇の果てから思い出したような間隔で現れる対向車のヘッドライト、それに、いま走っている県道三十七号線の峠道が緩いカーブを描いているせいで、東京を発ったときより重く感じられる身体が、シートの片方へと押される感覚があるからだ。

……爽子と冴子は、南片上地区で木梨朱美についての聞き込みを続けた。が、日没後しばらくして、一日目の捜査を打ち切らざるを得なかった。

二人は徒労という結果だけを背負い、夕食は伊部駅近くの双葉食堂という店の、牡蠣の入っていないお好み焼きで済ませてから、荷物を預けていた備前署へ立ち寄った。

すると、朝方と同じく署側の厚意で、警邏にかこつけて送ってもらえることになった。

そして、予約しておいた宿へ捜査車両で向かっている……その途上なのだった。

今日の聞き込みでは、めぼしい証言は拾い上げられなかった……。爽子は闇に目を凝らしながら思う。昼食も夕食も美味しかった、というだけでは、成果とはほど遠い。

——見つけないと……。木梨朱美の過去の、犯行へと繋がる、何かを。

「ま、少し休もう」冴子が、爽子の胸の内を読んだのか、言った。

「にしても、……予約した旅館って、思ってたより遠いかな?」

「どうして、備前市内のビジネスホテルとかじゃないの?」

爽子が横目で聞く。日程や宿泊施設は、冴子が手配したのだった。と、その冴子は対向車のライトに照らされながら、にっ、と自信ありげに笑った。

「ま、着いてからのお楽しみ。あんたは絶対、私に感謝する」

「お楽しみって……」

「あれ? なんか光ってる」

怪訝そうに聞き返した爽子に、冴子は進行方向を視線で示して言った。

流れ星ではなく、なにか人工的な光が、夜空を水平に横切ってゆく。

「ああ、あれは山陽自動車道です」運転する若い備前署員が言った。

「もうすぐ和気(わけ)の町に入ります」

いつのまにか峠道は抜けていて、低い山の間を結んで架かる、見えていた高速道路の陸橋の下を通って、――アリオンは小さな町へ入った。

和気町だった。

「やっぱり町の灯りを見ると、ほっとするよね。――あ、ごめんなさい！　そういうつもりでは……」

夜目に鮮やかなコンビニエンスストアの照明を眼にしたせいで、正直な感想を漏らしてしまった冴子が慌てて打ち消す。

まったくもう……失礼でしょ。と、爽子は同期にして相勤の無神経さを横目で非難したが、若い備前署員は運転しながら屈託なく笑った。

「都会から来られたんだから、そう思いますよね。でも、いいところもある町です」

国道沿いにはコンビニエンスストアだけでなく、中規模のスーパーや飲食店、銀行の明るく照明された看板がまとまった感じで並んでいて、確かに生活はしやすそうだった。

そんな、いわば町の目抜き通りを走り抜け、やや勾配（こうばい）のある坂を登ると――急に闇が薄れ、視界の開けた場所に出たのが分かった。

堤防道路に差し掛かったのだった。右側には闇の奥で衝立（ついたて）のようにたつ低い山の際まで人家の灯りが埋め、反対側は朝、電車で渡った吉井川の黒一色の川面が窺えた。

まっすぐな堤防道路をしばらく走ると――向かう先に、山の暗さを背景に、宿泊施設らしい大きな建物がふんわりと明るく浮かび上がっていた。

「あ、見えました。あそこです、和気鵜飼谷温泉です」

温泉？　と驚く爽子をよそに、アリオンは堤防道路を降りて少し走った。

「どうも御世話になっちゃって。あ、副署長さんにもよろしく――」

爽子は、冴子が車寄せに停めたアリオンの側で、運転席の若い備前署員へ愛想良く礼を述べる間、スポーツバッグを肩に、六階ほどの鉄筋コンクリート造りの建物を、やや呆然として見あげていた。

……いいんだろうか、公費で出張しているのに、温泉なんかに入っても。

「おい、吉村！」

「え？　あっ、……お手数をおかけしました」

冴子に声をかけられて、爽子も慌てて礼を言う。そうして、二人はアリオンのテールランプが駐車場を横切って見えなくなるまで見送る。

「――どうしたの？」

爽子は玄関に向き直ろうとして、アリオンの消えた方を向いたまま佇み続ける冴子に言った。

「ん？　なんでもない。……ただ、ちょっといい男だったから、連絡先聞いとけば良かったかなあ、ってね」

　はあ？　と爽子は呆れた。私たちが遥々やってきたのは事件捜査のためだ――、と爽子は叱咤しかけたものの、新幹線や在来線の車窓から、風景に見入っていた自分を思い出し、口ごもる。が、冴子はそんな爽子の様子を気にする風もなく、いつもの調子に戻って、爽子の背中を押すように入り口へと歩き出す。

「ほら、なにぼんやりしてんの。行こ行こ」

「いえ、ちょっと……私はぼんやりなんて」

　ガラスの自動ドアを通り抜けたそこは、ホテルのようなロビーになっていた。落ち着いた雰囲気でラウンジも兼ねているらしく、売店と奥にはレストランも併設されていた。

　けれど、一見するとホテルと変わらなかったものの、爽子は冴子がフロントのカウンターで手続きを済ませるのを待つ間に、どこからか、温泉宿らしい、しっとりした空気が漂ってくるのに気付き、――すると爽子は急に、一日の疲れが、立ったままの身体からどっと滲みだしてくるように感じる。疲れ切った身体が、熱い湯の効能を知っているかのようだった。――私は温泉なんて初めてなのに……。

「さて、ひとつ風呂浴びなきゃね」

係に案内されて通された、十畳の和室に荷物を置くと早速、冴子はそう宣言したが、爽子は荷物を解く手を止めて、躊躇う。

「え、でも……」

〝地獄〟、と称されるほどの、特別捜査本部が設置されて最初の一ヶ月間である第一期はすでに過ぎているとはいえ、柳原たちは遠い東京で、今日も懸命に捜査を続けているはずだ。それを思えば、自分たち二人だけが疲れを癒すのは、なんだか後ろめたい。今日は一日歩き回ったものの、成果と呼べるほどのものがないのも負い目に感じる。

「――先に行ってくれれば。私は報告を……」

爽子はそう答えたのだが、冴子の返答は明快だった。

「先輩たちは夜の捜査会議で忙しい時間帯でしょ？　いま私たちが報告を送ったたって読む閑なんてないって。なら、すこし遅れても同じでしょ？　時間は有効に使うのよ。ほら、解ったら早くする！」

結果からすると、冴子の提案に乗って正解のようだった。

爽子は、照明を抑えた大浴場の、大きな石造りの浴槽で冴子とともに熱い湯に包まれた途端、――なんだか、一日中背負い続けた重い荷物を下ろしたような気がした。身も心も軽くなって、はあっ……、と思わず大きく息をつく。

気持ちいい……。疲れも憂悶も身の内で温められ、分解され……汗と一緒にどこかへ洗い流されてゆく。爽子は肩まで浸かって湯の滑らかな感触を愉しみながら、周りを見回す。浴場には二人の他は客の姿はなく、湯の注がれる音だけが漂うように響き、ベールのように覆った淡い薄闇もどこかしら幻想的な感じがして、現実に疲れた眼と心に優しかった。

……思わず温泉を堪能してしまったものの、浴衣姿で部屋へ戻ると、待っているのはやはり辛い現実だった。町田署の特捜本部に連絡しなければならない。

爽子は湯に浸かった時とは違う息を吐き、柳原の携帯電話へ一日の捜査結果を報告した。

「――本日は以上です。明日も引き続き、木梨朱美さんの身上捜査を」

「わかった、了解。ところで」

耳に当てたスマートフォンから聞こえる柳原の声はそう答えてから、口調を変えた。

「……いまあなたたちが泊まってるところをネットで検索してみたんだけど……結構な温泉宿みたいね？」

「あっ、いえ。それは……あの」

柳原の声は軽い揶揄を含んだものだったけれど、爽子は言葉を探して口ごもる。と、そんな爽子の手から、冴子は携帯電話をもぎ取るように奪った。

「貸せっ……！　――あ、どうも先輩、日高です！　お疲れさまです。あのですね、宿泊場所をここにしたのはですね、ずばり、料金が高くないからです！　ええ、捜査経済のためですから！」

爽子は、冴子が言うだけ言って返して寄越したスマートフォンを再び耳に当てると、柳原が、冗談よ、と笑うのが聞こえて、ふっと安堵の息をつく。が――。

「ただ、成果だけは上げるように。判ってるわね？　それじゃ」

柳原が低い声で宣告して電話を切ると、爽子と冴子の浴衣に包まれた背筋が、警察学校入校当時のように、ぴんと伸びた。

気の重い報告を終えると、二人はやれやれ、と布団の敷かれた畳の間から広縁へと移り、テーブルで向かい合った。

冴子が傍らのカーテンの端を捲って、窓へボブの下の顔を近づけて感嘆の声を上げる。

「あっ、見てみて。そと、真っ暗……！」

爽子もそちらへ目をやると、窓の外は人里とは思えない闇一色だった。なんだか、全ての光を呑み込むような、深い漆黒の。人工の灯りの溢れた都会では、滅多にお目にかかれない眺めだ。

「……そうね」

爽子は微笑んだ。――つもりだったのだが、冴子には拍子抜けの反応だったらしい。

「なによ、ちょっとは合わせなさいよ」

「ごめん。でも……星がきれい」

爽子は笑って顔を上げる。巨大な黒いの山の稜線上へ、ベルベットに銀の粒でも撒いたように、星々が輝いている。儚げなのに、それでも一つ一つが確かな光。

まるで人の命みたい……、と爽子は思った。

「ま、いいけど？　あんたがそういう風なのは、昔からだしね。――で？　明日からの捜査方針、捜査事項は？　どうすんの」

「柳原係長へ申報したとおり、木梨朱美の身上捜査を続けるしかないけど……。現状では……」

爽子が問われて笑みを消し、捜査員の顔に戻って答えると、冴子は口の端で笑った。

「刑事部さんお得意の地取りってわけ？　それよりやっぱさ、的を絞らないと」

「的……？」爽子は浴衣の膝へ落としていた眼を上げる。「的ってあの、千佳ちゃん親子のこと？」

「あの千佳って子は確実に何かを知ってる。母親もね。なら一番の近道ってことでしょ」

「それはそうだけど、あの様子じゃ……。時間もないし」

「馬鹿。それは家の玄関先だったからかもしれないでしょ？　前に言ったよね。こういう地方の地域社会では、なんでもご近所に筒抜けだって。だったら御自宅じゃなくて、ご近所の眼のない立ち回り先で、偶然、会っちゃえばいいのよ」

冴子は公安出身らしい言い方をして、眼を細めて小さく笑う。

「でも、立ち回り先っていっても……。それに、私たちには土地鑑もないのに」

「あんたさあ、面識率が命の公安捜査員、馬鹿にしてる？」

眉を寄せた爽子に、冴子は白い歯を見せて笑いかけた。

「あの時、母親がレジ袋を持ってたでしょ。それに書かれてたスーパーの名前くらい、ちゃあんと覚えてるのよ。それに、袋から覗いてたチラシがあったでしょ？　あれは、曜日ごとの特売品チケットも兼ねていて、それが全部、順番にちぎられてた。ということはよ？　明日もあのお母さんが千佳ちゃんを連れて、当該スーパーへ出掛ける蓋然性は高い、ってわけ。違う？　そこで張り込んで、接触してみる」

そんなところまで見てたんだ……。爽子は目端の利く冴子に感心した。

「じゃ、千佳ちゃん親子の方は私が〝条件作為〟で接触するとして……。あんたは？」

気が合わないとはいえ、こういったことに冴子は経験を積んでいる。任せて大丈夫だろう、と爽子は思い、言った。

「私は岡山市内まで行って、木梨朱美の母校で聞き込んでくる。同級生も見付かるだろうから、その聴取も合わせて」

翌日の捜査方針が決まると、長旅と捜査で暮れた一日の疲れが頭をもたげて、二人はどちらともなく欠伸を漏らすと、並んだ布団へと潜り込んだ。

どこからか小鳥のさえずりが聞こえる。

爽子は瞼の裏を染める白い光を感じながら、そう思った。なんだか、鼻孔をくすぐる空気も違う。それもいい方に。いつもの単身待機寮のそれとは違って澄んでいて、――お香のようないい匂いがする……。

「起床！　起きろ、こらっ！」

爽子は心地よく微睡んでいたが――突如、頭上から叱咤を浴びせられ、布団にくるまった身体を、乱暴に揺すられる。喉の奥で呻きながら寝返りを打つと、冴子が浴衣の裾を割って覗かせた白い足を布団にかけて見おろしていた。手探りで枕元の腕時計をとって眼に近づけると、まだ六時過ぎだ。

「朝風呂しに行くのよ！」

「先に……ひとりで……」

爽子はのろのろと抵抗したが、冴子は傍若無人に続けた。

「……はあ？　あんたも行くに決まってるでしょ？　それにあんた、そんな噴火か爆発したような髪で、捜査ができる？　判ったら早くする！」

爽子は、最後には警察学校の助教のように叱咤する冴子に大浴場へと強引に〝引致〟されて湯に浸かると、前日の疲れで曇っていた寝ぼけ眼が、完全に晴れた。

爽子は昨夜と同じく屋内の浴槽に入ったのだが、冴子は前に入ったときには気付かなかった、壁一面のガラスの外にある露天風呂へ向かった。そして、初夏を思わせる快晴の下に全裸を晒し、気持ちよさそうに背伸びをしている。

あの自信はどこから湧いてくるんだろう……？　爽子はおとがいまで湯に沈めて発育不良の身体を隠したまま、ガラス越しに、冴子の腰の締まった後ろ姿をみて思った。

お腹がすいたな……。風呂から上がって部屋で身支度を整えた爽子と冴子は、朝風呂で新陳代謝が促進されたせいか、いつになく空腹を覚えて階下のレストランへ向かう。

ロビーの奥にあるレストランで、係員に案内されたテーブルを眼にして、爽子と冴子は驚く。

「……この席で間違いないよね」

「そうだけど」

冴子が爽子に確かめたのは、期待を上回る品数の和朝食が並んでいるからだった。

「ま、いいじゃん。食べちゃお食べちゃお。間違いだとしても、私たちのせいじゃないし」

「そんな……。いいのかなあ」

爽子は、冴子が警察官にあるまじき割り切りの良さで笑うのを見て躊躇ったのだが、間違いではなかった。係員がお櫃の御飯を運んできた。

「――これで、あのお値段かあ」

東京都内なら、ビジネスホテルでも一泊素泊まりの料金が一万数千円、というのは珍しくない。しかしこの和気鵜飼谷温泉は、同じ額で大人二人が泊まれるうえに、温泉は入り放題、しかも豪勢な朝食付きであった。

爽子と冴子は、スーツ姿でテーブルに着くと箸をとった。施設が山際に建てられているせいで、眺望は間近に迫った山肌の新緑だけではあったものの、そんなことはお構いなしに、女二人でお櫃ひとつの御飯を空にする。旅に出ると食が進む、というのは本当なんだ、と爽子はデザートの杏仁豆腐のスプーンをおきながら納得する。

「ごちそうさまでした」

「さて、と。食った分、働かなきゃね」

そうして朝食の席を立った二人の女性捜査員は、折よく伊部駅まで客を迎えにゆく温泉のマイクロバスに便乗させてもらえることになった。

乗客のいないマイクロバスに乗って出発すると、来るときにも通った堤防道路上から和気町が見渡せた。

春の陽差しに風までが輝いている朝だと、昨夜、闇へ沈んでいるときとは町の印象は随分と違った。吉井川の流れと低い山々に囲まれたなか、昔ながらの家々が立ち並び、その屋根瓦を初夏を思わせる陽気が、鉛色に光らせている。

鄙(ひな)びた、物静かな町――。爽子はそう思った。

昨夜とおなじ三十七号線の目抜き通り、そして緩い峠道に差しかかると、その際は気付かなかった、跳躍する鹿の描かれた〝動物飛び出し注意〟の標識があった。野生の鹿はよく出るんですよ、という職員の言葉に感心しながら、爽子と冴子は備前市に戻った。国道の、お世話になった備前警察署のある十字路までもどると、伊部駅はすぐそこだった。

爽子と冴子は駅前で礼を言ってマイクロバスを降りると、そこで二手に分かれ、それぞれの目的地へと向かう。

爽子は岡山市内へ聞き込みに、冴子は親子の張り込みに――。まるで桃太郎伝説の口上のようではあったが、二人の目的は鬼退治ではなく、犯罪捜査、被疑者逮捕だった。

「三年前まで毎日顔を合わせていた木梨さんが、あんな事件の被害に遭うなんて……。テレビのニュースで知って、ほんとに驚いてしまいました」

職員室へ通された爽子にそう言って、女性教諭は眼を伏せた。

木梨朱美の母校、岡山桃花女子高校は岡山市内にあった。爽子が事前に連絡を取ると、授業の合間に話を聞かせてくれることになったのだった。

爽子は、木梨朱美のクラス担任だった女性教諭の痛ましげな表情に、はい、とうなずくに留めた。それから教え子は被害者、と固く信じている女性教諭へ尋ねた。

「いま、捜査本部は全力で捜査しています。――つきましては先生が御存知の、朱美さんの親しかった地元のお友達の連絡先を、教えていただきたいんですけど」

女性教諭は木梨朱美の同級生数人の、住所と電話番号を教えてくれた。

「ほんとに優秀な子だったんですよ」

帰りしな、女性教諭は言った。

「図書室で借りた化学の本を休み時間も読んでいたり……。志望どおり薬学部に合格した、ってあんなに喜んでいたのに」

爽子は礼を述べて校舎を出ると早速、どこからか女生徒たちの歓声が響いてくる校庭を、ゆっくりと校門へ歩きながらスマートフォンで連絡をとった。元同級生たちのほとんどは不在だったが、電話へ出た家人に、自分の電話番号を添えて伝言を依頼しておいた。

「……はい、警視庁の吉村です。よろしくお願いします」

爽子は木梨朱美の元同級生、数人への連絡を終えてスマートフォンを仕舞い込むと、校門のところで、ふと振りかえる。

聞こえていた歓声をあげていたのは、体育の授業中らしい女生徒たちだった。

ハンドボールかな……。自分も女子校出身の爽子には、なんだかとても懐かしい光景だった。もっとも球技に限らず、体育の授業にはいい思い出はひとつもなかったが。

苦笑ひとつ残して校門を出ようとした矢先、仕舞ったばかりのスマートフォンが鳴った。

「あの、東京の刑事さんですか？　朱美のことで話があるって……」

すぐにスマートフォンを耳に当てた爽子に、若い女の声が聞こえた。

塚田麻衣(つかだまい)という元同級生だった。いまは地元の大学に通っていて、昼休みになら会ってもいいという。爽子は約束を取り付けると、支倉から使い方を教えてもらったスマートフォンの地図と道案内を頼りにバスを乗り継ぎ、岡山市郊外の桃花学院大学へと向かった。

「ごめんなさい、忙しいのに」

爽子が塚田麻衣と面会したのは、大学近くのカフェテリアだった。――店内は白色で統一されていて、改装されて間もないのか、まだ新しい。

「あ、いえ。……ご苦労さまです」

窓際の席でむかい合った塚田麻衣は、まだ女子高生の雰囲気の残る娘だった。

「朱美は――」と塚田は考えながら口を開いた。

「学年でも常にトップクラスの成績で、頭が良かったですよ。それに明るくて、いつも周りに友達がいました。だから、あんなことになったのをテレビで知って、驚いちゃって」

「そう、テレビで。木梨さんの方から……例えば御家族から連絡があったわけではないのね？」

「ええ……、はい。テレビで」

「塚田さんは、朱美さんが上京してからも連絡を取り合ったりして、お付き合いは続いてた？」

「あ、いえ、私は」

硬いながらも笑顔で答えていた塚田が、急に目を逸らす。

担任の話では、この子は木梨朱美と仲が良かった、と聞いていたのに……。爽子は不審に感じながら言葉を継ぐ。

「事件の後、木梨さんに連絡はとった？　ほかのお友達は？」

「いえ……。ほかのみんながどうしたかは、ちょっと……判りません」

「それは、どうしてかな？　あんな事件に巻き込まれたんだもの、お友達の間で朱美さんを心配したと思うんだけど。どうして連絡しないのかな？」

「それは、……私からは、ちょっと」

畳み掛けられて、塚田が完全に笑みを消した顔を伏せて呟くように答えると、爽子は自分の口調が女子大生を萎縮させたのに気付く。

「あ、こんな言い方をして、ごめんなさい」

「わざわざお話ししてくれてるのは、塚田さんなのにね……。ほんとに、ごめんなさい」

いいえ、とささやかに笑みを取り戻して塚田は顔をあげたが、その目をじっと覗き込むように見詰めて爽子は言った。

「話してみてくれないかな？　どうしてなのか」

塚田は、躊躇するように下唇を噛んだ。

「秘密はもちろん守ります。だから、話してみて」

爽子の妥協しない捜査員の眼に促されて、塚田は、意を決したように話し始めた。

自分も、そして友人たちも木梨朱美を避けるようになっていた、と。

「友達になって最初の頃は、そんなことなかったんです」塚田は言った。

「朱美はさっき言ったように勉強が良くできましたけど、偉ぶるところが全然なくて……。

だから私もよく誘って、カラオケやなんかの遊びに出掛けてたんですけど」

「朱美さんとは、仲がよかったのね」

爽子がそっと手を差し出すように告げると、塚田は小さくうなずいた。

「ええ。最初はそう思ってたんです。でも……」

「でも？」

爽子は緊張を悟られないようにしながら、促した。

「出掛けたら、みんなでファストフード店に寄るじゃないですか。そういうセルフのお店で店員さんに呼ばれたら、朱美は必ず、私がもらってくるよ、って自分から席を立って受け取りにいってくれたんです。さっきいったような子だから、その頃は特におかしいとは思っていなかったんですけど――」

だが、そうして木梨朱美と出掛けると、数人の友人のうち誰かが必ず体調を崩すようになった。訴える症状はいずれも、頭や筋肉の痛みに脱力感、下痢だった。

誰かが飲み物に何か薬物を……？　一度ならず何度もそんなことが続くうち、塚田をはじめ友人たちは、当然、木梨朱美を疑うようになった。けれど、まさか、と打ち消した。朱美と自分たちは仲がよく、そんな酷い真似をされる覚えがない。

何より――友達が自分たちにそんなことをしたとは、信じたくない。

とはいっても、朱美を誘う友人は自然にいなくなっていった。朱美の方も敢えて、仲間に戻りたがる素振りもなかった。そんな、朱美を遠巻きにするような状態が高校卒業まで続き……、木梨朱美が大学進学のために地元を去ると、塚田たち友人は胸を撫で下ろしたのだった。――これが、塚田の話した全てだった。

「ごめんね、厭なことを思い出させてしまって。でも、ありがとう」

私は、木梨朱美が過去に残した〝禍々しいかぎ爪の足跡〟を見つけたのかもしれない。高校時代、化学の本を熱心に読み耽っていた木梨朱美と、おそらくは薬物によると思料される不審な体調不良……。爽子はそう思いながら小さく頭を下げ、話を聞きながら抱いた懸念に触れた。

「それで、体調を崩したお友達は？」

「みんな、家で一日寝てたら元気になりました。ひとり病院へ行って診てもらった子がいて、そしたら身体からネズミ取りの薬の成分がでたらしいんですけど……。それで、その子の親は私たちの立ち寄ったお店に問い合わせたんです。でも、お店の人に、うちではその成分の薬は使用してない、って否定されて。だから、あまり表だっては……。それに、みんな受験を控えてましたし……」

「通院したっていうお友達の連絡先を、教えてくれないかな？」

医療機関には必ず診療記録は残っている。それを入手するには、その同級生の同意が必要だが——近年は経済的理由で進学は地元志向が強いせいか、市内の実家から、やはり市内にある別の大学へ通っているという。会って話を聞くには好都合だ。

「それじゃ、いろいろとありがとう。休み時間を潰させてしまって」

爽子がレシートを手に席を立つと、塚田も同じようにしながら言った。

「あの……刑事さん。さっきお話ししたようなことは、あったんですけど……。でも私、朱美のこと、まだ友達だって思ってるんです。だから……あの子のこと、よろしくお願いします。犯人をつかまえてください」

「——ええ。それじゃ、どうもありがとう」

犯人はいつも、直接その手を下した被害者だけでなく、周りの人間まで裏切り、そして傷つける……。爽子は苦みを感じながら塚田麻衣に礼を言って、カフェテリアで別れた。

だが現時点で、木梨朱美を、薬物を使用した傷害事件の犯人と断定はできない。けれど蓋然性の高さからすれば、町田市の事件における木梨朱美の犯人性を補強する要素にはなりえた。

——犯罪の危険因子（セントラルエイト）、そのうちの四大因子（ビッグフォー）のひとつである、反社会的パーソナリティーの為せる業だろうか……。

　爽子は大学の敷地を囲う、長いフェンスに沿って歩きながら考える。

　どちらの事案も親しい友人を狙ったとはいえ、片や絞殺したうえ頭部を離断するという凄惨さと、薬物を使用する陰湿さとは重ならないようにみえる。暴力性において男性に著しく劣る女がとる手段としては、毒物は多用される手口であったとしても。では何故――。

　――手口が進化した……？

　だが、サディズムのせいではない。遺体への退行的屍姦（レグレッシブ・ネクロフィリア）は間違いなく偽装だ。薬物という手口は、証拠をつかみにくい。それに比べれば、絞殺及び頭部離断という犯行は、格段に逮捕されるリスクが跳ね上がる。にもかかわらず、木梨朱美を越境させたものとは一体、なんだ？　木梨朱美にとって、その違いは――。

「死の可視化……？」

　爽子の脳裏から押し出された言葉が、口から漏れた。

　反社会性パーソナリティーの人間は他者の命を実感できない。だから、殺害後に被害者がまだ生きていると妄想を抱きさえする。

　しかし、頭部が胴体と離れてしまえば別だ。確実に、死を実感できる。とすれば――。

　――木梨朱美は、〝死という現象〟に取り憑かれている……？

　他の女性連続殺人犯、例えば安楽追求型のように金銭的利益のためでなく、妄想型のように架空の何者かに命じられたわけでもない。権力指向型のように優越感に浸るためでなく、服従型のように男の主犯に強要されたためでもない。

木梨朱美にとっては、人の死そのものを目の当たりにするのが目的であり、そしてその衝動に、ただただ、従ったのではないか。つまり——

「純粋なる殺人……か」爽子は呟いた。

そう結論づけて辿り着いたバス停で、爽子は診察を受けた元同級生と連絡を取った。

そのまま他の同級生にも当たって証言を得ながら、スマートフォンを頼りに、岡山市内を歩き回った。

そうするうちに日が暮れていた。爽子は岡山駅から、東京ほどではない帰宅の人混みに紛(まぎ)れて電車に乗り、伊部駅まで戻った。ほかに交通手段もなさそうなので、初日と同じ刺身醬油なみに濃密な闇の中、駅前からタクシーで和気鵜飼谷温泉まで帰り着くと——、日高冴子が待ち受けていた。

「どうかしたの?」

爽子はタクシーから降り立ち、本館の玄関前に立つ冴子へ、そう声をかけた。

冴子は表情を変えずに爽子をじっと見詰め返して、ただ一言だけ答えた。

「——あんたの勘、当たり」

「私も初めはさ、信じられなかったけど」

冴子が浴衣姿で、広縁の椅子に座って言った。

「朱美ちゃんが——いや、木梨朱美がマル被でも不思議じゃない、って思った」

「ええ。……そうね」

頷(うなず)いた爽子も浴衣姿で、小さなテーブルを挟み、冴子の正面に座っていた。

二人の間にあるテーブルには、館内の自販機で買った缶ビールと乾き物のつまみが載っていた。明日は、帰京してすぐに町田署捜査本部へ直行し捜査結果を報告するため、帰りの新幹線の中では飲めない。だから代わりに今夜、〝検討会〟を……要するに飲もう、と冴子が提案したのだった。

爽子と冴子は、本日の成果を、互いに報告しあった直後であった。——爽子は塚田麻衣ら同級生からの証言を。冴子の方は昨日、木梨朱美の実家のある南片上地区の住宅街で声をかけたものの、その時は話を聞けなかった親子に、昼間、偶然を装って接触を図った結果を。

そして——爽子は冴子の報告を聞いて、自分の分析に確信が持てたのだった。もちろん、犯行現場の分析も含めて、すべては状況証拠に過ぎない。それは判っている。これだけで木梨朱美を起訴するのはおろか、逮捕状の請求さえ認められないだろう。しかし――。

――すくなくとも、捜査本部のほぼ全員が被疑者として追っている、影さえ窺えない乱入男よりも、木梨朱美の犯人性の方が高いことを説明できる根拠にはなる。

「あと、それとね。千佳ちゃん親子と面接したとき、備前市内のホームセンターを通りかかってね。ちょっと気になって、あとで覗いてみたんだけどさ」

冴子は手にした缶から、一口ビールを飲んで続けた。

「マル害……有吉若菜さんの頭部離断に、枝打ち鋸が使用されたでしょ。私が回った限りでは、備前市内のホームセンターで現場に遺留されてた枝打ち鋸を扱ってるところはなかった。けど、当該品と同じ製造元の枝打ち鋸はあった。店員さんに聞いてみたら、そのメーカーの本社は広島で、製品は都内も含めて全国へ出荷してるけど、そのほとんどは中国地方で流通してるって話だった。ということはもちろん、ここ岡山県でも、ね」

「……それはつまり、木梨朱美は休みなんかで帰省した際に、ここ地元で凶器を入手して、それから東京へ戻った可能性がある、ってことね」

「都内でいくら遺留品捜査(ブツわり)しても、凶器の購入者の線から辿り着かないわけよね」

それも状況証拠にはなる、と爽子は思う。しかし物的証拠とするには、木梨朱美が購入した事実と店舗の特定、この二つが必須だ。それには自分たちが出張期間を大幅に延長し、岡山市内の枝打ち鋸の取扱店を虱潰しに当たるか……、あるいは町田の特捜から捜査員を派遣してもらうか、岡山県警に捜査共助を依頼するか。

いずれにせよ、そうするにはそうするに足る、確固とした理由が必要だ。

「結局さ。――東京へ戻ってから先輩を、柳原係長をどう説得するか、だよね？」

「そうなる……かな」

爽子はぽつりと答え、二人はどちらからともなく息を吐いて、視線を落とす。

「じゃあ、ここでうだうだ言ってても仕方ないってことじゃない！　飲もうよ飲もうよ」

冴子が急に声を上げると、爽子は膝に置いたままだった缶ビールを仕方なく口許にあてる。

普段なら、爽子にとって酒は苦くて背筋に悪寒を走らせるだけの液体に過ぎなかったけれど、――自らの分析を裏付ける事実を見出したという安堵感がある半面、帰京してから柳原ら特捜本部を説得しなければならないという重荷に後押しされて、爽子は細い喉を鳴らしてビールを呷った。

「――で、吉村。あんたさあ、人並みに男がいるそうじゃない」

爽子が息をつき、空になった一本目をテーブルへ置くのを眺めながら、冴子が自身は三本目の缶のプルタブを引きながら言った。

「その機捜の彼氏とは、どうなってるの」

「え……?」

そう小さく答えて冴子を見た爽子の大きな眼は、濡れたように潤んでいた。それだけでなく、たった一缶、喉に流し込んだだけなのに、頬が火照ったように、ぽっ、と赤みを帯びて、まるで、家族の留守中にこっそり酒の味見をした女の子のような顔になっている。

爽子は早くも酔いが回っていた。何故なら冴子のしたような私的な質問は、普段ならばいつもの透明な表情でやり過ごすけれど——そのときばかりは、にっ、と口許をほころばせて眼を細め笑ったからだった。もちろん、酩酊(めいてい)しつつあるというだけでなく、目の前にいるのが、どれだけ互いの存在を受け容れられなくても、警察社会の入り口で、同じ苦労を共に味わい乗り越えた同期……仲間であったから。——だから爽子は、呂律(ろれつ)の怪しくなった口調で言った。

「羨まひい?」

「たわけ。——誰が」

冴子は、初めてみた爽子の無邪気な一面に驚いて、というより戸惑って、咥えたスルメを嚙み千切る振りをして目を逸らす。警察学校時代はもとより、いままでこれほど無防備になった同期をみたことがなかった。冴子の記憶の中にいる爽子は、なにをされても表情を変えないか、……変えたとしても、せいぜい感情を封じ込めたように強張らせ、整っているせいで人形じみてみえる貌しか知らなかった。

「……ふひひまひゃん、っていうんだ」

けれど、いまの爽子は頬を赤らめた笑顔のまま、てらいなく恋人の名を歌うように告げ、手元に眼を落とす。

「……逢いたいな」呟きが膝に落ちた。

藤島直人。爽子は心の中の、初めて愛した男の所在を確かめるように、濡れた眼を細めて繰り返した。いまどうしているんだろう。第二機動捜査隊で、勤務に就いているだろうか。それとも、寮で休んでるんだろうか。なにをしててもいい、と爽子は思った。私は――

「……藤島さんに逢いたい」

と――、とろんとした眼で囁いた直後だった。爽子の頭が、後ろで結んだ髪を撥ね上げて、がくんと前へ落ちた。

「だあっ、こら！　ちょっと、こんなところで沈没すんじゃねえ！」

冴子は慌てて椅子から跳んでゆくと、椅子からずり落ちかけた爽子の上体を支えた。

それから冴子はやむを得ず肩を貸し、延びたうどんのように正体をなくした爽子を、広縁から畳に布かれた寝床へと引きずって行った。そうして布団へと放り出すように寝かしつけてから、起きているときとは打って変わって素直そうな爽子の寝顔を見おろして、呟いた。

「……まったく、世話のかかるやつ」

こんな奴を、どうして先輩は……柳原は頼りにするのか。

——それはね、吉村さんほど諦めの悪いひとはいないから。いつも必ず突破口を見つけてくれる……。だからよ。

不仲な同期を柳原が召集すると決めた際、冴子はそれが予想通りだったとはいえ、一応、形式的に理由を尋ねてはみた。すると、尊敬する元公安部員はそう答えたのだった。冴子はそのときの柳原を思い出す。歳の離れた自慢の妹のことでも話題にしているかのように微笑み、口調には信頼が溢れていた。

信頼……か。そういえば、こいつの同僚の支倉って子も、同じように話していた。——現場で吉村主任ほど頼りになるひとはいない、と。

信頼してくれるひと、慕う者がいて……それだけでなく、——愛し愛される相手もいる。

「あんた、結構、幸せなんじゃない」

ふん、と鼻梁の先で息をつき、我知らず嫉妬じみた感情を吐露した冴子に、爽子は寝入ったまま、う……ん、と答えるような声を漏らした。
そして、布団の上で身体を丸めて寝返りを打った。

翌朝――。

爽子と冴子は、朝風呂で温泉に名残を惜しんでから宿自慢の朝食を摂り、チェックアウトして鵜飼谷温泉を出た。

「いい宿だったな」

「ええ、……うん。また来たいな。今度は仕事じゃなく」

爽子は、清々しい木々の濃い匂いに包まれながら、冴子が本館を見あげて言うと、隣で自分もそうしながら同意する。

「彼氏と一緒に？　藤島さん、だったっけ？」

冴子がからかうように視線を流すと、爽子は絶句した。

「そ、そういう意味じゃなくって。……て、大体、なんで日高さんが藤島さんのこと知ってるの」

「あ？　あんたが昨日の晩、自分で言いだしたんじゃない、酔っぱらって。――覚えてないの？　そりゃ大変だったんだから。わたしは藤島さんを愛してるのよぉ、とかなんとか窓全開にして叫び出すし。あれ、町中に聞こえたんじゃないかなあ」

「う、嘘つけ……！」

爽子がやや頬を紅潮させて抗議すると、冴子はにやにや笑った。ふん、と鼻で息をついて、爽子はもう一度、本館を見あげて思った。

またここへ来てみたいな、と思う。——今度はゆっくり疲れを癒すために。

そうこう言い合っている間に、フロントで呼んでもらったタクシーが姿を見せ、二人の前に滑るように停まった。爽子と冴子は、すこし後ろ髪を引かれるおもいでタクシーに乗り込んだ。

どこか親しみさえ覚え始めていた和気の町、それに峠道を通り抜けると、国道と合流する直前にある備前署へ寄るため、タクシーを降りた。そこで捜査協力への礼を述べてから、伊部駅へと歩いた。

「あちゃあ。丁度、電車と電車の間に来ちゃったよ」

冴子が伊部駅で、掲示された時刻表を確かめてから言った。

今日は岡山市内で、高校時代に木梨朱美と出掛けた際に体調不良を起こした元同級生に会い、その時の診療記録の写しを受け取ってから、東京へと帰る予定だった。

「待ってるだけってのも、しょうがないね。——ここの上へ行ってみる？　備前焼がいっぱいあるんでしょ？」

「え、でも……」

爽子は躊躇った。自分たちはここへ捜査に来たのであって、物見遊山の旅ではない。それに、今更ながら温泉を愉しんでしまったという事実に、改めて引け目を感じてもいる。

「いいじゃん、どうせ電車は来ないんだしさ。時間は有効に使わないと」

「もう……。いいのかなあ……」

爽子は言いながら、結局、駅舎の正面へと歩き出した冴子を追った。

四階建ての駅舎一階は、地域特産品を扱う小綺麗な売店になっている。その店内にある階段から上ってゆくと——、二階は備前焼が展示されているギャラリーだった。

「へえ、……すごいね」

冴子の口から、驚きの声が漏れた。

優に教室三つ分はあるであろう広く落ち着いた室内に、備前焼が台上ところ狭しと並べられている。

ざっと見ただけでも、数百個はあるだろう。

「——なんか……、全然、古臭くない。すごくモダンっていうか……」

「素焼きの食器、って言ってなかった？」

爽子は、褐色の輝きに魅入られたように呟く冴子へ、ちょっと得意気に、かつ意地悪く言った。

「うるさいな、知らなかっただけでしょ」

言い合いながらも二人はやや呆然と、作家ごとに分けられた台の間を眺めて回る。

備前焼といえば濃い茶褐色のものとばかり思っていたが、爽子はそれだけでなく青や黒、さらに赤や白まであるのを初めて知った。さらに値段も、東京の銀座あたりののショーウインドーで見かけた時ほど高くはないのが驚きだった。

「あ、これ可愛い」

足を止め、飾られたマグカップに伸ばした爽子の手が、同じように伸びてきた冴子の手に触れた。

「あ……、ご、ごめん」

「いいよ。――気に入ったんなら、あんた買っちゃえば」

爽子は、冴子がそういって背を向けると、マグカップを手にしてみた。全体はバタークッキーのような柔らかい色をしていたが、それに模様のような縦線が何本か不規則に入っている。それは〝緋襷(ひだすき)〟といい、窯(かま)で焼き上げる際、器同士がくっつかないように巻かれた藁(わら)と土に含まれる鉄分とが反応して描かれるものだが、爽子の手にしたマグカップのそれは、名の通りの緋色ではなく、淡く優しい桜色をしていた。

――あいつが、私と同じ物をいいと思うなんて……

爽子はちょっと意外な驚きを感じながら、離れてゆく冴子の背中に声をかけた。

「……ありがと」

そうして日中、爽子と冴子は岡山市内で木梨朱美の元同級生の大学生と会い、高校生当時の事情を聴取し、体調不良になった際の診療記録を入手した。

夕刻、二人は岡山駅から〈のぞみ〉で東京へと発った。木梨朱美の犯人性を補強する捜査結果を携えて。

もっともそれだけでなく、柳原たち捜査本部員への土産と、それぞれ選んだ備前焼が荷物に加わっていた。

4

「……木梨朱美が？　被疑者？」

柳原明日香が言って、書類から顔を上げた。

東京、町田警察署、五階の講堂。

時刻は午後十時を過ぎ、すでに夜の捜査会議は終わっていて、講堂の大半を占めて並んだ長机にも、捜査員たちの姿はなかった。……そんな、蛍光灯の白々とした灯りが広さを強調する講堂の、そのひな壇の脇に設けられたデスク席の上座で、柳原は口を開いたのだった。

そこには柳原の部下である捜査一課第二特殊犯捜査第五係――〝特五〟の十人も、顔を揃えていて、それぞれの目の前には岡山銘菓、大手まんぢゅうが置かれていたものの手を付ける者は一人もいない。植木や岸田(きしだ)ら捜査員は、帰ってきた早々になにを言い出す気だ……？と胸の内で呟いているのが如実に判る表情だった。

「――はい」

爽子は、隣に座った冴子以外の、長机を囲む全員に注視されながらみじかく答える。

……新幹線で岡山から東京へ帰り着くと、二人はその足で捜査本部へと直行し、捜査結果を報告しているのだった。

帰路の車中、夜景の横浜を過ぎたあたりから、爽子は自然に、私は私の街に帰ってきた、と思った。

この街こそが私が生きる街で――、そして闘いの場所でもあるんだ……。

「吉村さん。……発言の理由を、簡潔に」

柳原が、そう思い定めた爽子を凝視したまま言った。桜色の唇を片方に吊り上げるように歪めて憤怒を堪えているか、……あるいは嗤っているようにもみえる顔だった。

「はい」

現場を分析した結果から、有吉若菜を殺害したのは男性被疑者とは考えにくいこと。木梨朱美の証言及び監禁の状況には疑義があること。

「……以上の可能性を考慮して、岡山市内で木梨朱美の元同級生たち数人から聴取したところ――」

高校時代、木梨朱美が友人らの飲み物に薬物を混入させていた可能性が高いこと。

「そしてこれが、体調不良を訴えた元同級生の、診療記録のコピーです」

爽子は紙片を示し、続けた。

「……体内から検出されたのは、硫酸タリウムです」

殺鼠剤の成分として知られる薬物だった。毒性の強さの割に比較的、入手しやすいことでも知られている。

「さらに現在、木梨朱美は薬学部に在学しています。そして以前より薬物に強い関心があったのは、担任教諭の証言からも窺われます」

しかし、それだけでは……。配られた紙に眼を落としながら、特五の面々の誰もがそう考えているのが、爽子にも解った。薬物使用の傷害事案として立件されたわけではなく、まして木梨朱美が逮捕されたわけでもないのだから。それになにより、今回の事案のような絞殺、頭部離断という、残虐で直接的な暴力性とは重ならないのではないか……。

「それだけじゃないんです」

皆の脳裏に浮かんだ疑問へ答えるように、今度は冴子が口を開く。

「木梨朱美は進学で上京する以前から、地元で動物を虐待していたとの証言があるんです」

それは備前市南片上地区で出会った、千佳ちゃん親子の証言だった。

……岡山での捜査二日目。冴子は木梨朱美の母校へと向かった爽子と別れ、備前市内、国道沿いにあるスーパーに張り込んでいた。ここは、一日目の聞き込みの際に記憶していた、気になる反応を示した親子が日常的に利用している店舗であり、昨日は聞き出せなかった事柄を聞き出すためだ。

冴子は、店の出入り口近くに並んだ自動販売機の陰で、不熱心な営業がサボっている風を装い、缶を時折口に運びながら片手でスマートフォンを操作している。……が、それは偽装で、缶の中身は地方らしく広い駐車場の隅の草むらに捨て、親指で弾いているのは待ち受け画面だった。横に逸らした眼はじっと、スーパーの出入り口を見詰めている。と、その視界に〝対象〟を捉えると、冴子は空き缶をゴミ箱に投げ込み、レジ袋を手に物陰からするりと抜け出す。

「あ、こんにちは」

冴子が声をかけると、手を繋いだ母子は振り返った。

「あら、昨日の……？　こんなところで」

「昨日はありがとうございました。私もちょっとお買い物に」

いぶかしがる母親に、冴子は笑って自分のレジ袋をあげて見せる。二時間も張り込んでいたことは、おくびにもださない。

「そ、そうなんですか」

「あ、千佳ちゃん。飴たべる？」

冴子はレジ袋からスティック付きキャンディを取り出して、包装を剥いてから小腰を屈めた。千佳は、ありがとう、と可愛らしく礼を言い、手を伸ばして受け取る。

「あ、あの、困ります！　千佳……！」

「あ、ごめんなさい！　もしかして千佳ちゃん、甘い物は駄目なんですか？」

冴子は大袈裟に慌ててみせたものの、本当のところは、こうすれば相手が突き返しにくいと全て見越した〝条件作為〟の一環だった。現に千佳は、冴子から手渡された飴を早速、可愛い唇にぱくり、と含んでしまっている。

「もう、千佳……。すいません」

「いえ。私の方こそ余計な真似しちゃって……」

ささやかな負い目を感じる母親に、冴子は笑ってみせてから言った。

「それじゃ、私はここで。タクシーを呼ばないといけませんから」

「……そうなんですか」

「はい、足がないもんで」

冴子は、にこっ、と笑った。それを眼にすれば、誰もが助けの手を差し出さざるを得ないような、魅力的な笑み。

「あの、よければお送りしましょうか？」母親は言った。

そして、証言を得たのはその車中であった。証言者は、助手席のチャイルドシートにおさまった千佳だった。

「あのね、千佳ね、お家のちかくに、猫のミミちゃんってお友達がいたの……」

それは生まれて間もない、三毛の子猫だった。母猫とはぐれたらしく、みゃあみゃあと鳴いて訴えていたのを、千佳が見つけたのだった。本当は家で飼いたかったのだが、父親がいい顔をしない。そこで猫好きの母親ともども、近くの空き地で世話していた。

その日も、千佳は日が落ちる前に、夕食の支度をする母親にせがんでフタを開けてもらった、キャットフードの缶を持って、その空き地へと走った。

きっとお腹を空かしてる。だって、ミミちゃんにはパパもママもいないんだもん……。

そう思って足を急がせていた千佳は、不意に空き地から道路へと現れた人影に驚き、立ち止まった。

空は赤く染まって、夜の帳に薄く包まれはじめたなか、その人影は音もなく目の前へ現れたからだった。

千佳はぴたりと足を止め、餌の缶を大事に抱えたまま、少し脅えた眼をあげた。そして道路へ一歩踏み出したままで動かなくなった、紅い空へ伸びる人影を見あげる。悪い男のひとだったらどうしよう……？

「なんじゃ……。千佳ちゃん、か」

人影は、漂う闇に半ば顔を隠したまま、何故か白々と浮かび上がってみえる眼だけ動かして千佳を見おろすと、小声で言った。

……良かった、悪い男のひとじゃなくて、近所のお姉ちゃんだ。よくお勉強ができるってママがいってた。

こわくないひとだ。小さな胸を撫で下ろす千佳に、人影は——木梨朱美は紗のような薄闇に顔を隠したまま、言った。

「あの猫の世話をしとったは千佳ちゃんだったじゃな……。えらいなあ、ちょっとこっちへ来られえ。ね？　ええからついておいで」

千佳がいわれるまま、自分について空き地の暗がりへ入ると、木梨朱美は急に振り返って、しゃがみ込んだ。そして、千佳の顔を覗き込む。

「千佳ちゃん」

木梨朱美は笑みを浮かべて口を開くと、黒砂糖のように甘い声で、噛んで含めるように囁いた。

「あんた、今日ここで私と会うたことは、誰にも言うたらおえんよ……？　お母さんにもお父さんにも、お友達にも……誰にも。ええな？」

黒い髪に縁取られ、薄墨のような暗さに半ば隠れた木梨朱美の顔の、その作り物めいた笑みの中で——、底光りする眼だけが道路へ現れた時と同様に、白く浮かび上がっていた。

まるでそこだけが別の生き物のように。

そんな眼に間近から視線を据えられて、千佳は怖くなって、幼い唇をわななかせながら夢中で、こくこくとうなずく。そうするしかなかった。

それほど、千佳は怖かった。

「ええな、千佳ちゃん。お姉ちゃんと約束したんじゃけえ、忘れんといてね」

木梨朱美は、言葉こそ優しいが霜が立つほど冷たい声で囁くと、現れた時と同じように、音もなく空き地から立ち去った。

千佳は呪縛が解けたように、空き地を子猫の姿を求めて探し回った。泣き出したいような胸騒ぎがしていた。小さな心臓に不安の爪を突きたてられて、鷲づかみにされていた。

そして子猫は――ミミは、いた。

けれどいつものように、ふわふわした毛の小さなボールのような身体で、隠れていた草むらから、転がり出てきたわけではなかった。

子猫のミミは空き地の奥、塀の隅に横たわっていた。――それも、ただ打ち捨てられただけではなかった。福々しく膨らんでいた腹を真一文字に裂かれ、虐殺されたさいに噴きだした、まだ生温かい血が、毛並みに真新しく赤黒い模様を描いていた。声なき悲鳴を上げ続けているように、小さな口は、かっと開けたままになっていた。

最初、千佳はそれが何か分からなかった。暗がりで、捨てられた毛糸の塊にも見えた。命の輝きと温かさを失い、小さな毛皮の切れ端のように萎(しな)びた姿だったから――。

けれどそれは、千佳の大切な友達の、変わり果てた姿だった。

千佳はしばらくの間、理解できずに立ちすくんでいた。けれど——つい先日まであれだけ可愛らしかったミミの円らな眼が、いまは見開かれたままビー玉のように光っているのに気付くと悲鳴を上げ、泣きながら家に駆け戻ったのだった——。

「——以上が親子から取れた証言です」冴子は言った。

「母親の話では、同様の事象が地区内で何度もあったそうです。そして、その現場付近で木梨朱美が何度も姿を目撃されたことから、近所では当該人の仕業ではないかと噂になっていたそうです。聞き込みで住民の口が重かったのは、そのせいかと思われます。なお、当該人が上京して以後は、発生していないそうです。……それに」

冴子は、自分が調べた事柄でもあり、熱を帯びた口調で続ける。

「木梨朱美が事件後、帰郷して療養しなかったのも無関係ではないかもしれません。当該人は当初、勉学の遅れを理由にしていましたが、……もしかすると当該人は今回の事象と過去の行状を重ね合わされ、住人や同級生から疑いの眼を向けられるのを恐れた、と見えなくもありません」

「以上——」

冴子が報告を終えて口を閉じると、爽子は後を引き取って続けた。

「――身上捜査の結果から、木梨朱美には動物を虐待する嗜癖があり、さらに、薬物を同級生の飲料物へ混入させた疑いもある、ということです。これは――」

爽子は一旦言葉を切ってから、続けた。

「犯罪危険因子〝セントラルエイト〟のうち、とくに効果量の大きい〝ビッグフォー〟のひとつ……反社会的パーソナリティーの特徴と合致しています。共感性がなく自己中心的であり、冷酷で残忍な人格です。――さらに付け加えますと……ＦＢＩのプロファイラーによれば、猫を手にかける者は女性を狙う傾向がある、ということです。――報告は以上です」

爽子が言葉を結ぶと、長机を囲む特五の捜査員らは一様に、唸るような息を吐いた。

これまでは、被害者の平穏な日常に侵入した凶悪な男を追ってきた。しかし、目の前にいる童顔の特別心理捜査官は、それと正反対の犯人像――それどころか、憐れな被害者のひとりであるはずの木梨朱美が犯人、と主張している。にわかに信じられるものではない。

さらに、捜査主任官である柳原は爽子たちが報告と説明をしている間、ずっと口もとを歪めた表情を崩さなかった。上司の顔色を敏感に察して忖度するのは、いかなる社会も同じだった。

主任の植木があげた声は、そういった全員の考えを代弁するような声だった。

「しかし、そりゃあ……」

「あんたは朱美が偽装したっていうが……。でもよ、マル被に直接結びつくブツが出てこねえからって、現場にいた朱美を疑うってのは、短絡的に過ぎねえか。ほれ、あんたもデカになるとき習ったろう――」

「〝犯人が分かりにくいとすぐ偽装を考える〟」爽子は言った。「〝あまり考えすぎて実際は偽装ではないのに偽装にしてしまう、等のことがあるので、偽装かどうかの判断は、特に慎重に行わなければならない〟……ですね」

爽子は捜査員の基礎教養である捜査全書の、その一節をそらんじてみせた。苦笑する植木に、爽子は表情を変えずに続けた。

「それについては、私も私なりに検討したつもりです」

「だとしても、だなあ……」

岸田が口を開く。年の頃こそ植木と同じ四十代の主任だった。ただ、年の頃こそ同じだったものの、強面短軀（たんく）の植木とは対照的に、神経質そうな細面（ほそおもて）で長身の男だった。

「ブツを割り切れなかったり、有力な証言に行き当たらないのは、捜査に――俺の担当する捜査項目も含めてだ、徹底していないところがあるからじゃないのか？　地道に続けてれば、発生から半年後に、決定的な証言を拾うことだってある」

「……私の分析どおりなら、どんなに捜査を尽くそうと目撃者は現れないことになります」

　爽子は静かに岸田に答えた。それから顔を正面に戻し、柳原はじめ、その場にいる全員へむけて口を開く。

「木梨朱美は、〝人を殺してみたかった〟という動機で殺人を犯す他の未成年者たちと同様に、殺したいという衝動と死への強烈な興味から、もっとも身近にいたという理由だけで有吉若菜さんを犠牲者に選んだ。そして自宅に招いて絞殺し、頭部を切断した。……おそらく、木梨朱美は死を形にしたかったのだと思います。その際、マル害の服を脱がせたのは、切断の邪魔になったのか、あるいはマル害の衣類であっても、服を血で汚すのを無意識に嫌ったのかもしれません。いずれにせよ、そうすることに象徴的な意味もある、被害者の着衣を裂くという行為がなかったのは、その必要も欲望も、木梨朱美にはなかったからです。なぜなら、木梨朱美は女性だからです。――そしてそれが、現場から精液斑が検出されなかった理由でもあります」

　爽子はふと息をついて、続けた。

「……でも、木梨朱美が渇望(かつぼう)していたのは殺害するところまででした。先ほど触れた未成年者の犯人たちと同様、死という現象に取り憑かれるあまり、犯行後にどうするかまでは考えていなかった。いえ、考えもしなかった、考えられなかったというほうが正確かもしれませんけど……」

爽子は一瞬眼を閉じてから、再び口を開く。

「だから、帰宅しない有吉若菜さんを心配した家族から何度も電話が入ると、木梨朱美は初めて現実に直面して、恐慌をきたしたでしょう。誰かがここにやってくるかもしれない、殺人が露見してしまう、と。ですが、同じような動機の未成年者たち――〝思春期サイコパス〟と違って、彼女は狡猾(こうかつ)だった」

書類に書き込むように、爽子は続けた。

「……木梨朱美は、遺体を運搬し遺棄するのは体力的にも時間的にも不可能であり、また、現場から逃亡したとしても、被疑者として警察に追われることを理解していた……。そこで咄嗟に、偽装を思いついた。逃げても無駄なら、被害者の振りをすればいい、と。使用した凶器から痕跡を拭い、書籍などで得ていた情報をもとに遺体へ異物を挿入し、男性の犯行に見せかけた。……でも、自分だけが無傷ではいかにも不自然で、疑われる可能性がある。だから、自ら粘着テープで目隠し猿ぐつわ、足かせをした。そして本来は被害者を拘束するために用意していた結束バンドを、後ろに回した両手首に通してから、バンドの端を机の引き出しに挟んで固定し、締め上げた……。これなら一人でも可能です。そうして、自らも被害者を装うのに成功した」

爽子は、視線を顔ごと上げた。

「これが、私の推測した犯行の一部始終です」

しばらく、その場にいる者は皆が、無言で手元に眼を落としていた。

「まあ……聞いている分には、鑑識があれだけ現場を這いずっても精液をはじめ、ろくなブツが検出されなかったのも含めて、矛盾はねえが」

植木が困ったように頭を掻きながら講堂に満ちた沈黙を破ると、岸田も言った。

「だがそれは、木梨朱美にも犯行は可能だ、というだけだ。そうだろう？　可能だから朱美が犯人だ、と断定するにはな」

「姐さんは、どうお考えで」

植木の問いかけに、全員の視線が上座で聞き入っている柳原へと向けられた。

爽子の分析を受け容れるということは、これまでの捜査方針——〝捜査要綱〟を百八十度、転換することを意味する。それは捜査上の大きな賭であるばかりでなく、もし失敗すれば、警察内部の評価だけでなく、世間からも指弾を浴びるのは避けられない。

自分たちの捜査の不充分さを棚に上げ、心身を傷つけられたうえに、ただでさえ辛い立場にいる被害者を疑って追い込んだ、無能な特捜本部、と。

「吉村さんの分析が正しいと仮定して――」

柳原は、部下たちの突きつけるような凝視を浴びながら、艶やかな唇を開いて言った。

「――現状では木梨朱美の犯行を立証できない。それはどうする気？ 解決策は？」

「……私に考えがあります」

爽子は語るべきことを語り終え、ひとりうつむいていたが、柳原に問われると、顔を上げて答えた。

「それは――」

爽子は、まだ半信半疑なのが大多数の特五の捜査員らに再度、説明しはじめた。

「あの……、柳原係長。ありがとうございました」

爽子が自動販売機の前で言った。

柳原、そして冴子を交えた三人は、捜査会議が散会後、女たちだけで一息吐いている。

「ん？ ああ……、吉村さんの分析が正しいと判断しただけよ」

柳原は、爽子の分析を受け容れたのだった。そして、先ほどまで続いていた会議のなかで爽子の分析に沿って捜査要綱を変更する旨を告げたのだが、その際、岸田をはじめなおも懸念の表情を浮かべる数人の特五の捜査員へ、こう続けたのだった。

「捜査に完全はない」柳原は言った。

「しかし、これまでの私たちの捜査が徹底したものだったと信じるからこそ、私たちが当初に追っていた男性被疑者が存在せず、木梨朱美をマル被とする吉村部長の分析もまた、信じられると思う。……論功行賞については、地取り担当にも充分に配慮します」

そして柳原は、分析だけでなく、爽子が決定的物証もない木梨朱美を逮捕するために提案した、〝ある種の策〟も採用した。

「でもやっぱり、吉村さんのやり方は……ちょっと危険じゃないんですか」

冴子が口許から缶をはなし、爽子の〝ある種の策〟をさして言う。――冴子は会議でも、爽子の提案を聞くと、同じ発言をしたのだった。

それだけでなく、木梨朱美と面識があり、少しは信頼関係のある自分が爽子の策を実施しても構わない、むしろ適任だ、とまで口にしていた。

「いいえ。私が言いだしたんだから、私がする」

爽子は会議の場では、頑なに首を振って断っていたのだったが――。

「あら、日高さんは吉村さんがそんなに心配？」

柳原が自販機の灯りに半面を照らされながら、苦笑した眼を見張ってみせる。

「数日みなかった間に、随分と仲が改善されたみたいね。裸のお付き合いのお陰かしら？」

「いいえ！」

爽子と冴子は、異口同音に声を揃えて答える。誰がこんな奴と、という表情だった。

「冗談よ」柳原はくすりと笑った。

「でも、いいことだわ。――それはともかく、二人ともお疲れさま。良くやってくれたわ」

敬愛する上司の褒め言葉に、冴子はいえ、とはにかんだ笑みを浮かべ、爽子も微笑を返した。

それから、爽子は言った。

「でも……柳原係長は、私が分析する前から、木梨朱美を疑ってらっしゃったんじゃないんですか……？」

「え？」冴子の顔から笑みが滑り落ちた。

「ちょっとあんた、なに言ってんの？」

爽子は冴子に構わず、口許に缶を寄せて動きを止めた柳原を見詰めた。微苦笑するような表情の爽子に促されて、柳原は口を開く。

「――いつ気付いたの？」

「せ、先輩！　そんな……ほんとなんですか？」

冴子が驚いたように視線を行き来させるなか、爽子は先ほどの会議中、木梨朱美の犯人性を指摘した際の、柳原の表情を思い起こす。あの時、柳原は笑っていた。しかしあれは嘲りからではなく――会心の笑みだったのだ。

「捜本に呼んでいただいてすぐ、係長からお話を伺ってから……なんとなく。それに――」

爽子は、柳原から事案の概要の説明を受けたが、その時に、柳原は捜査支援分析センターの行った分析結果について、曖昧な言い方をした。爽子はその言及の仕方から、柳原が受け取った分析に、なにかしら納得しきれないものを抱いているのでは？……という印象をもったのだった。けれどその時は、柳原が何に違和感を抱いているのかまでは、分からなかった。しかし――。

「――それに、出張をあっさり認めていただけましたし……」

いかに自分を信頼してくれているとはいえ、柳原は甘い捜査指揮官ではない。にもかかわらず、本当の目的を隠すため、木梨朱美の身上について掘り下げたいという不得要領な理由を並べるしかなかった自分たちに、柳原は岡山行きをあっさり許可してくれた。

そして先ほどの会議での表情、爽子は確信したのだった。

「私が木梨朱美に疑いをもったのは、勘に過ぎなかった」柳原は言った。「けれど私は立場上、それを本部内で口にするわけにはいかなかった。分かってるとおもうけど、もしそんなことを捜査指揮官である私が言えば、捜査員たちは私の顔色を窺って、右にならえ、とばかりに他の可能性を顧みなくなってしまう。そうなると、いわば捜査にレールを敷いてしまうのと同じだわ。それになにより、私の勘が間違いだったら、捜査を終着駅のない迷宮へと導いてしまう……。崖っぷちへね。でも——私の勘が間違ってなかったとしたら……?」

柳原は爽子を見詰めた。

「だとしても、私にはそれを検証することはできない。だから、優秀な専門家が必要だった。——それがあなただったのよ、吉村さん」

「そんな……。私は優秀なんかじゃ、ありません……」

爽子は睫毛を伏せ、視線を足下へと逸らしながら、——だけど分析は誤ってはいないはず、と自分に確かめた。

柳原と同じ結論に至ったとはいっても、私が木梨朱美の犯行だと結論づけたのは、柳原の抱いている疑念に確信を持つ前だった。

だから、……忖度したわけではない。結論ありきの分析をしたわけではないのだ。散らばった点のような事実を読み解き、捜査心理学という線で結んでいって、真実を、そして目には見えない犯人の心の輪郭を浮かび上がらせる……。それが、心理捜査官である私の仕事だ。その前には誰の、どんな思惑も関係ない……柳原でさえも。

——事実の積み重ねだけが、真実への階段をつくってくれるんだから……

「相変わらずね、そういうとこ」

柳原が、優しい眼差しを爽子に向けると、それを横で窺っていた冴子の眼に、ここ数日は消えていた爽子への険しさが、幾分か戻った。

「それはともかく、的が割れた以上は捕まえないとね。木梨朱美が、吉村さんの策にうまく乗ってくれればいいけど……。こればかりは賭けね」

「はい」爽子はうなずいた。

「——吉村さん、……ですか」

木梨朱美は、先に席について待っていた爽子へ言った。

「ええ、私は捜査本部の吉村といいます。よろしくね。——あ、どうぞ」

そこは町田駅前、ビルの二階にある喫茶店だった。

木梨朱美は奥まった席の、爽子の向かいに座りながら、整ってはいるものの特徴のない顔に、微かな不信混じりの表情を覗かせていた。

朱美からすると当然の反応だった。捜査本部から連絡があって、急に呼び出されたのだから。それも、用件は会ってから、という不得要領なものだったから。

「あの」朱美は口火を切った。

「まだ何か、お聞きになりたいことがあるんでしょうか。それとも、……犯人の手がかりが見付かったんですか」

「いいえ。でも――」爽子は朱美の眼をまっすぐに見詰めて言った。

「犯人を捕まえるためには、もっと木梨さんから聞かなきゃならないことがある、と思って」

「あの……、どういうことですか？　私が見たり聞いたりしたことは、全部、日高さんたちにお話ししましたけど？」

爽子は、朱美を見据えながら、ゆっくりと首を振った。

「私が聞きたいのは、それ以上のこと。――もっとはっきりいうと、現場で本当はなにがあったのか……かな」

黙り込んだ爽子と朱美の間に、有線放送の音楽と茶器のたてる音、そして他の客たちの話し声だけが漂った。

「……あのう、もしかして、ですけど。私、——疑われてるんですか？」

朱美が、事件直後に病院で冴子と会ったときにはあった、被害者の〝徴〟の消えた顔に笑みを浮かべ、呆れたように告げた。爽子はそれに答えずに、続けた。

「いろいろお話を聞きたいの、朱美さんから。でも……もちろん任意だし、いま私がここにこうしているのは私個人の考えからで、捜査本部も知らないから……。木梨さんが嫌なら、諦めるしかないんだけど」

——この女刑事、一体なにをつかんでる？

朱美は表情を変えないまま、眼だけを獲物を値踏みするように細め、爽子を観察しながら思った。

そういえばこいつ……、と朱美は思った。この女刑事は、さっきから私の身体の具合について触れようともしない。

なぜだ。私が若菜を殺した犯人だと知っているのか。

まさか、と打ち消そうとして——、朱美は見舞いに上京した母親が、地元に女刑事二人が訪ねてきた、と話していたのを思い出す。一人は日高。馴れ馴れしい女だ。

そしてもう一人は、なんだか小さい女の子のような可愛い刑事さんだった、と言っていた。そう、たしか名前は——吉村。吉村爽子、こいつだ。

そうか、こいつか。こいつが私の地元を嗅ぎまわったのか。とすれば、私の〝実験〟のことも誰かに聞いて知ってるかもしれない……。〝実験〟と若菜のことを結びつけられるのは、まずいかもしれない。となると……。

あの日高って女は心配ない。私の味方で、無害だ。だったら、問題はこの女だ。

こいつ、華奢にみえるけど芯は強そうだ。肌でそう感じる。そんな奴に疑われているとなると……。

ちょっと厄介かもしれない。でも、切り抜けられる。私への疑いは、警察全体ではなくて個人的なものと、こいつ自身が認めてる……。だったら……。

「いいですよ、別に」朱美は言った。「いつでもお話ししますよ？」

それから三日後、爽子は再び朱美を呼び出した。

面談の場所として選んだのは、町田市内の公園だった。

初夏の陽差しに、微風に揺れた若葉の濃い影が、乾いた地面で揺れていた。

「有吉若菜さんは、親友だったのよね？」

爽子は、先にベンチに腰掛けて待っていた朱美に缶コーヒーを手渡すと、隣に腰を下ろして、自分のコーヒーを一口含んでから言った。

公園には砂場や遊具で歓声を上げる子供たちとその母親、離れているベンチで休憩する会社員らしい姿はあったものの、二人に注意を払う者はいなかった。朱美を追う報道関係者もいない。——被害者が女子大生であり、さらに犯行の凄惨さから、事件発生から一月ほどは過熱していた報道関係者も、いまは芸能界の不倫騒動を追うほうが忙しいらしい。だから、人目のある公園でこうして二人が並んでいても、目立たなかった。

「——はい、そうですけど」

朱美は、〝親友の無念の死〟を悼（いた）むのに相応しい沈痛な表情をした。けれどその表情は、爽子の問いに答えるのに相応しいと判断し、選択して浮かんだもので、感情とは結びついてはいないのだった。

何故なら、朱美が脳裡に映していたのは、有吉若菜との楽しい思い出ではなく——若菜の背後から首に細いワイヤーを巻き付け、思い切り締め上げたあの夜、その瞬間だったからだ。

——わ、わた、私……たち、と、友達……じゃ……？

若菜は食い込んでくるワイヤーを、喉を爪先で掻きむしるようにして抵抗しながら、酷い風邪を引いたような嗄（しゃが）れた声で、そう囁（ささや）いたのだ。——私たちは友達じゃなかったの？

と。

それに続く若菜の言葉は喉の奥で潰れた。朱美がさらに、交叉したワイヤーの両端へ力を込めて引いたからだった。そうしながら朱美は、密着した若菜の耳元へ背後から囁きかけた。

「うん、友達。でも、殺すの」

渾身(こんしん)の力を込め続けて震え始めた手の平へ、ワイヤーを通して、ぐにゃりと、なにかが柔らかく縊(くび)れ、潰れる感覚が伝わった。まるで、庭へ水を撒くためのホースを、思い切り握りしめた時のような感触。――そしてその至福の感触を愉しむうちに、つい数十分前には生命力に溢れていた若菜の身体が骨を抜かれたように力を喪(うしな)い、身体の前を滑って床へと落ちてゆく。その瞬間、目の前の物体へと還元した存在を、有吉若菜、などという固有名詞で呼なければならない煩(わずら)わしさがなくなったのを知った。

これが……、これが人を殺すってことなんだ。

その時に感じた、物心ついた頃からずっと頭に充満していた、熱い水蒸気のような霧が晴れたような、あの感覚――。

純粋な喜びだった。……表情を変えるでもなく、有吉若菜を殺害した時の記憶を蘇(よみがえ)らせ、反芻している朱美を、爽子はじっと見詰めていた。

と——、爽子の胸元で振動音がした。

「ちょっとごめんなさい」

爽子は朱美と並んいたベンチから立ち、離れて背を向けながらスマートフォンを取り出す。

電話をかけてきたのは、冴子だった。

「どう？　いいタイミングでしょ？」

ええ、と爽子は耳に当てたスマートフォンに小声で答えた。それから、声をもとの大きさに戻して続けた。

「あ、はい。いま出先です。……はい」

「その調子」冴子の声が聞こえた。「でもさ、会議ではああ言ったけど、こんなのでほんとにうまく行くの？」

「もうすぐわかると思うけど」

爽子は低めた声でそう告げてから、また声を戻すと、しばらく通話した。

「……はい、申し訳ありません。……はい、すぐに。では」

爽子は電話を切って振り返ると、朱美の待つベンチへと戻った。そして、ベンチに置いてあった自分の缶コーヒーを持ち上げ、口許で傾けると息をついた。それから、じっと自分を見詰めてくる朱美へ言った。

「ごめんなさい、捜査本部に帰らないと……。……。せっかく来てもらったのにね」

「いえ」朱美は表情を消した顔で答えた。

「またお話を聞かせてもらうことになると思うけど、今日はこれで。……あ、それ飲んでね」

爽子は、朱美が膝に載せたままの缶コーヒーを目顔で差すと、飲みかけの自分の缶を手に歩き出す。

朱美は爽子が公園を出て行くまでの間、その後ろ姿を、じっと眼で追い続けた。


「――朱美さんは、いま生きている自分の命をどう感じるの?」

三回目の面談も、前回と同じ公園のベンチだった。爽子は、これも前と同様に朱美へ缶コーヒーを手渡して、しばらく話した後、そう尋ねたのだ。

燦々と明るい昼日中、爽子の口から発せられたのは尋問というより、心の深奥(しんおう)における有り様を問うものだった。

「刑事さんは――吉村さんは、私が無事だったのを責めてるんですか? 若菜はあんなことになったのに自分は、って?」

朱美は咄嗟に、本能的な忌避感で言い返していた。それに、ここは怒ったほうが自然よね……、とそんな計算も働いている。

「いいえ、そういう意味じゃない。……でも、聞いてみたいの。あなたの口から」

爽子は、反問でやり過ごそうとした朱美を、まっすぐ見据えた。

どうやらこいつは、どうしても私の口を割らせたいらしい。逃げるのも面倒だ。それに……私がこいつにここで何を話そうと証拠になんかならない。朱美にはそんな自信があった。だから、口を開いた。

「はっきりいうと、命って二種類しかないと思うんです。私のと……、私以外のと」

朱美は口許に得体の知れない笑みを浮かべて言った。

「そうですよね？　違いますか？　突き詰めていけば誰だってみんな、自分の命が一番大事なわけでしょ？　刑事さんもそうじゃないんですか？」

「そうね。みんな、自分の命を一番大切だって思ってる」

爽子は、語気を強めた朱美に、静かにうなずいた。

「でも、そう思ってるのは、他のひとも同じだってことも解ってる」

爽子と朱美は、互いの価値観をぶつけ合うように視線を合わせていた。けれどそれも、昼下がりの喧噪に混じって、振動音が低く聞こえるまでだった。

「あ、ごめんね。ちょっと待ってて」

前回の面談時と同じようにベンチを立って、すこし離れたところで携帯電話に話している爽子の背中を横目で窺いながら、朱美は思う。

——吉村さん、私、嘘をつきました……。

私にとってはね、命って一種類だけなんです。

それは、私の命。ただそれだけ。

だって、私はいろんな生き物の身体をカッターナイフで裂いて、命がどこにあるんだろうって、手を血まみれにして身体に突っ込んで、何度も探してみたんだもの。内臓なんかも引っ張り出して探してみたけど、……でもそんなの、見付からなかった。なにもなかった……。だから、私は私の命は感じるけど、私以外の生き物に、命がほんとにあるかどうかなんて、分からないじゃないですか。

私にとって確かなのは、私の命のほかには唯一、——〝死〟があるだけ。そして若菜の首を、狭いユニットバスで苦労して切り離したのは、それを解りやすくしただけ。

——あんたなんかに私の高尚な思想は解らないでしょうね。……お馬鹿さん。

そんなことを考えていた朱美の元へ、電話を終えた爽子が戻ってきた。

「ごめんね。——今日は、これくらいで」

爽子がベンチから取り上げた自分の缶コーヒーに口をつけながら言うと、朱美は前を向いたまま視線だけ流して、薄い皮肉を忍ばせて答えた。

「お忙しいんですね」

「ほんとに申し訳ないと思ってるんだけど……。でも、疑問は少しでも潰しておきたいから」

「いいえ。疑われてるのは、私もなんだか気持ち悪いし」

朱美は無味乾燥な口調で告げてから、すこし笑いを含んで続けた。

「……それに、こうして吉村さんとお逢いするのが、愉しみになってきたんですよ？」

そう？　と爽子は口許だけの微笑みで応え、缶コーヒーを手に、ベンチから立ちあがろうとして――、前のめりによろけた。

「あ、大丈夫ですか？」

朱美は腰を浮かし、爽子の腕を取って支えた。

「ああ、ありがとう。――この間からちょっと、身体の調子がね。疲れてるのかな」

「そうですか……。お大事に」

朱美はうなずいた。

それ以後もこのような調子で、爽子と朱美の面談は続いた。

爽子が、有吉若菜殺害については触れることはなく、――途中で電話が掛かってきて、そのまま面談を打ち切るのも同じだった。呼び出されるほうにすればたまったものではないはずだが、それにもかかわらず、朱美は怒りもせずに毎回、律儀といえるほどの態度で、それに付き合ったのだった。

けれど、二人が面談を重ねる度に、爽子は体調を崩してゆくようだった。

「大丈夫なんですか、ほんとに」

「ええ。なんだか……身体が痛くて。お腹も、ちょっとね。……でも、何でもないから」

六回目の面談は喫茶店で行われた。その時もやはり爽子は体調を崩していたようだったので、朱美はそれを慮って顔を覗き込んで尋ねると、爽子は青白い顔をしてそう答えたのだった。

その日も爽子の携帯電話が鳴り、面談が終了となったのはいつも通りではあったけれど……、よほど体調が悪化しているのか、爽子は朱美を席に残し、注文したコーヒーにも手を付けることなく、喫茶店を出て行った。

朱美は席に残ったまま、店の窓から、爽子が蒼白になった顔をうつむけ、やや覚束ない足どりで歩道を帰ってゆく姿を無表情に見送ったのだが――。

朱美の携帯電話に警察から連絡があったのは、その四日後のことだった。

「——もしもし、吉村さん？」

携帯電話を耳に当てて探るような声をだした朱美の耳に、爽子とは違う声が答えた。

「え？　いや、私、日高ですけど。朱美ちゃん？　お久しぶり」

「あ……！　はい。お久しぶりです」

朱美は爽子からではないと判って、すこし落胆したのだが、それをおくびにも出さず言った。

「あの……、何か御用なんですか」

「うん。あのね、電話させてもらったのは領置品（りょうちひん）を——あ、これは捜査のために本部で預かってた物のことなんだけど、返還したいんで署まで取りに来てくれないかなあと思って。鑑識なんかの検査が終わったから」

分かりました、と答えた朱美に、冴子はふと思い出したように言った。

「あれ？　そういえば朱美ちゃん、吉村さんに会ったことってあったっけ？」

「前にちょっとだけ、ですけど。その時にとても親切にしてもらったんで、いつかお礼が言いたいなって思ってて……、それで咄嗟に名前が出ちゃったのかもしれません。ごめんなさい」

「そんな……謝るほどのことじゃないって。——でもお礼を言うのは、いまは難しいかもしれない」

快活だった声を急に曇らせた冴子に、朱美は携帯電話を握りしめて問い返す。

「吉村さん、どうかしちゃったんですか?」

「——うん。ええとね……、ちょっと身体を壊して入院してるのよ、いま」

町田署へ出向く日時を打ち合わせると、それじゃ、と冴子は電話を切った。

「………」

朱美は通話を終えて、スマートフォンを下ろした。そうしてから、手元の暗転した待機画面を、じっと眺めた。

まるで、故人の遺影に見入るように。

朱美は唇の両端を吊り上げて、にたり、と笑った。そして、ふふっ、と楽しげに息を漏らした。


翌日。

朱美は冴子と約束した時間に、町田警察署へと赴いた。歩いてゆく姿こそ、事件の被害者らしくひっそりとしたものだったが、内心は——。

意気揚々としていた。だから、分厚い真綿のような雲が、天に低く垂れ込め始めた空模様も、気にならなかった。

もう邪魔者はいない……。

その思いがうずうずと湧いて、笑みが顔に出そうになるほどで、警察官が立番する庁舎の玄関では、意識して表情を抑えなければならなかった。

「ああ、木梨さん。御足労をおかけしました」

「あ、朱美ちゃん。久しぶり」

五階の捜査本部へ行くと、待っていたのは三十路の綺麗な女性の刑事と、顔見知りの日高冴子だった。

机の並べられた講堂には他の刑事たちの姿はなく——窓の外で、曇天がますます濃くなったせいか、少し薄暗かった。

「あ、こんにちは……。それで、あの、私に返したい物があるって日高さんから聞いて」

「ええ」

柳原明日香と名乗った、三十路の綺麗な刑事が言った。

「捜査上、こちらで御預かりしていた品です。犯人逮捕のためには、もう必要がなくなりましたから。——持ってきて」

朱美は、柳原の眼差しに導かれるように、ドアへと顔を向けた。

そして、がちゃ……、と音を立てて開いたドアから現れた、段ボール箱を抱えた人物を
一目見て——驚嘆した。

吉村爽子だった。

「吉村さん……、なんで……？」

朱美の口からこぼれた呟きに——。

黒い空から響いた、太鼓に似た重い音が被さった。

「私がほんとに入院したと思った？」

嵐の到来を予感させる気配が漂うなか、爽子は無味乾燥に告げると、柳原が口を開く。

「ここに吉村さんがいるのが、信じられないようね？」

「そんな、……私はただ……」

朱美は弱々しく眼を泳がせた。

「吉村さんは入院したって、日高さんからそう聞いたから……。だから……」

それから、助けを求めるように冴子を見た。

「ねえ朱美ちゃん」冴子は無表情に言った。

「あなた、吉村と会ったことがないよね？　だって、吉村がこの本部に来たのは事件から

一ヶ月も経った後だもの。なのにどうして、連絡したときに、世話になった、なんて嘘をついたりしたの？」

そう聞いた途端、朱美の顔から表情が滑り落ちた。おろおろと狼狽していた気配さえ、すうっと、どこかに仕舞い込むように消してうつむく。

「私との繋がりは誰にも知られたくなかった。何故なら――私が邪魔で、排除しようとしたから、でしょう？」

爽子は段ボール箱を長机に置くと、正面から朱美に対峙した。

「それは私があなたと最初にあったとき、〝個人的にあなたへ嫌疑を抱いている〟、とにおわせたから」

爽子は、半ば髪に隠れた朱美の横顔を見詰めた。

「さらに私はあのとき、〝捜査本部には内緒で話を聞きたい〟とも言った。だからあなたは、こう考えたんでしょう？……私を排除してしまえば、警察のなかに自分への疑いを持つ者はいなくなるんじゃないか、って。そこで――私が眼を離した隙に、私の飲み物に薬物を入れたのね？」

朱美は髪で顔を隠したまま、無言だった。

「でもね、木梨朱美さん。あなたがそう考えて実際に行動をとるだろうと、私たちは予想していた。——だから私はわざと、会うたびにその場を離れてみせたの。あなたがやりやすいように」

爽子は、前髪の下へ半ば顔を隠した朱美に続けた。

「でも、気付かなかった？　私が飲む振りをしてみせたのは、いつも缶コーヒーだったたってことに。何故なら、カップや透明なペットボトルだったら中身が減っていないのが見て取れるから、実際には私が飲んでいないのがあなたにもバレてしまう。でも、缶コーヒーなら飲んでなくても、あなたには知りようがないからよ」

爽子は面談の回数が増えるたびに、食事を抜いたり化粧を変えるなどの手段を用いて、わざと顔色が悪くやつれているように偽装していたのだった。

そういえば、こいつは缶コーヒーしか飲まなかった……、と朱美は記憶をまさぐって思い至った。そうだ、最後に会った喫茶店では、カップに口を付けることもなかった。あれは全部、私が薬を入れたのを知っていて——。

朱美は心の奥底で燃えだした、なにか地獄の業火めいたものを感じながらも、表面は弱々しく否定しようとした。

「知らない……、私そんなの……知らない。薬なんかいれてない」

「無駄よ」

柳原は内ポケットから紙片を取り出し、朱美の面前へ広げながら言った。

「四つの缶から、致死量に相当する硫酸タリウム計一グラムと、あなたの指紋が検出された。さらにその際の挙動も捜査員に現認及び撮影されている。——木梨朱美、あなたを殺人未遂で逮捕します。時間を」

「十三時十三分です」

柳原から逮捕状を突きつけられ、冴子が執行時刻を告げても、朱美はうつむいたまま動かなかった。

「朱美さん？」

爽子が眉を寄せて声をかけた、その途端——。

「てめえ……！」

朱美が、臓腑から絞り出すように呻いて顔を振り上げるのと、窓ガラスを、ざあっ……と鳴らして大粒の雨が吹きつけたのは、ほぼ同時だった。

窓で雨粒がはぜる音が微かに響く中、朱美は形相を一変させていた。……十人並みではあっても整っていた顔立ちが、眼は白目を剝いて吊り上がり、裂けたように開けた口には狂犬の牙のような八重歯が覗いている。

親友を殺害され、自らも生命の危機に瀕した被害者。あるいは大人しい女子大生から、文字通り変貌していた。そしてその顔に、窓を流れ落ちてゆく無限の薄いベールのような雨水の模様が映って、不気味な隈取りを施していた。

「なに騙してくれてんだよ！」

朱美は羅刹女の如き形相で喚きながら、素早くポケットに差し込んだ手で、何かを摑みだす。それは朱美の手の中で、ちきちき……！　と金属音を立てて伸び、無慈悲に鋭く光った。

カッターナイフだった。

「止めなさい！」

柳原が制止しようと身を乗り出すのとほぼ同時に、――講堂のドアが吹き飛ばされるような勢いで開く。

「姐さん！」

「係長！」

廊下で様子を窺っていた植木や岸田ら十数人の捜査員が口々に声を上げながら、どっと講堂へと雪崩れ込んできた。

背後から土石流の勢いで殺到する捜査員らの靴音に構わず、朱美は薄い刃を振り立てて、床を蹴った。そして、朱美の憎悪に滾った眼の、その先には――。

虚を突かれて立ち尽くす、爽子がいた。

爽子は大きな眼をさらに見開いて、朱美のぎらぎらした眼と、同じくらい光るカッターナイフの刃が迫る中、――咄嗟に身体が動かなかった。

刺される……！　思考が、どこか遠くから聞こえた叫びのように爽子の脳裏に浮かんだ、その時だった。

爽子の面前へ横から飛び出した人影が、凶器を手に迫る朱美との間に割り込んだ。

柳原係長……？　爽子は朱美の姿を遮った背中をみて咄嗟にそう思った。――いえ、違う！　これは――

爽子の盾になったのは、日高冴子だった。

「日高さん！」

爽子の叫びと、植木たち大勢の捜査員らが駆け付けたのは、ほぼ同時だった。

揉みあう冴子と朱美の姿は捜査員らの人波に呑まれ、その勢いで押しのけられた爽子の位置からは、見えなくなった。

「大人しくしろ！」

「捨てろ！　凶器をはなせ！」

「聞こえねえのか、こら！」

一塊になった捜査員の中から、怒声や罵声が上がる。さらに――。

「おい、怪我してるぞ！　大丈夫か！」

爽子は息を呑んで、咄嗟に捜査員を掻き分けた。私を庇って、日高が受傷したんだ……！

冴子は捜査員らの輪の中心で、支えられながらうずくまっていた。その傍らでは朱美が数人にねじ伏せられ、床でうつ伏せにされて取り押さえられている。

「日高さん……！」

爽子は床にうずくまる冴子のそばへ膝をつき、片方の手で右手を握りしめる冴子に叫んだ。

冴子の、傷を押さえた指の隙間からは鮮血が垂れている。床へ滴る音が聞こえそうなほど、真っ赤な雫は大きい。小さな血だまりができはじめている。

冴子は、爽子に呼びかけられて眼を開いた。そして、顔を振り乱したショートボブの下で苦痛に歪めながら、吐き捨てた。

「疫病神……！」

え……？　語気に込められた怨嗟の激しさに思わず身を引いた爽子に、冴子は嫌悪を露わにして続けた。

「あんた……、あんたはやっぱり、疫病神よ……！」

「おい、下にいって車を出してもらえ！　直に病院へ運んだほうがはやい、急げ！」

岸田の指示する声が頭上から聞こえ、――さらに庁舎の外、上空から降ってくる雷の遠い太鼓のような響きが重なった。

けれど爽子は、容赦のない言葉に凍りつき、警察学校同期の苦痛を堪えて歪んだ顔を、ただ見詰めるしかなかった。


「あの……、ごめんなさい」

爽子は町田署の屋上で言った。

頭上に広がった空は突き抜けたように晴れ渡っている。天地が逆さになったら、どこまでも吸い込まれてゆきそうなほどに。

木梨朱美がカッターナイフで抵抗して逮捕された日から、二週間が経過していた。その間の捜査で、有吉若菜殺害の証拠が発見されていた。

朱美は殺害した後、遺体を損壊する様子を克明に撮影し、データを保存していた。画像には朱美本人もわずかだが映り込んでおり、〝見知らぬ男が侵入してきて、犯行の間中、自分は縛られて拘束されていた〟、というこれまでの証言が明らかに虚偽であり、さらに犯行の決定的な物証となった。

朱美は逮捕後は憑き物が落ちたように、取り調べには淡々と応じて、犯行の詳細を自供しはじめている。

起訴にはもう少し裏付け捜査を必要としたが、爽子は柳原の配慮で、捜査の結了を待たず、多摩中央署への帰任が決まっていた。

そうなると、これから日高と顔を合わせる機会はないかもしれない……。それに、召集を解除されたあとで連絡を取っても、日高は応じないかもしれない。だったら……。

そう思って、爽子は冴子を町田署の屋上へと誘い、謝罪したのだった。

「なんであんたが、私に謝るの？」

冴子は振り返って、詫びとともに項垂（うなだ）れた爽子へ、素っ気なく吐いた。袖口から覗いた右手には、痛々しいまでに白い包帯が、分厚く巻かれている。

「それは……」

「私に切りつけたのは、木梨朱美でしょ」

「そうだけど……、でも」

呟いた爽子を、冴子はちらりと一瞥し、横顔だけを向けて言った。

「でも……そうね、確かに私はあんたに腹を立ててる。なんでか分かる？」

爽子が無言で冴子を見ると、冴子は言った。

「あんたが、ぼーっ、と突っ立ってたからよ。あの時、あんたがもう少し機敏に対応してれば、こんな大事にならずに済んだ」

冴子はその場で初めて爽子へと向き直り、卑しむような厳しい眼で続けた。

「あんた、分かってるの？　どれだけ先輩へ迷惑をかけたのか。せっかく難しい事案を被疑者逮捕にまで漕ぎ着けたっていうのに……。肝心なところで受傷事故なんて起きたら、全部が台なしじゃない。どれだけ先輩の人事記録に汚点がつくか、あんたはほんとに解ってるの？」

そのとおりだ……。爽子は下唇を噛んで、汚れた床に眼を落とした。柳原は冴子が指摘した落ち度を責めるような態度を、微塵もとらなかったけれど。

「先輩に信頼されてるからって、甘えるのも大概にしときなさいよ」

私は柳原に甘えすぎている。爽子は心の中で認めてから、言った。

「……分かった。それに、日高さんにも――」

「私の怪我は、見た目ほど大したことはなかった。だからほっといて。……ただ、ものすごぉく、痛かったけど？」

冴子は嫌味を込めるだけ込めて吐き捨て、口許を歪めた。

「……ごめん」

「だから！　ほっといてって言ってるでしょ？　それに……！」

冴子は苛立たしげに言った。

「……それに、私の任務でもあったんだから……！」

「――え？」

爽子は驚きで眼を撥ね上げ、冴子の顔を見返す。冴子自身も、思わず口にしてしまったのか、あっ、というような戸惑った表情だった。

任務？　爽子は冴子の口からこぼれた言葉の余りの意外さに驚いたまま――、警察学校同期であり、同時に公安捜査員でもある冴子を見詰めた。

「……どういうこと」

「言ったとおりの意味よ」

冴子は能面の微笑になって、爽子へ告げた。

「私を――私を見張ってたんじゃなかったの」

「違う。私が受けた指示はね、吉村。……あんたを守ることだった」

「私を……？　私なんかをどうして……？」

爽子は我知らず一歩踏み出して冴子へ迫り、答えを聞き出そうとした。けれど冴子は、共に捜査に当たったここ数ヶ月の間には存在した、ささやかな親近感が消えた眼と口調で答える。

「さあ？　理由なんか聞かされていないし、……それに聞かされていたとしても、あんたなんかに教えるわけないでしょ」

私を……、捜査一課から落ちこぼれた一介の巡査部長である私を、どんな理由で警視庁本部の何者かが注視するのか。

――なぜ……？

「ねえ、吉村。あんた一体、なに？」

動揺し視線を彷徨(さまよ)わせる爽子に、冴子はからかうように尋ねた。

「あんた一体、何者なの？」

そんなこと、私が一番分からない。爽子は答えが落ちていないかと探すように、なおも汚れた屋上の床をあてもなく視線で撫でながら、そう思った。だから、正直に言った。

「……分からない。私にも」

「あっ、そ」

冴子は鼻で嗤って、立ち尽くす爽子の肩先を、通り過ぎていった。

爽子は一人晴天の下に取り残されたまま、佇み続けるしかない。

私を、私の知らない理由で視ている者がいる。

誰が？　何の目的で？　その理由は？

様々な疑問が脳裏で渦巻きはしたものの、それらはただ回り続けるだけで、どこにも流れ着かない。堂々巡り――思考のメリーゴーランドにしかならなかった。

駄目だ。いまここで考えても、答えなんかでない。それこそ、注視妄想でも抱いてしまうのが落ちだろう。

爽子は、後ろで結んだ髪を揺らして首を振り、疑念を振り払う。

それから、屋上を歩き出した。軽い目眩で足をすこし縺れさせながら――。

蒼い闇

1

「それが——、吉村さんの答えですか」

爽子は顔を上げ、憤懣を抑えた声の、その主を見た。……テーブル越しに爽子に言葉を投げつけてきたのは、まだうら若い女だった。

若い女はビジネススーツに身を包んでいたものの、まだ着こなせているようには見えなかった。それもそのはずで、若い女はまだ、二十歳をいくつか過ぎたばかりのはずだ。

「ええ、申し訳ないけど……」

爽子は、後ろめたさを隠して口を開く。

「それは……できない。私も組織のなかで働いているから」

そして一瞬、曇らせた眉根の下で睫毛を伏せてから、言った。

「ごめんなさい。……由里香さん」

爽子が眼を正面へ戻すと、由里香、と呼ばれた若い女——三枝由里香は、上目遣いに半ば睨むように凝視してくる。

変わっていない……、あの時と。爽子は由里香の尖った視線を受け止めながら、その美しい顔立ちをみながら思う。

頬からおとがいにかけての柔らかい曲線、秀でた額……。そしてなにより、黒目がちな強い光を湛える瞳。

けれど、昔——というには近すぎる過去に比べると、変化しているところも、当然あった。

背中の半ばまで伸びていた、黒く艶やかな髪はやや短くなり、セミロングに纏められている。

そして、身に馴染んではいないものの、就職活動中の女子学生が着るにしては上質すぎるスーツ。そしてなにより、その襟に光っているのは——。

金色の弁護士徽章だった。

週末の午後、立川駅にほど近い喫茶店だった。……客の入りのエアポケットのような時間帯なのか、空席の目立つ。

そんな、いささか閑散(かんさん)とした広い店内の窓際の席で、爽子は弁護士になった三枝由里香と、向かい合っていた。

爽子が由里香を知ったのは、ある重要事件の捜査を通じてだった。

それは、都内で若い女性が連続して凄惨な手口で殺害されるという、凶悪事件だった。

爽子は当時、捜査一課の心理捜査官として、犯人像の分析に当たった。その犯人を追う過程で浮かび上がったのが――

三枝由里香だった。

ただし被害者ではなく、被疑者を知る重要参考人として。

由里香の父、康三郎(こうざぶろう)は弁護士で、名の通った法律事務所を経営しており、娘の由里香もまた、名門大学法学部に通う優秀な女子学生だった。

けれど表の顔とは別に、裏の顔を持っていた。

由里香は、女子大生売春グループを取り仕切っていたのだった。

それは、由里香が弁護士を目指した理由とは表裏一体の、父である康三郎への、歪んだ思慕から手を染めた行為だった。

爽子は、犯人と売春行為中に客として接触し、そのために犯人から命を狙われることになった由里香が、都内の高級ホテルへと姿を隠したのを突き止めた。

そして、由里香に犯人について証言するよう、説得したのだったが——

由里香は最初、断固として拒絶した。それも当然だった。犯人について証言すれば、必然的に自らの行っていた犯罪も、世間に露見してしまうのだから。

けれど爽子の職を賭しての説得と、なにより、その事件で爽子の相勤となった藤島直人に促されて、由里香は犯人逮捕に繋がる決定的な証言をしたのだった。

犯人は逮捕されたものの、事件の余波はマスコミの興味本位な報道合戦という形で、由里香へも押し寄せたのだった。

由里香は、私を恨んでいるかもしれない。……爽子は事件解決後、多摩中央署へ異動してからも折に触れて、そう思うことがあった。

だから、そんな由里香が二日前に多摩中央署へ電話をかけてきたときは、単純に驚いたものだった。

「三枝、さん？」

爽子は刑事部屋で、呼ばれてとった受話器を耳に当てたまま、眼を瞬かせたものの、やがて思い当たって言った。

「あの、もしかして――由里香……さん？　三枝由里香さん？」

「はい、三枝由里香です。お久しぶりです」

知らない若い女性の声に過ぎなかったものが、脳裏へ端麗な顔立ちの像が浮かんだ途端、――半ば対峙するようにして証言を引き出した、弁護士の娘の声になった。

「……あれ？　ひょっとして吉村さん。あたしのこと、覚えてませんでした？」

「――忘れたりはしないけど」

絶対に、心に埋もれることはない。何故ならあの事件は、様々な変化をもたらし……私のなかに潜むものを呼び起こしたんだから……。爽子はそう思いながら答えた。

「ああ、良かった」由里香の声がわざとらしく弾む。

「だって、ずっと前に吉村さんたちの御世話になったときは、毎日毎日、もういい加減にしてよって言いたいくらい、顔を合わせてたわけじゃないですか？　なのに吉村さん、あたしのこと忘れたのかなって、心配しちゃった」

爽子は、由里香の快活な声が薔薇の棘のように鼓膜へ刺さるのを感じながら言った。

「ちょっと驚いただけ。……それで、由里香さん。なにか用事？」

爽子は顔をうつむけ、心持ち、受話器を握る手に力を込めていた。

都内連続女性殺人事件——爽子が捜査一課を逐われる原因となった事案の捜査でも、由里香と自分の関係は友好的とは言い難かった。いや、はっきり言えば、捜査員と重要参考人という立場を別にしても、互いに反発なり嫌悪しか抱けない間柄だった。

それだけでなく、そこへ藤島直人という触媒を加えると、自分と由里香の間はさらに複雑になってしまうわけだけど……。

でも——、いまそんなことどうでもいい、と爽子は思い返す。

いま疑問なのは、そんな風に強制でもされなければ近づきたくもないであろう私に、いったいどうして、わざわざ由里香のほうから連絡をとってきたのか——ということだ。

「ちょっとお会いしたいんです、吉村さんに」由里香が言った。

「お時間、つくってもらえません?」

「——それは、構わないけど。でもどうして?」

「それは、お会いしてから話しますから」

警戒しつつ呟くように答えた爽子に由里香はそう告げた。

そうして週末、立川の喫茶店で待ち合わせる約束をしたのだった。

「吉村さん、こっちです」

爽子は約束した時間に喫茶店に着いたのだったが、由里香はすでに席で待っていた。

そして、席から立ちあがった由里香の姿を見て、爽子は驚いた。

由里香はまだ大学生のはずだ。それなのに、休日にもかかわらず端正なスーツという装いだったからだ。けれどその時に爽子は気付いた。

襟元にさり気なく、だが誇らしげに光る、金色のバッジに。

「由里香さん、もしかして――」

爽子は驚きで眼を見張ったまま椅子に座ると、ちょっと呆然として言った。

「司法試験に合格したの？」

もともと、綺麗なだけでなく頭もいい娘だった、とは爽子も思う。なにしろ、手を焼かされたのはその狡猾(こうかつ)さ故だったのだから。

だがそれにしても、日本の資格制度中、最難関の一つである司法試験を大学在学中に突破したというのか。

「ええ、司法研修所を去年修了して、今年の初めに弁護士登録したばかりなんです」

由里香は言った。

「いまは大学に通いながら、父の事務所でアシスタントをしています」

「そ、そう」

爽子は戸惑いながら答えた。……諸々の事情によって罪には問われなかったとはいえ、女子大生売春グループの元締めだった、あの由里香が弁護士。

「あの……、おめでとう。ものすごく——いえ、こんな言葉じゃとても足りないほど努力したのね」

爽子は奇妙な違和感に鼻白む思いをしながらも、なんとか微笑んだ。そうして表情を取り繕いながら心の中で反芻する。——あの由里香が、弁護士？

「ありがとうございます」

由里香は爽子の内心を見透かしたのか、口許をわずかに綻ばせて答えたものの、その円らな眼は笑っていない。

〝努力したのね〟？……あんたなんかに、あたしの何がわかるっていうのよ？

由里香の爽子へ向けた冷たい眼は、そう告げていた。

「いらっしゃいませ、ご注文はおきまりですか？」

——なんだか、あの事件のときみたいだ……。

爽子は、折よく注文を取りに来たウェイトレスに、コーヒーを頼みながら思った。

高級ホテルの一室で、互いの心を言葉のメスで裂こうとした、あの時と——。

爽子はウェイトレスが離れてゆくと、由里香に眼を戻した。

「それで……、私に何か用事？」

「あたし、いま国選弁護人を引き受けてるんです」

そう切り出した由里香の眼からは、先ほどまでの敵意混じりの険しさが消え、ギリシャ彫刻の美しい少女像のような面差しに戻っている。

「依頼人は中国からの留学生なんです。通学のために乗っていた山手線（やまのて）の車内で、女性に身体を触られたと申告されたんです。依頼人はその場で他の乗客に取り押さえられて、鉄道警察隊に引き渡されたんですけど……。でも」

由里香は身を乗り出して続けた。

「でも、接見で本人は、絶対にやっていない、と断言してるんです。誤認逮捕だ、って。あたしはその言葉を、信じられると思うんです」

「――そう」爽子は小さく答えた。

「ええ、信じていいと思うんです」由里香は力を込めていった。

「ですけど、あたしたちには被疑者への接見交通権はありますけど、警察署側の都合でままなりませんし……。それに、証拠の開示を求めても――」

「応じないでしょうね」爽子は言った。

被疑者の容疑を確信して逮捕し、裁判で相応の罪に問いたい警察が、自分たちの手の内を、被疑者の権利を守るのが使命の弁護側に提供することはない。

「そうなんです」由里香は憤然とうなずいた。「警察は、自分たちが税金使って証拠を集めたくせに、それを国民に公開しないなんて。これが外国の制度だったら……、あ、ごめんなさい」

「いいえ」爽子は小さく答えただけで、促す。「続けて」

「だから……、その……、吉村さんにお願いしたいのは、――」

由里香は言い出しかねて、見詰める爽子から、ふと眼を逸らした。けれど意を決したのか、再び据えてから口を開く。

「依頼人への捜査がどう進んでいるのか、それを……あたしにこっそり教えていただけませんか」

あたしはあんたのお陰で未来が損なわれた。そういわんばかりの、先ほどまでの居丈高さが透けてみえる態度とは打って変わり、由里香は身を乗りだすと、懇願するように言った。

けれど爽子は、そんな雨の中を彷徨（さまよ）う子犬のような表情を浮かべた由里香に、告げたのだった。

捜査情報を流すような真似はできない。自分も組織の一員だから――、と。

「──それが、吉村さんの答えなんですか」

由里香はテーブルに乗りだしていた身を引き、ほのかな気品さえ漂わせている美しい顔立ちを険しくして、爽子をじっと見詰めたまま、繰り返した。

……爽子が拒絶してから長い沈黙があった間に、二人の前にはコーヒーが運ばれてきていたけれど、爽子も由里香も、それがまるで存在しないかのように互いだけを眼に映していた。

「ええ、由里香さんが熱心なのはわかるけど……。ごめんなさい」

爽子は、口を引き結んだまま睨み据えてくる由里香と、冷めかけたコーヒーをそのままに、椅子から腰を浮かせて言った。

「用事が、それだけなら──」

「ちょっと待ちなさいよ……！」

由里香が座ったまま低く叫ぶような声を上げた。爽子はその語気に押されて、中途半端な姿勢のまま動きを止めた。そして、かつては重要参考人として相対した由里香へ改めて顔を向けた。

「あんた……、あんたはあの時、あたしになんて言った？」

由里香は、形の良い唇を震わせていた。

「あの時……？」

「覚えてないの？」

爽子が中途半端な姿勢で問い返すと、由里香は怒りで切っ先のように尖った眼で爽子を見返す。

「呆れた……。あの時、——前の事件のとき。吉村さん、あんた、あたしになんて言った？ 〝勇気をだして〟って、そう言ったでしょ！」

由里香は、近くの席の客の窺うような視線に構わず、爽子だけに非難の眼差しを突きつけて続けた。

「あんたそう言って、あたしには無理矢理に話させたじゃない！ それがなに？ 罪を犯していないのに捕まったかもしれない人がいるのに、自分は組織の人間だからって逃げる気？」

爽子は胸の奥を刺す痛みで微かに眉を寄せた。——たしかに由里香の言い分にも一理あった。何故なら……由里香は前の事件の際、冬の動物公園で、犯人特定へと繋がる決定的な証言を、自分と藤島にもたらしたのだから。

——でも、そのせいで……この子は……。

「あたしが証言したから犯人は逮捕されたんでしょ？……でもそのせいで、あたしがあの後どんな目に遭ったか、あんたに分かる？」

過去に肩を押さえられたように席へ座り直した爽子へ、由里香は続けた。

「週刊誌にあることないこと書きたてられて、追いかけ回されて……。半年くらい、家から一歩も出られなかった……。勉強に没頭するしかなかったから、お陰で司法試験には合格できたけど。不幸中の幸いってやつ？」

由里香は冷ややかな笑みを浮かべた。

「でもね、……埼玉の司法研修所に入っても同じだった。さすがにマスコミからは解放されたけど、周りの修習生たちがあたしをどう思ってるかは、目付きや態度ですぐに分かったもの。あたしのやったことが、欠格事由にはあたらないとしてもね。教官も同じで、成績はそれなりだったけど任官を勧められもしなかった。――でもね、それはいまも変わらない……」

由里香は窓の外の晩秋の光景へと顔を向けた。そして、柔らかい陽差しをうけた横顔の、美しい鼻梁（びりょう）の線を際だたせながら続けた。

「父に連れられて、大きな会社へ打ち合わせに行ったときだったんだけど。……父と法務担当の偉いひとが話してる間、あたしは書類を持って応接室で待ってた。その時にね、そこにいた社員の人に、にやにや笑いながら言われたの。――〝幾らでヤラせてもらえるんですか〟って」

下卑た話を淡々と話しながら、事件後からこれまでの間の困難さを物語ってか、急に艶やかな風情を醸しだす由里香が、爽子の眼には熟練した芸術家の手で生み出された半神妖女の塑像に映る。

「由里香さん。……大変な目に――」

爽子は由里香の味わった、下劣な欲望や好奇心に晒されるという、酸で肌を灼かれるような苦痛を理解することができた。それは、性犯の被害者も同じだったから――。

「やめてよ」

けれど由里香は、爽子の心からの痛ましげな言葉を、ぴしゃりと遮る。

「あたしはね、小さい頃に辛い目に遭った吉村さんなら解ってくれるんじゃないかとか、そういう風に期待して、こんな話をしたんじゃないの。同情なんてして欲しくない。――吉村さん、特にあんたにだけは」

まるで、辱めた相手と対峙しているような由里香の眼を静かに受け止めて、爽子は口を開いた。

「じゃ、どうして私なの」

「事務所の先輩弁護士から聞きました。……警察官は二種類いるって」

由里香はいくらか表情を和らげてから言った。

「組織や上司のために働く警察官と、被害者のために働く警察官と。吉村さんは後の方ですよね？　正義を求めているんだもの」

「私たちは法を遵守させ――」

「それに……！」

警察官は正義の味方ではなく法の番人に過ぎない。そう言い返そうとした爽子の声に被せるようにして、由里香は続けた。

「それにあたしは、依頼人の無実を信じてるからです」

力の籠もった言葉に思わず口をつぐんだ爽子に、由里香は続けた。

「だとしたら、依頼人のほかに犯人がいることになるでしょう？　それなのに私の依頼人は、痴漢で逮捕された以上、検察に送致、起訴されて、ほぼ百パーセントの確率で有罪にされちゃう。痴漢なんかしていなくても。それは正義じゃない、と思うんです」

由里香は、爽子を正面から見た。

「だからあの時あたしがそうしたように、今度は吉村さんに勇気をだしてほしいんです。そしてあたしが事実を究明するのを、ほんの少しだけ、手伝ってもらいたいんです」

爽子は無言でテーブルに眼を落とす。湯気が消えた白いカップのなかで、小さな光が円盤のようにコーヒーに映って揺れていた。

警察官にとって、部外者に捜査情報を漏らすというのは職務上、致命的な行為だ。しかも相手が弁護士ならば、なおさらだ。でも――。

由里香があのとき、勇気を持ってくれたのも動かせない事実だ。

それに、――もし由里香の依頼人の否認が正しいのならば、誤認逮捕、ということになる。

どうするべきか――。

「――わかった」

爽子はわずかな葛藤の末、顔を上げた。

「だけど、さっきも言ったように、捜査情報を漏らすことはできない」

「そんな……！　吉村さん……？」

「でも――」

爽子は、顔を強張らせた由里香へ続けた。

「私自身で調べてみることはできる」

「え、それって……助けてくれるんですね？」

由里香は朝露を含んだ白百合が咲いたような笑みを浮かべた。

「それでいい？」

「はい、ありがとうございます」

用件が済むと、爽子と由里香は席を立った。お互い、一緒に過ごしていて楽しい相手でもない。

「——そういえば藤島さん、元気ですか」

それぞれ自分のコーヒー代を払って店を出ると、由里香がさり気なく尋ねた。

藤島直人と爽子は都内連続女性殺人事件の捜査で出逢い——それだけでなく、十歳の頃に遭遇した事件で心に刻まれた他者への猜疑(さいぎ)を、初めて爽子に乗り越えさせた相手だった。

そして、——いまは爽子の恋人でもあった。

けれど藤島に惹かれたのは爽子だけではなかった。重要参考人という立場を超えて、由里香もまた、藤島へ思いを寄せたのだった。

それは、爽子も前の事件のときから察していた。

いつ聞いてくるかと思ってたけど……。爽子は聞こえないよう小さく息をついてから、答える。

「ええ、元気よ。所轄から異動したけど。どうして？」

藤島は、事件当時は発生署である蔵前(くらまえ)署の捜査員だったが、いまは第二機動捜査隊にいる。

それはともかく、爽子の口を無意識に突いて出た最後の一言は、余計だった。由里香は振り返って、冷たい氷柱のような視線を突きつける。その眼は、わかってるくせに……！と苛立ち紛れに告げている。

二人はほんの数瞬、店先で視線を交叉させたまま、互いを凝視する。

爽子は稚気のある端整な顔立ちだったけれど……、由里香は整っているだけでなく華やぎを兼ね備えていた。けれど、歩道でじっと顔を突き合わせていると、──歳の近い姉妹の仲違いに見えなくもない。

「いいえ」

由里香は爽子を見たまま不意に、ふっ、と笑みを漏らした。そして、宙に鮮やかな笑みの残像を残しつつ、爽子へ背を向ける。そして、歩き出しながら無味乾燥に言った。

「ちょっと気になっただけですから」

爽子と由里香が会った、三日前の夜──。

藤島直人は第二機動捜査隊で当直勤務に就き、覆面捜査車両のステアリングを握っていた。

法定速度で新宿の街を流しながら、眼前の先を行くテールランプ、それに歩道の通行人へ、凜々しい眉の下から鋭い眼光を向けていた。耳には、受令機のイヤホンをさしている。

時刻は午前零時過ぎ。無線が、日付が変わったのを報せてきた直後だった。警視庁では午前六時から六時間ごとに、本部通信指令室から時報を流す。初動捜査の要である機動捜査隊——機捜隊は、刑事部の専務系波である捜査一系を主に使用するが、いち早く事件発生の一報を受けられるように、方面系も傍受している。

「……で、藤島ちゃんよ。お前——」

相勤の丸田が、助手席で口を開いた。藤島は二十九歳の巡査長だが、丸田は一回り上で、四十代の巡査部長だった。

二人を乗せたトヨタ・アリオンは新宿新都心、中央公園わきを西へと進行中だった。着脱式の赤い警光灯をルーフ上へ載せていない、密行、だった。

地上は、街灯や様々な灯りが夜の帳を掃いて薄めている。けれど、フロントガラス越しに眼を上げれば、進行方向にそびえた都庁をはじめ高層ビル群は、上層階ほど闇に輪郭が溶けて、明かりの灯った窓の、不規則な碁盤の目模様だけが夜空へ白く浮いていた。

「はい？」

「――彼女とはうまいこといってるのか」

藤島が聞き返すと、丸山は車外に目を配りながら続けた。

「え？　はあ、……まあ」

藤島は不意の問いに、どこか生来の生真面目さの抜けない日焼けした顔を苦笑させたものの、夜の街へとむけた猛禽（もうきん）の眼差しは変わらなかった。

「それなりに、ですかね」

「なんだ、煮え切らねえ答えだな。で、どんな子っていったかな」

「どんな子って、そうですね――」

藤島は答えながら、吉村爽子と初めて出会った時の光景を思い出す。

小柄なひとだな。――爽子に抱いた第一印象はそんな他愛もないものだった気がする。

もっともそれは、自分が百八十センチ近くあって、その身長差からだろうが。

けれどそれ以上に爽子を印象づけたのは、黒髪をポニーテールに纏めたせいで、余計に小作りにみえた顔から見あげてきた、大きな眼だった。

清冽（せいれつ）な光がちいさく光っていた、あの瞳だ。

「――可愛いひと、ですかね」

藤島は短く告げた。

「のろけてんじゃねえ。……けど彼女さん、若いのに元捜一だってんだろ？　おまけに階級も上なんだろ。おっかねえ、とは思わなかったのか」

おっかない、か。藤島は丸山に聞かれて吹き出しそうになる。丸山自身、その目で見たことがないからだろう。

爽子は小柄なうえに、体格も運動部経験者の多い女性警察官の中では至って華奢で、——なにより童顔のせいで実年齢より随分と若く見られてしまう。丸山は断片的に耳にした業務歴だけで、爽子を男勝りの女性捜査員と想像したのだろうが、爽子本人と対面したら驚くに違いない。

「いえ、丸田さん。おっかないとは思いませんでしたが」藤島は言った。

「でも、その——時々ですが、頑固すぎるところは何とかならないのかな、と思いますね」

爽子が心を永久凍土のように閉ざした理由。それを藤島は、捜査の過程で爽子自身の口から、由里香への説得という形をとって聞かされた。それは爽子なりの、自分の全てを受け止めて欲しいという切実な叫びだったと、後で思い至ることになった。

だから藤島は、都内連続女性殺人事件の捜査がいよいよ大詰めを迎えたあの厳冬の夜、降りしきる雪の中、単独で犯人逮捕へと向かった爽子を、懸命に追いかけたのだった。

そして爽子の語った過去は同時に、藤島と爽子の関係を、互いに一歩踏み出せなくしている障壁でもあったけれど。

「――藤島ちゃん」

藤島のてらいのない言葉に、丸山が後ろへ流れてゆく夜の街頭に顔を向けたまま言った。

「お前さん、よっぽどその彼女さんに惚れてんだな」

え？　と藤島はステアリングを握ったまま眼を瞬かせる。

「ほんとは、彼女さんのそういうところが好きなんだろ」

丸田の声だけが、笑った。

「どういうことですか、丸田さん」

「なに、人の短所なんて長所と紙一重だからよ。どっちも似たようなもんだからな。嫌われる理由にもなるし、好かれる理由にもなる」

「――ですかね？」

藤島は合いの手がわりに明るく問い返しはしたものの、脳裏の片隅では、そうかもしれない、と認めた。

――事案を読み解く集中力は、あの頑なさが支えている……。

なにより、爽子の純粋さを……。藤島は爽子の、何かをじっと見詰める横顔を脳裏に浮かべた。

「ああ、そういうもんだ」

丸田が顔を逸らしたまま頷いた、――その時。

アリオンの車内に、これぞ電子音、というような甲高いセルコールが響き、次いで無線が鳴った。

『警視庁から各局。現在、重要事件に発展する恐れのある一一〇番、入電中』

「おっと、来た来た」

丸田が座席から身を乗り出して、無線の音量を上げる。警視庁本部通信指令センターからの〝指令予告〟だ。緊急事態発生を告げる、文字通りの前触れ。

さあ、来るぞ――。各警察署の無線担当、通称〝リモコン係〟をはじめ、この夜、勤務に就いて無線を傍受している、警視庁警察官すべてが耳を澄ます気配がする。

『警視庁から各局……！』

来た……！　その一員である藤島の耳にも、集合住宅における隣室からの騒音やら迷惑駐車といった、一一〇番通報のほとんどを占める事案への対応を指示するのとは明らかに違う、緊張で硬くなった指令係の声が方面系から聞こえた。

『新宿管内、歌舞伎町二丁目、ホテル〝ローズピンク〟方、同所の従業員女性より通報。

内容は〝客の男性がベッド上に寝たまま息をしていない〟と一一〇番入電。――新宿一！』

――歌舞伎町二丁目か、ここから近いな……。

藤島は、指令センターの指令係が、無線自動車動態表示システム(カーロケーター)のモニター上で警察車両を示す鏃(やじり)形マークが緑色、つまり事案を〝扱って〟おらず、かつ直近にいた新宿署一号車へ指示するのを聞きながら思った。

『こちら新宿一、歌舞伎町一丁目から頭を向けます！　どうぞ』

『警視庁、了解。――』

指令係は念のために、通報内容と通報番地を繰り返してから、続けた。

『――なお一一〇番整理番号は一九八四番、零時十七分、担当は小野田！』

藤島は通報番地、整理番号を脳裏に刻みつけておく。丸田も車内に射し込む街の明かりを頼りに、手帳に控えていた。

『警視庁から二機捜』

『こちら二機捜です、どうぞ』

新宿署一号に指示した指令係の声が捜査一系からも聞こえ、藤島たちの所属である二機捜本部の応答が聞こえた。昔は一機捜――第一機動捜査隊と同じく、無線の呼び出しの際には〝二機捜本部〟ときちんと名乗っていたらしいが、いまは何故か省略する。藤島も理由は知らない。警視庁は巨大な組織だ。内部の人間にとっても、知らないことはたくさんある。

それはともかく、第二機動捜査隊は都内の西半分を管轄し、そのなかには新宿署のある第四方面も含まれている。つまり――。

通報場所は自分たちの縄張りだ。藤島は自分の顔が引き締まっていくのがわかる。

『四方面、新宿管内、歌舞伎町二丁目、同番地のホテル〝ローズピンク〟にて――』

指令係は二機捜本部へ通報内容を繰り返す。

『――本件につき、四方面系の傍受を願えますか、どうぞ』

『二機捜、了解です』

車内へ流れる指令に耳を澄ませてから、丸田は身を乗り出して無線のマイクをとりながら言った。

「さて……名乗りを上げるか」

「いきますか……！」

藤島も腹から返事を押し出す。藤島にとって、自分たちが初動捜査の要であるのを実感する瞬間だ。

「機捜二四三から二機捜！」

『こちら二機捜、どうぞ！』

丸田が口許に寄せたマイクに告げると、すかさず応答が返る。

「現在入電中の件、歌舞伎町へ転進する！　どうぞ」

『二機捜、了解！　よろしく願います！』

『機捜二四六から二機捜！　こちらも転進する、どうぞ！』

同僚たちも同様に名乗りを上げるのを無線で聞きながら、丸田は身を屈めて、足もとから特大のお握りのような、マグネット式警光灯を持ち上げる。

マグネット式警光灯の着脱は、原則的には路肩へ一旦停車して行うこと、とされている。助手席の乗務員が降車し、磁石の力だけでなく、覆面車両のルーフ上に設けられたピン状の突起に引っかけて固定するのが望ましい、と。……けれど現実には、守る警察官の方が少ない。それどころか覆面車両と見破られるのを嫌い、固定用のピンを外してしまう捜査員も多い。

「〝赤灯〟回すぞ！」

そして丸田も、多数派の捜査員だった。ウィンドーを下ろし、そこから警光灯を掴んだ左腕を伸ばすと、それをルーフの上へ、ひょい、と載せながら藤島に言った。

「了解！」藤島はステアリングを握り直して、前を見据える。

丸山が足もとのスイッチを踏み込むと、警光灯の赤い光が頭上から都会の薄闇を裂き、そのぎらぎらした輝きが、周りを走行中の自動車、そして仄暗い街頭をよぎった一拍の後――。

サイレンの音が辺りに響き渡った。

「ようし、藤島！　ゆっくり急げ！」

丸田がスイッチを足で踏み込んだまま告げる。サイレンを警光灯の回転と同時に吹鳴しないのは、他の自動車が突然の音と光に驚いて運転操作を誤り、それが事故の原因になるのを防ぐための配慮だ。

「はい、――慎重に飛ばします！」

藤島も、先を走っていた自動車の流れが右左へと押し広げられてゆくなか、アクセルを踏み込み、――アリオンは速度を上げた。

そして、ぽっかり空いた路上を、藤島と丸田を乗せた機捜二四三は疾走してゆく。

現場の新宿歌舞伎町二丁目。――そこは、狭い道路の両側を小規模なラブホテルがびっしりと軒を連ねた通りだった。

「……あれだな」

丸田が、速度を落として徐行する機捜二四三の、助手席で言った。

どの建物が現場なのかは、ダッシュボードに設けられたカーロケーターの画面を確認するまでもない。〝ローズピンク〟とでかでかと記され、電飾された看板が眼に入ったからだ。

「所轄がもうきてますね。最先着みたいですが」藤島が答えた。

ホテルの前にはすでに、黒白パトカーの新宿一――新宿署一号車が、現着している。藤島がそれを最先着と見て取ったのは、乗務員が両手にマイクを握って盛んに通話していたからだ。一つは警視庁本部と繋がる方面系、もうひとつは、男性が死亡している客室へ向かった相勤者が状況を伝えてくる、署活系無線だ。指令センターから現場報告車両に指定されたのに違いなかった。

パトカーだけでなく、白い自転車も二台停まっていて、それに乗って駆け付けたPB員――交番勤務員が規制線テープを取り出したり、指示灯を手に現場保存に取りかかっているのが見えた。

「二機捜！　機捜二四三、現着！」

藤島はアリオンを徐行させて、ホテル前の路上に群がった〝蝟集者〟――野次馬を掻き分ける間、丸田は無線で報告する。

藤島が黒白パトカー〝新宿一〟の後方へ停めると、丸田はすかさずシートベルトをはね除けてドアを開け、助手席から降りた。

「いくぞ」

「はい」

藤島も記録用のクリップボードを手にアリオンを飛び出す。

前を行く丸田は百七十ほどの身長にジャンパーを羽織り、続く長身の藤島も同じくジャンパー姿の軽装で、焦げ茶色のカーゴパンツをはいている。日中の当番なら背広だが、夜間は動きやすさを優先して、〝作業着〟に近い格好になるのだ。

早足にホテルへ急ぎながら、耳の受令機のイヤホンを確かめる。機捜の受令機は捜査一系と方面系、両方を受信できる優れものだった。隊員たちは通称〝耳〟と呼ぶが、その受令機から指令係の声が聞こえた。

『――なお、〝新宿一〟乗務員の一報によれば、男性は全裸でベッドにて死亡。目立った外傷及び血痕は見当たらないものの、事件性の有無については特段の留意をもって調査方願いたい。……』

「ご苦労さん」

丸田が、看板の電飾に照らされた入り口で規制線テープを張っている二人の交番勤務員へ声をかけた。

派手な看板の割に、〝ローズピンク〟は同じような小規模ホテルに挟まれた建物だった。その窮屈（きゅうくつ）な佇まいは、どこか肩をすぼめたようなうら寂しい風情があって、男女の密会の場にはどことなく相応しかった。

「二機捜だが、ホトケさんは拝めるか？」

「あ、どうも。お疲れさまです」

どちらも二十代の交番勤務員で、やや年長の制服警察官が反射的にそう答えて作業の手を止めたものの、丸田と藤島の袖の、臙脂（えんじ）色の地に目立つ黄色で〝警視庁二機捜〟と縫い取られた腕章を確かめると、困ったように続けた。

「あ、いや、……うちの刑事課の当直がもうすぐ来るんで……！　それは」

「だめか？」丸田が無表情に聞き返す。

これも、時代かな……。藤島は丸田の後ろで問答を聞きながら思う。

かつては、機動捜査隊への任用は、競争率三十倍の巡査部長試験に受かるより難しいとされ、その捜査手法を所轄署からは〝ハゲタカ〟〝かっさらい〟と、いまいましさを込めて評されていた。事案の目撃者がいれば、機捜隊員は所轄の捜査員が聴取中でもお構いなしに、目撃者をその手から取りあげたからだという。

けれど現在では――、任用される難しさこそ変わらないものの、機捜隊はそういった強引な真似を控え、所轄の顔を立てて協調するようになっている。組織捜査の時代だ。

「しょうがねえな」

そう言った丸田も、半ばあきらめ顔だった。

「――君らは、現場に入ったのかな？」

藤島が丸田の背後からそう声をかけた。所轄署幹部が臨場するまで現場を見るのが無理ならば、少しでも現場の状況に触れたいと思ったからだった。

それだけでなく、やってきた新宿署刑事課の捜査員が、もし事件と認定した場合には、鑑識課への出動要請がなされて、機捜隊員のみならず、捜査員は締め出されてしまう。現場は鑑識優先が絶対の原則だからで、採証活動が終わるまでの間、〝鑑識待ち〟を余儀なくされてしまう。

現時点では、まだ事案は変死体が発見されたに過ぎず、事件か事故か、まだ海のものとも山のものともつかない。だが、待ちぼうけを食らわされるのが嫌なら、わずかでも情報を集めて、初動捜査を始めるしかない。

「え？　ええ、はい」制服警察官は藤島に答えた。

「死亡者は四十歳前後の男性でした。丸顔、髪型は七三分け。ベッド上で全裸、仰向けの状態でした。体格は腹が出てて……やや小太り、だったと思います。身体には目立った外傷はなく、室内にも血痕や物色痕も見当たりませんでした」

「そうか、だが四十代で丸顔、七三分けで小太りってだけじゃな。人台というには心細いな」丸田が言って、続けた。

「同伴者の女性は？　そういや、通報者は従業員だったな。いないのか？」

「はい。従業員の証言では、通報の三十分ほど前に、先にここを出て行ったようです」

「〝防カメ〟は？」

「はい、それは……。しかし、自分らは現場保存を指示されただけで」

「そうか。そいじゃ、ホトケさんのかわりに、そっちを拝ませてもらおうか」

どうぞ、制服警察官が答え、藤島と丸田はホテルに入った。

エントランスは申し訳程度の広さしかなく、しかも間接照明のために薄暗い。隅にはお定まりのスロットマシンがあった。

二人の機捜隊員は、どこか淫靡な雰囲気の漂うその場の、部屋の案内と料金を記したパネルが明々と浮かび上がるだけの受付を通り過ぎ、〝従業員以外立ち入り禁止〟と表示されたドアを開けた。

「失礼します。――警視庁の者です」

十畳ほどの、雑多な備品が四方の壁際へと積まれた室内には、五十代くらいの男性がいた。従業員ではなく経営者らしい。丸田が手帳を提示し防犯カメラ映像の確認を要請すると、すぐに部屋の隅にある録画装置へ座った。

「……うちでこんなことがあるなんてねえ、困ったなあ……」

「御迷惑をお掛けします」

男性が覚束ない手つきで装置を操作しながらぼやくと、丸田がその脇からモニター画面に見入りながら言った。藤島は、二人の背中越しに覗き込まねばならなかったが、長身のために支障はない。

モニター画面は白黒だったが思ったより鮮明で、藤島たちにとってそれ以上に有り難かったのは、部屋を案内するパネルの上部に付けられているらしく、俯瞰した位置から撮られた映像には、客の面貌がはっきり識別できるところだった。

「ああ、この人ですわ」

そういって男性が制止させた画面には、表の制服警察官から聞いていた死亡者の特徴と一致する、丸顔に七三分けをした小太りの男が映っている。

男と親しげに肩を寄せ合って映っていたのは――髪の長い女だった。そしてその髪をおそらく染めているのは、白黒画面ではあっても灯りの照り返しの具合から判った。そして特徴はそれだけでなく、女は大ぶりなサングラスをかけている。

「女の面がわかんねえな」

「そうですね」

丸田へ応じながら、藤島が、不倫かなにか人目を忍ばざるを得ない関係だろうか……と考えたとき、受令機が鳴った。

『警視庁から、整理番号一九八四番、歌舞伎町二丁目の件に従事中の各局。死亡者の身許が所持していた身分証から判明した。死亡者にあっては中国大使館職員、リュウタンセイであると見られる。現在確認中』

「死亡者は中国人か……」

「らしいですね」

藤島がイヤホンに添えていた手を下ろすと、経営者が振り返った。

「え、死んじゃったお客さん、中国の方なんですか？　へえ……道理で」

「なにか、気になったことでもありましたか」

丸田が尋ね返すと、経営者は続ける。

「いえね。うちも他と同じで、チェックインの時はそこのマイク越しに、お客さんとはやり取りするんですけども」

経営者は、藤島たちが入って来たドアの脇、インターホンを目顔で示して、続けた。

「で、その時、ふたりが話してるのが聞こえたんですけどね。部屋はどうしようかって話してたんでしょうけど……、それがどうも中国語みたいだったんですわ」

「女も中国人だったと」

「そこまではちょっとねえ……。ただね、女のひとも流暢に返してましたけどね」

「この界隈で見かけたことはありませんか」藤島が言った。

「あるいは以前、この女性がこちらを利用したことは」

女は売春婦ではないか。そう思って藤島が口にした質問に、経営者は答えた。

「さあ……、なかったと思いますけどねえ」

藤島と丸田が、それからさらに必要な質問を重ねてから、部屋を出た途端、――エントランスへ、どかどかと足音が響き、数人の背広姿の捜査員らが、脇目もふらず慌ただしく通り過ぎてゆく。

新宿署刑事課の捜査員らが到着したのだった。

自分たちにできるのはここまで。あとは所轄の判断次第か……。そう半ば諦めて藤島と丸田がホテルを出ると、二機捜の捜査車両も、次々とホテル前へと停車するところだった。

駆け付けた車両のドアが一斉に開き、降り立った同僚たちが路上を小走りにこちらへやってくるのを待ちながら、丸田が言った。

「藤島ちゃんもそう思っただろうが、いなくなった女、中国人の売春婦(サクラ)かもな。だから通報される前に逃げ出した、と」

「ええ。サングラスをかけてたのが、ちょっと気になりますが」

「死亡者と一緒にいるのを、誰かに見られたくなかったのかもしれねえな。とすりゃ、愛人って線もある」

「丸さん！　どんな塩梅(あんばい)だ？」

走り寄ってきたのは機捜二一〇――、小隊長の小川(おがわ)警部補だった。

「所轄さんの判断待ちです。まだ何とも」

丸田は、小川に続いた機捜隊員たちのつくった輪の中心で、皆に告げるように言った。

「そうか、そいつは――」

「おい、なんか……来るぞ」

通りの向こうで、ごうっ、というエンジンの音が響き、機捜隊員の一人が振り返る。

乗用車のそれより高い位置で明滅する警光灯が見え、さらに、ライトの鋭い光で路上の野次馬たちを蹴散らしながら、大型車両が、原色のネオンのけばけばしく映える薄暗い通りを、こちらへ近づいて来る。

「〝一〇一〟か？」

「いや……、早すぎないか」

「ああ、臨場するとは聞いてない」

〝一〇一〟――機捜一〇一とは、無線符丁に由来する通称であり、正式には機動捜査隊指揮官車といった。初動捜査における現地指揮本部となる大型車両で、以前は第六機動隊からのお下がりである、中古の人員輸送車が充てられたものだが、現在は新規導入された中型バスへと更新されている。現れれば、まさしく重要事件であるのを示す象徴的な車両ではあった。

だが、いまはまだ、事件か事故かも定かではない変死体発見事案に過ぎない。さらに、誰も臨場を報されていない。

一体、何がやってくるのか。藤島たちが見守るなか、――近づいて来たのは銀色の中型バス、機動捜査隊指揮官車ではなかった。

薄闇から染みだすように現れた車両は、トラックへ大きなコンテナを載せたような形状で、輪郭が消防のポンプ車のそれによく似ていた。細部が窺えなかったのは、車体の色が夜に紛れようとするかのような濃紺だったからであり、車体には警視庁、と白く記されているだけで、具体的な所属を示す標記はない。

「ありゃ、〝公機捜〟じゃねえか」

「公機捜……？」

藤島は周りがざわめく中、呟いた丸田に尋ね返す。

「公安機動捜査隊、ですか」

「ああ、大規模警備なんかでしかお目に掛かれねえが……。連中の指揮官車だよ」

公安機動捜査隊は名のとおり公安部に所属し、テロ及びゲリラ事案の初動捜査を担当する。

それがなぜ、まだ判然としない変死事案へ臨場してきたのか。それも、滅多にお目にかかれない特殊車両まで投入して——。

「なんなんだ……？」

藤島が呟くうちに、公機捜隊指揮官車に続いて数台の捜査車両が姿を現した。そしてそれらの車両は、街灯を避けた暗がりの中で、そこだけが異質な〝蒼い闇〟でもあるかのように、薄く浮かび上がった公安機動捜査隊指揮官車、……その後ろへと連なって停まった。

藤島たち機捜隊員は、それらからドアの開け放たれる音が次々に響き、続いて現れた十人近い人影が野次馬を押しのけ、自分たちの方へ——現場へと慌ただしく駆け付けてくるのを、呆気にとられて見ていた。

ほんとうに、良かったのかな……。

爽子は、ふと仕事の手を止めて、三枝由里香から持ち掛けられた件を反芻した。

——私は……、警察官としての倫理に悖る行為をするつもりなんて、ない。でも……。

部外者から、それも弁護士からの依頼で動く、というのは、公務員としては相当に危うい行為ではある。それなのに……。

——ほんとうに、良かったのか……。

「おい、主任殿！　どうした！」

えっ、と驚いて爽子は顔を上げる。そして、——その場にいる全員が、自分を注視しているのに気付く。

由里香と喫茶店で会った翌日だった。

その早朝、多摩市内の自宅で高齢女性が死亡している、との一一〇番通報があり、駆け付けた交番勤務員が、当該女性の首に何かに絞められたような痕がある、と報告してきたため、爽子たち多摩中央署強行犯係が朝一番で臨場していた。

　高齢女性が死亡していた六畳間の和室。そこに布かれた布団には、遺体が寝間着のまま仰向けになっている。――それを囲んで爽子と同じく伊原、さらに事件か否かを判断する立場の河野刑組課長が屈み込んでいた。

「なにボサッとしてんだよ」

「あ、……はい」

　爽子は、伊原の不機嫌な声に気を取り直して言った。

「まず、死亡した際の失禁の跡ですけど……、臀部と直下に見られます。ですが、下着の前側にはありません。死後、御遺体は動かされていないとみていいと思います」

　爽子は白手袋をはめた手で女性の遺体を示しながら、続けた。

「それから、瞼に蚤刺大の溢血点はみられるものの、口腔内を確かめましたが舌は噛んでいません。それと――」

　爽子は白手袋を嵌めた手で、遺体の顎の下を示す。首には、痣のような痕跡が一周するように取り巻いている。それは交番勤務員が事件性を疑った痕跡だった。

「それと頸部のこれは……、一見すると索状痕にみえますけど、絞頸の痕にしては……深さがなく、色調も薄すぎます。また、ざらざらした感触もありません」

　爽子は身を起こして、河野と伊原を見た。

「さきほど御家族から聞いたところでは、この方は寒くなると、いつも首にスカーフを巻いていたそうです。その痕ではないか、と」

「絞殺の可能性は低い、か」

河野から確認するように問われて、爽子は答えた。

「はい。争った形跡もなく、これを絞頸の痕とするには違和感があります」

「おまけに、夜の間はばっちり戸締まりもされてたようだしな」

伊原が口を挟むと、爽子は頷いた。

「ええ、外部から侵入した形跡がないとなると、……在宅していた家族を疑わなければなりませんけど」

爽子は、戸口のところで悄然（しょうぜん）とこちらを見守っている、同居していた四十代の娘には聞こえないよう、声を低めた。

「——でも、着衣もこの部屋も綺麗です。臭いもありません。多分——」

もし目の前の高齢女性が、生前、邪険に扱われていたのだとしたら、老人特有の臭気が部屋に籠（こ）もり、衣類も汚れているはずだった。

「——亡くなったこの方は、御家族から大切にされていたとみていいと思います」

「病死である蓋然性が高いわけだな。ご苦労さん」

河野は、爽子の検案の手際に満足したようにうなずくと、連絡のために部屋を出て行った。

どうか、安らかに……。爽子は遺体に手を合わせた。そうして立ちあがりながら、――由里香とのことをまた思い返す。

ほんとに良かったのかな……。

生きている人間は、死んだ人間ほどには正直ではないのだから。爽子は思った。

2

良かったのかな、ほんとに……。

多摩中央署、刑事組織犯罪対策課の刑事部屋。爽子は自分の席で書類を前にしたまま、まだ由里香との内密の約束を考えている。

そんな爽子の後ろめたさなど知らぬ気に、初冬の柔らかい陽が、庁舎へ射し込んでいた。

――何しろあの子は弁護士なんだし……

脳裏に浮かんでは消えるその事実のせいで、捜査には付きものの膨大(ぼうだい)な書類作成もはかどらない。天敵――とまではいわないが、警察官にとって弁護士は、被疑者を挟んで対峙している、とさえいえる相手だ。

実際、言い逃れができない物証が挙がっているにもかかわらず、逮捕や捜査に携わった警察官を、特に必要とも思えないのに証人として召喚する弁護士はいる。弁護士の立場からすると、依頼者の犯行自体が否定できないのなら、せめて逮捕手続きや取り調べにおける粗を探したいのだろう。けれど呼び出された警察官にとっては、判事や検事、それに裁判員や傍聴人といった人々の眼前で、弁護士の根掘り葉掘りと重箱の隅をつつくような、揚げ足をとるような質問に、反論を許されないまま一つ一つ答えるのを強いられる。いわば衆人環視の中で、さらし者にされる。さらに本来は勤務に当たる日に召喚されれば、同僚たちにも負担を掛けざるを得なくなる。

なにより弁護士は、捜査員が被害者に成り代わって犯人へ最大限に背負わせたい求刑まで、値切ってゆく。

――でもまあ……、これは私たち警察官の見方で……。

弁護士たちの側からすると、警察は被疑者を〝代用監獄〟であるトメ場――留置場へ勾留し、それまでの生活と社会から切り離したうえで、朝から晩まで狭い取調室で、捜査員が自分たちの思い描く犯行状況を暴力的かつ高圧的に、被疑者の耳にねじ込んで洗脳している、と。

それはまあ、一面では事実だと、爽子は思う。……何故なら、警察はその被疑者が犯人だと確信しているからこそ逮捕するのであり、被疑者は、様々な事情を抱えているうえ、さらに罪状によっては極刑まであり得る。当然、そう簡単には犯行を認めない被疑者を、自らが犯したであろう罪を直視させ、捜査員が追及できる場は警察施設内の、取調室のほかにはない。なにより――。

――そうしなければマル被を〝歌わせる〟……自供させることなんてできない。

とはいっても、警察官も人間であり、捜査上の過ちは起こりうる。いや、恥ずかしいことに自分自身、起こしかけたことがあるけれど……。そういった陥穽（かんせい）にはまる可能性が常に、捜査には付きまとうものだ。なにしろ、警察官も間違いを犯す人間なのだから。

そうだとしたら、爽子は思う。――あの子、由里香のいう事案にも誤認逮捕の可能性がないわけじゃないけど……。

爽子は、ふっと息を吐くと、先週末に喫茶店で由里香から聞いた内容を反芻する。

「……発生は、三日前の十一月五日」

由里香は、爽子を前に、スマートフォンの画面を確かめながら説明した。

「時刻は午前八時頃。場所は、山手線内回り。その日の朝、依頼人である中国人留学生、楊恵生くんは、自宅アパートのある田端から、バイト先である中華料理店のある池袋へ向かってたんだって」

近年、池袋駅界隈、特に北口辺りがチャイナタウン化しているとは、爽子も聞いていた。在日中国人だけでなく、増え続ける中国人観光客にも人気があると。

それだけでなく、朝の山手線の、非人道的なまでに乗客が詰め込まれた車内で、互いの身を押しつけ合う不快さを脳裏に思い浮かべた爽子に、由里香は続けた。

「いつもとなにも変わらない朝だったのに……って、楊くん、接見室で、まだ信じられないって顔してたけど――」

楊という中国人青年が、多少、たどたどしい日本語で語ったところによれば、上海の出身で、日本に留学するだけあって家もそれなりに余裕があるらしい。育ちも良さそうな青年だという。

「なんだか素直そうだったもん。自分と変わらない歳のあたしにも、必死に身を乗り出して」

由里香は皮肉っぽく形のいい唇を歪めて言った。

「ま、あたしもいろいろと経験してますから。ひとを見る眼は、信じてもらってもいいと思うんだけど？」

爽子は、由里香の皮肉な揶揄だけでなく、どことなく優越感を含んで笑わせた眼へ、無味乾燥に答える。

「そうね。——それで？」

……けれど、そんなごく普通の日常の延長にいて、何の警戒心もなかった留学生の身に異変が起こったのは、アルバイト先の池袋の一駅前の、大塚駅を発車した直後だった。

楊の目の前には、イヤホンを耳に背中を見せて女性が立っていた。それが突然、激しい勢いで振り返ったのだった。

なんだ……？　楊は最初、跳ね上がった髪の先に驚いて、思わず身を引いただけだったが、その女にジーンズの脇に下ろしていた手を摑まれて、さらに驚いた。

わけも解らずに混乱する楊を、女は眼を吊り上げて睨みながら、こう叫んだのだった。

「このひと、痴漢です！」

「僕、してない！　チカン、違う！　してないよ！」

動揺の余り切れ切れの日本語で抗議したものの、楊は近くにいた乗客らにとり囲まれ、池袋駅のホームへ押し出された。そして、そのまま騒ぎに駆け付けた駅員、さらに鉄道警察隊へと身柄を引き渡され、都迷惑防止条例違反容疑で逮捕された。被害者は谷川奈美、大塚の薬品メーカーに勤務する、二十六歳。高田馬場在住の女性であるという。

そしていまも、中国人留学生、楊恵生は池袋警察署に勾留され、取り調べを受けている。

「……ちょっと不思議なのは」

爽子は、我ながら余計なことを、と思いつつ口を開いてしまっていた。

「その楊さんって留学生、飲食店のバイトにしては、朝が早いように思うけど」

「ああ、それね」由里香は軽くうなずいた。

「お昼に大口の団体さんの予約が入ってたんだって。その準備の手伝いをオーナーさんから頼まれてて、それで」

「そう。あとマル害――被害者は出勤途中だったの？」

「うん、そう」

「だったらどうして、山手線の内回りに乗ってたの？　大塚なら外回り……反対方向でしょ？」

「まさにそこが、私もおかしいなって思ったところ」

由里香はうなずいた。

「それで？　調べてないの？」

「まだ。これから」

由里香は、にこっ、と笑って小首を傾げた。その笑顔を見た途端、爽子は目の前のカップを摑んで、冷めたコーヒーを頭から浴びせてやりたくなる。内面はともかくとして、由里香の笑顔は、それくらい邪気のない愛らしさに輝いていたから。

「と、とにかく……」

爽子は心の底に炙られるような熱を感じていたけれど、それを隠して透明な表情で言った。

「話は、そういう基礎的な事実関係を調べてからにしてほしいんだけど」

「あ、ちょっとはやる気になってくれたんだ？」

「──なってない」

爽子は、好奇心に満ちた子猫のような目で上目遣いに探ってくる由里香へ素っ気なく告げ、席を立ったのだった。

とはいえ、一見単純な事案の構図に、なにか違和感があるのも事実だ。

──発生当日の朝、たまたまバイトへ早い時刻に出勤する留学生が、やはりたまたま、何らかの理由で勤務先とは逆方向の電車に乗っていた女性に痴漢行為を働いた……。

偶然がふたつ、重なっている。

それは説明のつく必然か……それとも不自然なのか。

管轄外の事案とはいえ、自分自身で概要を確認してみるくらいなら、と爽子は思った。

そうして自分で調べてみて、その結果、やはり中国人留学生が痴漢行為をした、と確信することになれば、由里香には依頼人の無罪放免は諦め、被害者への誠心誠意の謝罪と賠償をするのが賢明、と告げて、この一件は終わる。それに――

「……それに、〝白くする捜査〟までするわけじゃないんだし」爽子は呟いた。

〝白くする捜査〟とは、被疑者の容疑を固める、いわば〝黒く〟するのとは逆に、容疑を晴らすための捜査を指す。

「捜査、か」

爽子は微苦笑とともに、また呟きを漏らした。

――私、結局、調べちゃうんだ……。

まあ、私の習性みたいなものなのかもしれない、とも思う。

「なんですか主任。急に笑ったりして」

そんなことを考えていた爽子が、ノートパソコンから顔を上げると、支倉が運んできた簿冊を抱えたまま、不思議そうな顔をしている。

「え？……別に」

「彼氏のことでも考えてたとか」

「そんなわけないで――」

文倉が隣の席の椅子を引きながら言うと、爽子は即座にそう言い返しかけて、続けた。

「――いえ、そうね。……それがいいかも」

藤島さんに聞いてみようか、と爽子は思った。……警察官として後ろめたい行為に、藤島を巻き込むのには抵抗がある。

なにより、事を持ち掛けてきたのが、あの三枝由里香だ。かつての重要参考人、いまは弁護士というだけでなく、……藤島を挟んでは爽子の心をざわつかせる存在であり、……これは爽子自身が認めがたかったけれど、あの二人を近づけるような真似は、絶対にしたくなかった。

だが、被疑者となった中国人留学生、楊恵生の留置されている第五方面、池袋署は、藤島の所属である二機捜の管轄である。所轄署の境界に関係なく、初動捜査に走り回る機捜なら、現場の捜査員たちへも顔が利く。漏れ聞こえてくる情報もあるだろう。

――迷惑をかけたり、巻き込んだりしない程度に……。

爽子はそう思いながら、昼休み、藤島の携帯電話にメールを打った。

「そういや藤島ちゃん、聞いたか」

藤島は、丸田がアリオンのルーフ越しに口を開くと、大きなスポンジで車体を擦っていた手を止めて、顔をあげる。

二機捜分駐所の、車庫の前。……二人は当直勤務明けで、一晩乗務した捜査車両を洗っていた。朝食は引き継ぎ後、同じく当直明けの捜査員たちと一緒に済ませている。——朝方、まだ人々が職場や学校へと急ぐ時間帯に、警察署近くのファストフード店やコンビニエンスストアへセダンで乗り付け、大量の食べ物を買い込む、作業着風の服装をした二人組を見かけたら、それは機捜の隊員である可能性が高い。

「聞いたかって、……何をです？　丸田さん」

藤島がまくった袖で、顔へ散った洗剤の泡を拭いながら聞き返す。

「あれだよ、あれ。このあいだ臨場した、新宿歌舞伎町の件だよ」

「ああ、公機捜まで出張ってきた。……あれがどうかしたんですか」

「なんだ、聞いてないのか？」

丸田が、耳に入れてないほうが不思議だ、と言わんばかりの表情で言った。

「ハムの奴ら、乗り込んできたってよ、新宿署に」

「公安部が、ですか？」

「ああ。それも、〝ソトゴト〟の連中らしい」

ソトゴト——、公安部外事課のことだった。

藤島は驚いて丸田の顔を見直したものの……、死亡者の身許(みもと)からすれば、あり得る話だな、とは思った。

「それはやっぱり……、中国の政府関係者だったからですか」

ホテルのベッド上で発見されたのは――発見直後は氏名をリュウタンセイ、と一報された劉瑞生(リュウルイション)は中国大使館職員であった。

「だろうなあ」丸田が古タオルを絞りながら言った。

「みたろ、あの時のハムの奴らの慌(あわ)てぶり」

あの夜、公安機捜隊指揮官車の出現に、藤島たち二機捜の捜査員は驚かされたものだったが――、次いで現れた公安機捜の捜査員らに、現場から手を引くよう一方的に告げられたのだった。

「おい、どういうつもりだ！」

当然、二機捜の小隊長である小川が、現場を封鎖し始めた公安の捜査員へ抗議したものの――。

「言えない、保秘(ほひ)だ」

「とにかく下がってくれ」

「ここは俺たちがやる」

そう口々に答える、何故か一人ひとりの印象が薄い公安の捜査員たちに押されるようにして、所轄である新宿署員ともども、規制線の外へと追い出されたのだった。

とはいえ――。

「しかし丸田さん、あの事案は……病死って結論だったんじゃないですか？」

検視の結果、特に不審点は見付からなかったと聞いていた。また、それについて中国政府がなにか表明したという報道もなかった。

「表向きにはな」丸田はうなずいた。

「けどハムの連中、新宿署へ〝分室〟まで据えやがったってよ。そいで、なにやら動きまわってるらしいんだ」

公安が捜査拠点を〝分室〟と呼ぶのは藤島も知っていたが、問題は、何のためにわざわざそんなものを設けたのか、ということだったが、藤島は気付いて言った。

「通報前に現場から姿を消した、サングラスの女性、ですか」

「ああ。そいつを躍起になって追ってるらしい」

公安の、それも外国情報機関からの防諜（ぼうちょう）を担当する外事課が追っている、とすれば。

「……女が、ただの中国人売春婦や愛人の類じゃない、ってことですか？」

「少なくとも、ハムの連中はそう見てる、ってことだな」

丸田は言って身を屈め、古タオルで車体を拭った。

「だとしたら……、何者なんですかね、その女」

藤島も洗車に戻り、特大のスポンジで車体に泡立てながら言った。

「可能性なら、いろいろあるぞ。まず、前提としてだな——」丸田は妙に楽しそうに言う。

「あの劉瑞生ってのが、実はただの大使館員じゃなくて、中国情報機関の一員だったとしたら、どうだ」

「……スパイ、ってことですか？」

藤島は驚いて聞き返す。日々、刑法犯を専ら扱っている頭には、ぴんと来ない。

「驚くことでもねえだろ。どこの国でも、外交官の身分でスパイを送り込むもんらしいからな。で、そういう情報機関員である劉瑞生が日本国内で活動中、——」

「なんか……丸田さんの頭の中ではもう、劉瑞生はスパイってことになってるんですね」

藤島がおかしがると、丸田も笑った。

「いいじゃねえか。——それで、だ。当該人が目障りな誰かが、女工作員に命じてだな、ラブホで〝不慮の死〟に見せかけて始末した。……のかもしれん」

「なるほど。それで公安の連中は、実行犯かもしれない女を追っている、と」

藤島は一応感心した振りで話を合わせてから、小さく笑って続けた。

「でも死因は病死、ですよね？」

「それだって分かんねえだろう。やったのがどっかの国の情報機関なら、暗殺用の秘密兵器くらい研究してるだろ。そんなもんが使われてみろ、病死と見分けがつかん可能性だってあるだろう」

「丸田さんの言うとおりだと殺し――というか暗殺ですよ。そんなの、どこの国がやらかすんですか」

「まず、中国と緊張関係にあるといやあ、台湾だろうが――」

藤島は、それからなおも続いた丸田の憶測へ適当に相づちを打ちながら、捜査車両の洗車を終え、道具を車庫の隅へ片付けた。そうして丸田が先に帰宅し、自分もロッカー室で着替えていると、――藤島は急に、新宿歌舞伎町の事案が気になり出した。

それは勿論(もちろん)、他国の女性工作員だの暗殺だのといった、丸田の、いわば無駄話を真に受けたわけではない。そもそも、話していた丸田本人が信じているようには聞こえなかった。当たり前だが、普段の丸田は極めて現実的な捜査員だ。

だから藤島が気になったのは、歌舞伎町の事案が実は病死ではなく、別の可能性が存在するかもしれないという、その一点だった。

公安案件、か……。気にはなったが、あの夜の有無をいわせない強引さからもわかるように、公安の捜査員は一人ひとりが壁であり、聞いてみたところで答えが返ってくることなど、期待するほうがおかしい。

とはいえ、どんな壁にも穴なり隙間はあるものだ。

それに、心当たりがないではない。

「……聞いてみるか」

藤島はバタンと音を立ててロッカーの扉を閉めると、携帯電話を取り出した。

「あら、珍しい」

柳原明日香は自席で、耳に当てた携帯電話に言った。

警視庁本部六階、捜査一課――。柳原が係長を務める第二特殊犯捜査第五係、通称〝特五〟は、殺人犯や性犯といった各係がそれぞれ島を造って机を並べる大部屋とは、仕切られた一角にある。柳原はじめ特五の捜査員はそこで、結了した事件の書類を整理したり捜査費の精算といった細かい事務処理をしながら、〝裏在庁〟として待機していた。

「あの……、どうも。藤島です。柳原係長、ご無沙汰してます」

藤島の、やや硬い声が聞こえた。

「こちらこそ。お久しぶりね、どうしたの？」

柳原は椅子を回し、難しい顔をして報告書を纏めている主任の植木や、領収書の精算に余念がない保田秀ら、部下たちに横顔を向けた。

「いえ、その……ちょっとお聞きしたいことが」

「私の予定、かしら？」柳原は艶やかな唇を開いて言った。

「さては若い吉村さんに飽きて、お姉さんとデートしたくなった？」

その時、太いセルフレームのレンズ越しに領収書を食い入るように見ていた保田が、急に、ぴくりと顔を上げて柳原を見た。吉村、という名前に反応したらしい。

「あ、いえ！　そういうんじゃないんですが——」

「冗談よ。——ちょっと待って」

柳原は小さく笑って席を立ち、保田の妙に険しい視線に見送られながら、部屋を出る。

「——で、用件は？」

「たいしたことではないんです。ただ、気になったので……」

柳原は藤島が説明し始めた、新宿歌舞伎町での事故とも事件ともつかない事象の概要へ、耳を傾けながら思った。

——なるほど、藤島ならずとも気になる案件だ。

柳原は水面下で行われる熾烈な諜報活動の実態を、身をもって知悉(ちしつ)していた。……そこでは、なにが行われても不思議ではない。藤島は同僚の、ホテルで死亡した中国大使館職員が情報機関員であり、さらに他国の女性工作員による暗殺ではないかという説を、あり得ないと思っているらしいが、……荒唐無稽を地で行くのが諜報活動なのだから。

——少なくとも、あり得ないは、あり得ない……。

「……わかった」柳原は言った。「昔の伝手をたどって、ちょっと聞いてみる」

「お願いします。御迷惑にならない範囲で」

「ええ、そうするわ。ところで——」柳原は口調を変える。

「ただ、ってわけにはいかないわね。そうでしょ？」

「え？　というと……」

戸惑い、あるいは警戒するように答えた藤島に、柳原は構わず続ける。

「そうねえ、……お台場辺りの素敵なレストランでディナー、っていうのはどう？」

柳原は笑いを含んだ声で告げる。

「もちろん、吉村さんには内緒で」

「……勘弁してください」

柳原は藤島が情けない声で答えると、ちっ、とわざとらしく舌打ちする。

「はいはい。じゃ、これは貸しにしといてあげる」

そんなことを話しているとドアが開き、そこから保田が、いつもの明朗さに似合わない、不機嫌の絶頂のような顔を突きだすと、通話中の藤島にも聞こえるように告げる。

「キャップ、桐野理事官がお呼びです！　至急だそうです！」

「ありがとう。——それじゃ藤島さん、そういうことで」

藤島は通話を終えると、息を吐いた。

「柳原係長、相変わらずだよな」

魅力的なひとだが、——同時に妙な気後れもしてしまう。

「まあしかし、……これぱっかりは吉村さんに聞くわけにも——」

藤島が呟いた途端、手の中で着信音がした。

「……ん？」

藤島は上着に仕舞おうとしていた携帯電話の画面に眼を近づけて……、小さく笑った。

爽子からのメールだった。

その週末、爽子は新宿の喫茶店で、藤島を待っていた。

爽子は、飴色の内装が年季を醸し出す広い店内の片隅の席で、テーブルに文庫本を広げてはいたものの、……その特徴的な眼は、ただ視線で紙面をなぞっているだけで、どこか上の空だった。

——やだな、私、緊張してる……？

しばらくぶりに、藤島さんと逢えるから。だから私は、約束の時間より三十分も前からこうして、ここにいる。まるで、彼が来てくれるかどうかも定かではない、とでもいうように、身を硬くして。

——私は不安なんだ……。藤島さんが来てくれるかどうか……。

心が酸のような記憶に灼かれる度に立ち昇る、人間不信という名の異臭。

もちろん藤島は、必ず来てくれるだろう。確実に。それは分かってる。分かっているけど、でも……

——でも、もし私がここへ来たとき……、そのとき藤島さんの姿がなかったら、私はそれだけで悲しい……。

だから私は、約束した場所で待ち受けている……。爽子がそう考えたときだった。

「やあ」

藤島の声がして、爽子は額を弾かれたようにして顔を上げる。

セーターに革ジャンという格好の藤島が、すこし気遣わしげに微笑んで立っている。

「よ、……よう」

爽子は不意を突かれたのも手伝って、椅子を引いて座る藤島へ、わざと荒っぽく返事をした。

「ごめん、待った？」

「え？　いえ……ううん、私もいま来たところ……だから」

爽子は反射的にそう口にしたものの、機捜の捜査員へ、あまりに見え透いた取り繕いをしてしまった……、とちょっと後悔する。

――女子高生でも、もうすこし気の利いた受け答えができるよね……

爽子はそう気恥しくなったけれど、藤島は小さく笑って、テーブルの上の、冷めきったカップを一瞥しただけだった。

「……そっか。なら、良かった」

やってきたウェイトレスに藤島が注文を済ませると、二人の間に、言葉の空白ができた。

爽子はこの瞬間がいつも、嫌だな、と思う。話したい事柄がないわけではない。……むしろ逆に、――爽子の胸の中では藤島への言葉が錯綜し、膨れあがっている。

――話したい、藤島さんに……。そして聞いてほしい。

藤島さんがいないとき、私がどうしていたのかを。あなたの目の前にいないときも、私は確かに存在して、あなたを思っているんだって……。

けれど、そんな熱い感情の奔流は、口を突いて出るには至らずに、爽子を胸の内から苦しくさせる。

そして藤島も、無理に口火を切ろうとはしない。職務を離れて逢うようになった初めの二、三回こそ、気まずそうに話の接ぎ穂を何とか探そうとしたものだったけれど、――その内に爽子の心中を察して、無理に話しかけないようになっていた。

だからいまも、テーブルのメニューを開いてみたり、通り過ぎてゆく客を眺めたりしている。

「――元気だった？」

爽子はようやく感情の整理がついて、藤島に聞こえないように、ふっと小さく息をついてから、口を開く。

「ああ、まあまあ……かな。さっきまでは。でも――」

藤島は白い歯をこぼすように笑った。

「吉村さんの顔を見たら、元気になった」

「そ、そう？　ほんと……？」

爽子が大きな眼をさらに見張って意外そうに言うと、藤島は噴きだした。

「そんなに驚くようなこと言ったかな？　俺、――一応、吉村さんの彼氏だよ」

「うん」爽子も結び目がほどけるように微笑んだ。

「でも、〝一応〟、は余計だと思うけど。それに、藤島さん――」

吉村じゃなくて爽子でいい……、そう続けようとした爽子の言葉が、ふと途切れた。

私を吉村さんって……すこし他人行儀な呼び方をするのは、……私との関係が暗にまだ一線を越えていないって伝えようとしてるの……？

それは、以前から気にはしていたことだった。それがいま、卒然と爽子のなかで首をもたげた。

そんなことはない、と爽子は藤島の笑顔を前にして打ち消した。……それは、藤島の誠実さや律儀さの表れであって、……でも、まさか……もしかすると。

――藤島さんは、女である私を求めている……？

当然だろう、藤島は健康な若い男性なのだから。――頭では解っている。けれど、そう思い至った瞬間、爽子は得体の知れない軟体動物でも押し当てられたような悪寒が、背筋を奔った。

怖い……。

――藤島さんは、いいひと。でも……！

私のなかにはあの出来事からずっと、もうひとりの私……十歳のままの少女がいる。私のなかにいる少女の私は、たとえ相手が藤島であっても、その処女性ゆえに自らの性欲さえ忌み嫌い、厭悪（えんお）し、欲望を撥ねつけるだろう。だから、男性としての藤島を受け容れるのは……。

――そんなの、無理だ……。

「どうかしたの？」

藤島が、不意に口をつぐんだ爽子の顔を覗き込むように、身を乗り出す。

「え？……あ……、いえ、なんでもない」

爽子は平静を装うと微笑してみせ、首を振った。藤島への後ろめたさ、なにより自分自身へのやり切れなさのせいで、爽子の表情が少しだけ翳（かげ）った。

「お待たせ致しました」

そんな爽子の表情の変化を敏感に察し、藤島が怪訝（けげん）そうに身を乗り出したそのとき、折よくウェイトレスがコーヒーを運んできた。

「ほんとに、何でもないから」爽子はウェイトレスが立ち去ると気を取り直して言った。「私のことなんてどうでもいいから――」

「あのな」

藤島は、手帳を取り出す手を止めて、爽子をじっと見詰めた。

「そういう、自分は価値がない人間だ、みたいな言い方はさ。よくないよ」

「………」

爽子が小さく息を呑むと、藤島は続けた。

「やめてくれないかな」

爽子は藤島の真剣な眼差しに捉えられたまま、……喜びなのか安堵なのか、それともその両方なのかも分からない、判然とはしなくても温かい感情が心に満ちてくるのを感じる。

「うん。……もう言わない」

爽子は、そのままでは感情が流れ出しそうになる瞳に一旦、睫毛を下ろした。

――このひとは、私にそばへいて欲しいといってくれた、初めてのひとだ……。

爽子は瞳をあけて藤島を正面に見て、まっすぐな視線を返した。そして、藤島の太い眉の下にある眼を見詰めたまま、心から笑った。

「言わないようにする」爽子は言った。

「努力する……頑張る」

「そうだよ。じゃないと教えないぞ」

藤島もようやく笑って、手帳を開いた。

「頑張るっていったでしょ？　意地悪は嫌い」

「ああ、ごめんごめん。——じゃあ、始めようか」

爽子自身、時々そうなってしまうのを棚に上げて抗議すると、藤島は笑って手帳のページを捲りながら言った。

「——中国人留学生、楊恵生は池袋署へ確かに留置されてる。容疑や現行犯逮捕時の状況も、吉村さんがメールで送ってきたとおりだったよ。手続き上も、特におかしな点はなかったな」

なんだ、やっぱりただの〝否認ボシ〟か……。そう思いながらうなずいた爽子に、藤島は続ける。

「ただ、ここからが妙なんだ」

「妙、って？　何が？」

「普通、鉄警（てっけい）から身柄を移されたら、生安（せいあん）が捜査を引き継ぐだろ？　でも、調べてるのは池袋ＰＳの生安課じゃないんだ」

「じゃあ誰がその中国人留学生……、楊恵生の取り調べをしてるの」

「それが——、逮捕直後に本部からやって来た連中らしいんだ。それ以来、池袋の捜査員は蚊帳（かや）の外だって話だ」

「本部からって……」

爽子が驚いて聞き返す。痴漢行為は、確かに女性の心に深い傷を負わせる。とはいえ、なぜその捜査に、警視庁本部から捜査員が出向してくるのか。

「どこの所属が？　やっぱり、生安？」

警察では部署を所属、と呼称する。

「いや、それが……。教えてくれた池袋署員も不思議がってたんだけどね……」

声を低めて口ごもった藤島に、爽子はテーブルに身を乗り出して促す。

「――教えて」

藤島も周りを見回して窺ってから、身を乗り出す。そして、額を爽子のそれに触れんばかりに近づけて、告げた。

「……どうもハムじゃないか、ってな」

「ハム……？　公安ってこと？」

驚きで眉を顰めた爽子の口から、思わず声が転がり出た。同時に、自分と藤島が近づきすぎているのに今更ながら気付いて、爽子は慌てて身を引く。

――なぜ、痴漢事件に本部の捜査員、それも公安部員が……

「おかしいよな、やっぱり」藤島は手帳を閉じて息を吐くと、続けた。

「それに俺自身、気になることがある。……ちょっと前に、新宿歌舞伎町の変死事案に臨場したんだけど。——煙草吸ってもいいかな?」

爽子は、ポケットから煙草を取り出そうとした藤島を正面に見据えたまま、にべもなく言った。

「駄目。——その事件、新聞では読んだけど。それで?」

「……。あの時の死亡者も中国人だった。事件性はないらしいが、認知直後にやっぱり公安の連中が大挙して踏み込んできて、現場を押さえた」

藤島はテーブルに乗りだしていた上半身を、背もたれに戻しながら言った。

「そして吉村さんに頼まれた事案だ。こっちも中国人がらみってだけじゃない、どっちも公安の連中が押さえてる。……偶然なのかな?」

「関連性がある、ってこと?」

「わからないよ。とりあえず柳原係長には、なにか知らないか聞いてみたんだけどな。まだ、なにも」

二つの事案——、それぞれ死亡者と被疑者の違いがあるとはいえ中国人と、さらに公安部が絡(から)んでいるのは共通している。

公安部の連中は、一体なにを追っているのか。

「……やっぱり、歌舞伎町のラブホから立ち去った、中国系と思われるサングラスの女だろうな」藤島が言った。

「なんだか俺まで、その女がどこかの国のスパイに思えてきたよ」

「それにしたって」爽子は考えながら口を開く。

「……じゃあ留学生の事案とはどう繋がるの？　当該女性の行方なり手がかりを、留学生が知ってるとか？」

「わからないよ、俺には。わからないといえばさ——」

藤島は苦笑して、また身を乗り出した。

「そもそも、どうして吉村さんはこの痴漢事案なんかに興味を持ったんだ？　それが一番、不思議だよ。いま扱ってる手持ちの事案に、関係でもあるのかな」

「え？　そ、そういうわけじゃ……ないんだけど」

爽子は、口許で止めたカップ越しにこちらを窺う藤島から、目を逸らす。

弁護士になった三枝由里香から協力を持ち掛けられたから、とは、藤島には話していない。馬鹿正直にそんなことまで話せば、まず間違いなく、藤島から情報を提供してもらえないばかりか、由里香との接触を断つように窘められるのは目に見えている。

そしてなにより、そういった警察官としての、いわば真っ当な後ろめたさとは別に、もうひとつ、心の底にわだかまっている理由が、爽子にはあった。

藤島には、由里香のことをずっと忘れていてほしい。――そう願っていたのだ。この世の終わり、天使が最後の審判を告げる喇叭(ラッパ)を吹き鳴らす、その瞬間まで。だから――。

「ちょっと、ね」

爽子は曖昧に答えて藤島の質問を躱(かわ)したのだった。

――私って、嫉妬深いのかな……。それとも、自信のない裏返し……?

そんなことを思ってしまうのは、爽子の脳裏に、以前の事件の際、冬の動物公園での、由里香と藤島が二人だけで話していた様子が蘇ってしまうからだ。

あの時は、なんだか二人だけで世界が完結している……、離れて見守りながら、そんな風に感じたのを覚えている。第三者が――はっきりいうと私が、立ち入ってはいけない場所へと、由里香は束(つか)の間とはいえ藤島を連れて行ったのだ。

あの時も私は、胸の奥をいまと同じような感情の熱で焦(こ)がしていたように思う。自覚があったかは、別にして。

それはともかく、と爽子は思う。――由里香は相当、厄介な事案に手を突っ込もうとしている。

何しろ公安が関わっているのだ。

とすれば、私自身もこれ以上、深入りしてはいけない。なにか適当な理由を告げて、手を引くのが得策だろう。けれど、そうなれば……。

いわば、そこが猛獣の潜む巣穴とも知らないまま、さらに灯りも武器も持たずに、そこへ踏み込もうとしている由里香を、その行為がどれだけ無謀で危険なのかを承知していながら見捨てるのと同じだ。

どれだけ男性経験を積んでいようと、はたまた、法律の条文を頭に叩き込んでいようと、あの子が自分がしようとしていることを理解しているとは、到底、思えない。

警告してやるべきだろうか。……いや、それ自体が情報漏洩とみなされる恐れがある。

——私は通謀者になんかなりたくない。でも……。

そんなことを迷い続けたせいか、映画館で藤島とともにスクリーンを見あげてはいても、映画の内容はさっぱり頭に入ってこなかった。

——どうすればいいんだろう？

「あ、谷川奈美さん、……ですね？」

由里香のそう告げる声と、椅子から立ちあがる音が聞こえた。

藤島と逢って数日が経過した、やはり週末、高田馬場駅前の喫茶店だった。料金がやや高めなせいで若い客の少ない、静かな店だった。

「初めまして。あたし、御連絡した三枝法律事務所の、三枝由里香です」

由里香がそう続けるのを、爽子は観葉植物の鉢が載った、低い仕切りに沿った席で聞いていた。

そして、そうしながら思った。

——私はいま、何をしてるんだろう……？

由里香から、被害者に話を聞くから立ち会ってほしい、と持ち掛けられたのが、つい二日前、金曜日夜のことだった。

「……そんなこと、できるわけないでしょ」

爽子は勤務解除して帰り着いた単身待機寮の自室で、携帯電話を耳に押しつけたまま、由里香のあまりに非常識な要求に一瞬、絶句したものの、——すぐにそう答えたものだった。

「え？　どうして？」

「当たり前でしょ……？」

爽子は、心の底から怪訝そうに聞き返してくる由里香へ、怒りを押し殺して言った。

現職の警察官が、弁護士と被害者の面談に同席するなど、できるはずがないではないか。

そんなことは、由里香がいくら世間知らずでもわかりそうなものだ。

「ふうん、そう？　でも……」妙に楽しげな由里香の声が、携帯電話から聞こえた。「吉村さんも、興味でてきたんじゃない？　この事案に」

「――ない」爽子は切って捨てるように即答した。

「興味なんて、ない。全然」

本心をいえば、全くないわけではない。闇がわだかまっていれば照らしてみたくなるのは、逃げる者を追いかけるのと同じく、警察官の本能のようなものだ。……けれど、それだけで手を出せば服務規程上、火傷(やけど)では済まない。

「あ、そうなんだ？　へえ……。じゃあいいです、どうも御迷惑をおかけしました！」

由里香は捨て鉢に言い返してきたが、すぐに楽しげな口調にもどって続けた。

「でも、吉村さんは興味ないかもしれないけど……。あたしはね、この案件を調べれば調べるほど、何となく……なんだけど、大きな裏がありそうな気がしてきてるのよね。いわゆる国家の闇ってやつ？　警察官として、吉村さんはそういうのを容認できる？」

なにいってるの……？　爽子は由里香の、遊園地のアトラクションを説明するような言葉を、血の気の引く思いで聞いていた。

事件の背後にそんなものがあるとわかっていながら、この若すぎる弁護士は、何の覚悟もなく、しかも自分がどれだけ危ない橋を渡ろうとしているかも判っていない。

藤島と逢ったとき、危惧したとおりに。

もう面倒みきれない、と爽子は思った。ご自由に。そう言って電話を――いや、それだけでなく、この浅はかな女との関わりそのものを断つべきだった。

けれど結局――。

爽子は由里香が痴漢事件の被害者、谷川奈美と面談する喫茶店へと、非番の休日を潰してやって来てしまった。

……なにやってるんだろう、私。爽子は、席で由里香たちが現れるのを待ちながら、もう何度目かになる呟きを胸の内で繰り返した。

煎じ詰めれば、やっぱり放っておけなかったのだ。相容れないとはいえ……、哀しい事情で身体を売り続けた少女が、尋常ではない努力を経て、陽の当たる道を歩もうとしている。それが沼へはまるのを、みすみす判っていながら黙って見過ごすことはできなかった。だから、来てしまった。

それに、歌舞伎町の中国大使館員死亡事件との関連も、藤島に聞いた話から推測しているだけで、確証があるわけでもない。由里香と被害者の問答を聞いて、公安の関与に確信が持てれば、そのときこそ、この若すぎるうえに無鉄砲な弁護士に警告して今後一切から手を引くつもりだった。

だから爽子はここへ来るにあたり、一応、普段とは身なりを変えていた。もし公安が動いているなら、由里香だけでなく、なんらかの役割を担ったであろう〝被害者〟の谷川奈美も、監視下においている可能性が高いと踏んだからだ。そういうわけで、爽子はニット帽を目深(まぶか)に被ったうえにネックウォーマーまでして、さらに、同僚の支倉から借りた、スキーだがスノボーの時に使うというオークリーのサングラスまでかけて、顔を隠していた。

「お休みの日にごめんなさい。あ、どうぞ」

いかにも怪しげな格好ではあったけれど――爽子は、由里香がそう告げるのを聞いて、わずかに顔を上げた。

斜(はす)向かいのテーブル席、立って迎えていた由里香が腰を下ろすと、その肩越しに、まだ席に落ち着く前の〝被害者〟――谷川奈美の姿が正面から見えた。

やや長めの髪に、落ち着いた身なりの女性だった。谷川はショルダーバッグのストラップを両手で握りしめて周囲の眼を気にしつつ、由里香の正面へと座った。

「あの、失礼ですけど……あなた、ほんとに弁護士さん?」

「はい、もちろんです。といっても、数ヶ月前に弁護士会へ登録したばかりなんですよ」

谷川が半信半疑の表情で口を開くと、爽子からは背中しか窺えない由里香が、快活に答えるのが聞こえた。

「あ……、そう、ごめんなさい。失礼なことを言ってしまって」

「いいえ、全然、気にしないでください。皆さん、必ず同じことをおっしゃいます」

飲み物の注文、軽い自己紹介を済ませると、由里香は本題に入った。

「――そういうわけで、あたしは楊恵生さんの弁護人として、谷川さんにいくつか質問させていただきたいんです。いいですか？」

「……警察の方に、全部お話ししてますけど」

「すいません、あたしにも答えてほしいんです」

由里香の口調は明るい。私が頼んでるんだもの、あなたも聞いてくれるでしょ？　とでも言いたげな、傲慢さという隠し味の利いた可愛らしげな声。

内心、溜め息をついた爽子の耳に、由里香が続けるのが聞こえた。

「――まず、基本的なことからお聞きしますけど……、谷川さんっていつも、会社へは高田馬場駅から山手線に乗って、大塚駅で降りるんですよね」

「はい、そうですけど」

「でも、事件のあった朝、谷川さんが被害を訴えたのは、大塚駅からは逆方向へむかう電車内ですよね。これは、どうしてなんですか？」

「……忘れ物をしたんです」

谷川の声と顔が硬くなったのは、離れていても爽子に伝わってきた。

「大塚の駅に着いてすぐ、それに気付いて……。それで、家に取りに帰ろうと慌てて引き返したんです」

「そうですか、忘れ物を」由里香はうなずいたらしく頭を前後に揺らして続けた。

「それ、会社に連絡しました？」

「え？」

谷川が伏せがちだった眼を上げた。

「だって、忘れ物を取りに家へ戻ったら、会社に遅刻しちゃいますよね？　遅れます、って会社にいわなくていいんですか？」

「…………」

谷川は口を引き結んで顔を逸らした。

「会社の方にお聞きしたら、谷川さん、確かに会社に連絡はされてますね。でもそれって、事件が発生した後──ですよね？」

「……慌ててたんです」谷川は言った。

「忘れ物のことばかりが気になって……。それで、事情を聞かれたときにお巡りさんに促されて、初めて職場に連絡しなきゃ、って気付いて……。だからです」

「そうですか」由里香の頭がまた前後に揺れた。

「その忘れ物って、なんだったんですか？」

「そんなのあなたに関係ないでしょ？　私のプライバシーです」

「はい。あたし個人とは関係ありません、もちろん。でも、事件とは関係ありますよね？　教えてもらえませんか？」

爽子は雑誌をめくる振りをしながら、由里香の執拗さに感心した。と同時に、調べ室で被疑者と相対している自分を見ているようで、すこし鼻白む。

「よほど大事な物だったんじゃないんですか？　だって谷川さん、会社に遅刻するのを覚悟で、そんなに慌ててお家に戻ろうとしたんですもん。――なんだったんですか？　その忘れ物って」

「業務上、どうしても必要な物だったんです……！　だから」

「業務上、ですか？　でもさっきは、谷川さん、プライバシーって言いましたよね？　個人的な物じゃないんですか？」

爽子からは背中しか見えなかったものの、由里香が勝ち誇った笑みを谷川奈美に向けているに違いないと思った。

「もういいですか！」

谷川が断ち切るように告げ、椅子を弾いて立ちあがる。

「嫌な目に遭って……、そのうえなんで、あんたみたいな餓鬼に、あれこれ聞かれなきゃなんないのよ！」

谷川奈美は憤然とした足どりで、爽子の座るテーブルの脇を抜けると、そのまま店から出て行った。

これでヒヨコ弁護士にも、なぜ警察が留置場や取調室を必要とするかがわかっただろう——と思いながら、爽子も由里香のほうを一瞥もせずに席を立つ。そうして無関係を装ったままレジで代金を支払い、喫茶店を出てしばらく歩いたところで携帯電話が振動した。

爽子はネックウォーマーで顔を隠したまま、携帯電話を耳に当てる。

「どうだった？　吉村さん」由里香の声が聞こえた。

「十五点」爽子は素っ気なく言った。

「ひどいなあ」由里香の言葉とともに笑う気配が伝わってくる。

「ま、あたしは誰かさんみたいに、ねちねちねちねち、人を問い詰めるのが得意なわけじゃないもん。——あたしのことじゃなくて、谷川奈美さんのこと」

「怪しい、とは思った」

「でしょ？　バイト先の都合でたまたま朝の早かった楊恵生くんと、その日はたまたま大事な物を家に忘れて、引き返している途中だった谷川奈美さん。——」

由里香が思わせぶりに間を置いて、続けた。

「この二つだけでもすごい偶然なのに、さらに——さらにょ？　谷川さんは遅刻するのを、これもたまたま会社に連絡するのを忘れていた。おまけに肝心の忘れ物については、証言を拒んじゃう。どういうこと？」

おそらく、この痴漢事件そのものが公安部でいう〝作業〟——、工作だったのだ。中国人留学生、楊恵生の身柄を押さえるための。

とすれば、谷川奈美は公安部の〝協力者〟である可能性が高い。……そういえば、発生時、谷川奈美はイヤホンをしていたという。これは音楽を聴いていたのではなく、携帯電話で指示を受けていたのではないか。

やはり、公安部の追っている〝サングラスの女〟と関係があるのだろうか。

「もしもし？　吉村さん？　聞いてるの？」

「——由里香さん」

爽子はネックウォーマーでくぐもった声で言った。

「私に言えることは、ひとつだけ。——気の毒だけど、あなたの依頼人は、しばらく出てこられないと思う」

由里香は薄々なにか感じてはいるものの、中国人留学生が公安の〝対象者〟になっているとまではわかっていないだろう。また、〝対象者〟である楊恵生も、そのことを由里香には話していない可能性が高い。

だから、爽子はこのむこう見ずな弁護士に、続けた。

「そういうことだから、由里香さん。あなたは依頼人の〝トメ場暮らし〟が、少しでも快適になるようにしてあげて」

「なによ、それ。あたしにできることはないって言うの？」

由里香が不満げに問い返す。――私にだってできることはない。そう思いながら爽子は続けた。

「……差し入れの仕方なんかで、わからないことがあれば教えてあげるから」

爽子は、由里香が続けるのも構わず、電話を切った。

「ちょっと、吉村さん――」

そうしてから、会ったこともないとはいえ、言葉も通じない外国で無実の罪に問われて苦しむ留学生を見捨てたような気がして、爽子の胸に針で刺されるのに似た痛みが奔った。

それから二日後。

――あれで、良かったのかな……。

爽子は捜査車両の助手席で、多摩市内のマンションの出入り口を視線に捉えたまま、考え続けていた。マンションはある市内で発生した傷害事件の被疑者の住居だった。

由里香からの連絡は、あの日以来、途絶えている。それはそれで気が楽ではあったが、でも――。

良からぬことを見ていながら見ぬ振りをした。……そんな後味の悪さだけが、残っている。

「――主任？」

運転席の支倉が言った。「どうかしたんですか？」

「……別に」爽子は言った。「また寒くなるんだな、と思って」

爽子はマンションの入り口を視界の隅に捉えたまま、眼で冬枯れした街路樹を示して言った。

「そうですねえ、すっかり葉も落ちちゃって――」

支倉がそう呟くと同時に、爽子の内ポケットで携帯電話が振動した。

「――えっ？」

爽子は取り出した携帯電話の画面で、着信したばかりのメールの文面を読んで、思わず声を漏らした。

眼を見張って、何度も読み直す。……どうして？

「どうかしました？」

「いえ、何でもない」

爽子は表情を消して、携帯電話を内ポケットに戻しながら、繰り返した。

「なんでもない」

「……そうですか」

支倉は、ちょっと怪訝そうに見てから、前に向き直る。

爽子も眼をマンションに戻したものの、心では、何故？　を繰り返していた。

メールは由里香からだった。そしてそれには、短く一行だけ、こう記されていたのだった。

『楊恵生くんが釈放されました』と――。

3

「中国人留学生が釈放されたって、どういうこと？」

爽子は口許を手で隠し、携帯電話へ押し殺した声で言った。

なんでもない、と支倉には告げたものの、やはり由里香からのメールは気になった。爽子は適当な口実を告げて捜査車両を降り、すこし離れた別のマンションの陰で電話を掛けたのだった。

どうして、いまこのタイミングで楊恵生は釈放されたのか。

「知らないわよ、そんなの」由里香の苛立たしげな声が、携帯電話から聞こえた。

「あたしだって、わけ分かんないんだから」

爽子は小さな深呼吸をして、心を落ち着かせてから口を開いた。

「由里香さん。あなた、事情は聞いたんでしょ?」

「もちろん。でも、どっちの話から聞きたい?」

え? と聞き返した爽子に、由里香は言った。

「楊くんがどう言ってたか? それとも警察の言い分?」

「どっちからでもいい」

いい加減にしてよ……! そんな思いで眉を寄せ、スマートフォンを握る手に力を込めた爽子に、由里香は先ほどまでとは打って変わった、揶揄の酸っぱさを含んだ声で言った。

「じゃ、楊くんの方からいうね。——今朝、朝食のあと突然、留置場の警官から釈放だ、って告げられたんだって。楊くん本人も驚いちゃって、どういうことか説明を求めたんだけど、警官はただ〝もういいから〟って繰り返すだけ」

「池袋PSの方は？」

「楊くんから連絡がきて、あたしもすぐに池袋署へ問い合わせたんだけど——対応した署員は嫌疑不充分で釈放、の一点張り。でも、そうだなあ……」

「なに？」

「電話で話した感じだと、あたしにそういった署員のひと自身も……どういうことなのか、わかってないいんじゃないかなあ。ま、あたしの心証だけど」

「結局、——」爽子は言った。

「なにも判らない、ってことね？」

「そう言ったでしょ？　最初に」

由里香の不満げな返答を聞きながら、爽子は、いよいよ奇妙だ、と思った。

なぜ、この段階での釈放なのか。

「ひとつ確認しておくけど——」

爽子は気を取り直して口を開く。

「マル害と……いえ、被害者とは、示談交渉なんかはしてないんでしょ？」

「うん。だってあたし、楊くんは無罪だって信じてるもの。民事の話し合いどころか、谷川奈美さんとは、あれから連絡もとってないくらいだし」

だとすれば池袋署は――いや、その背後に見え隠れする公安部は、一体、何を目論んで、おそらくは〝作業〟を実施してまで身柄を押さえた中国人留学生、楊恵生を釈放したのか。

泳がせるため。爽子の脳裏に閃いたのは、それだった。

藤島が言ったとおり、楊恵生と、新宿歌舞伎町のラブホテルから姿を消した〝サングラスの女〟とは何らかの関わりがあり、その二人が接触する瞬間を、公安部は押さえるつもりではないのか。

「由里香さん、あなた……」

楊恵生から、取り調べ中に捜査員から〝サングラスの女〟について尋問されることはなかったか。爽子は思わずそう由里香へ確かめようとした口を、慌ててつぐんだ。

――事案の関連を示唆すれば、それだけでも由里香へ推測する手がかりを与えてしまう……。

「――なに？」

由里香が、急に黙り込んだ爽子に聞き返した。

「いえ、なんでもない」爽子は言葉を濁した。

「もう、言いかけたんなら最後まで言ってよね。ま、いいけど」

由里香は素っ気なく言ったものの、弾んだ声で続ける。

「じゃ、あたしこれから、楊くんに詳しい事情を聞きに行ってくるから。またなにかあれば——」

「由里香さん」

爽子は、はしゃぐ声へ楔（くさび）を打ち込むように遮った。

「——なに？　どうしたの」

由里香は怪訝そうに聞き返したが、爽子の脳裏には、さらなる憂慮（ゆうりょ）が湧いていた。

正体不明の〝サングラスの女〟と楊恵生が接触する可能性があるとして、何らかの情報やその他の受け渡し程度ならいい。

けれど、それに留まらず、〝サングラスの女〟が自らの素性を知っている楊恵生を排除しようと、——もっとはっきりいえば口封じに動く可能性はないのか。

そして、もしその場へ由里香が居合わせたら。

……いくら何でも心配しすぎだ。爽子は思い返す。

——それに、泳がせる以上、公安も楊恵生を徹底的な監視下へ置くだろうし……

見方を変えればそれは、中国人留学生に二十四時間態勢の警護がついたのと同じだ。でも……。

そう打ち消したものの、なんだか胸の内で、懸念が釣り針のように引っ掛かり続けた。

だから、爽子は言った。

「気をつけてね」

自分でも気づかないうちに、声を低めていた。

「なんで？　どうしてそんな言い方するの」

由里香が呆れたように、白けた声で聞き返してきた。まさか本当のことを告げるわけにはいかず、爽子は短く答えた。

「――別に。なんとなく」

「ふうん。ま、いいけど。それじゃあね」

電話は切れた。爽子は少しの間、表示の消えたスマートフォンの画面を見詰めていたが、やがて息を吐いて、離れていた捜査車両へ歩き始めた。

杞憂であればいいんだけど……。そう心で願いながら。

「ここ、いい？」

爽子は、急に頭上からかけられた声に箸を止め、皿の並ぶトレイから顔を上げた。

テーブルの向こうに、髪をショートにした若い女がスーツ姿で立っている。

「日高……さん」

爽子は、口の中のアジフライを喉の奥へ急いで呑み込んでから、口を開く。

日高冴子だった。

多摩中央署の単身待機寮、中央寮。その食堂だった。——爽子は転属してからずっと、ここに住んでいる。

「あんた、いつもこうなの？」

冴子は、いつもの振りまくような笑みはどこかへ消した顔で告げながら、爽子が勧める前に、椅子を引いて座った。

「こうって、……なにが」

「いつもひとりで晩御飯を食ってんのか、って聞いたの」

冴子は椅子にもたれるようにして、食堂を見回しながら言った。

寮の門限である午後十一時にはまだ間があったものの、時刻は十時を回っていて、周りに並ぶテーブルについている寮員は、爽子を含めて数名しかいなかった。遅い夕食を摂っているのは爽子だけで、あとのジャージ姿の三人は、隅のテーブルに缶ビールを並べ、音量を落としたテレビを眺めていた。

「別に」

爽子は箸と茶碗を持つ手を下ろして答えた。

「関係ないでしょ」

「ま、そうよね」冴子は無味乾燥に言った。

「あんたが孤独の味を足して飯を食おうと、私には関係ないよね。ごめんごめん」

しゃらしゃらと言ってのけた冴子へ爽子は眉を寄せかけ――そして思い出し、言った。

「……手の怪我、もう大丈夫なの」

今年の夏、共に捜査に当たった殺人事件。その犯人逮捕の際、冴子は犯人の振り回したカッターナイフで切りつけられ、右手を負傷した。

私を守るために。……だから爽子は気になって尋ねたのだったが――。

「あんたには関係ない」

爽子は、冴子が可愛らしい口もとを嘲りに歪めるのを眼にした途端、ばちん！　と音を立てて、茶碗と箸をレイに戻した。

一体、何の用……？　爽子は、関係が反目以上のものになった警察学校同期が、わざわざここへやってきた理由を薄々は察知しつつも、円らな眼を嘲笑する冴子へ据える。

すると、――見慣れない部外者と、強行犯係主任との間で立ち昇った険悪な気配を感じ取ったのだろう。周りのテーブルにいた寮員たちは、そそくさと食事を済ませてトレイを手に席を立ってゆき、テレビを見ていた三人も、テーブル上の缶ビールやつまみを掻き集めるようにして、食堂から出て行った。

「吉村。——私、まえにあんたに言ったことがあったよね?」

冴子は、食堂から人影が消えると、助教が採点でもするように言った。

「おかしな真似はするな、って」

「なんのこと」

やっぱり、公安の連中には私の行動がばれている……。爽子は内心で臍(ほぞ)を噛んだものの、表情は変えずに問い返す。

日高冴子の所属は第九方面本部の監察係だ。だが同時に、公安の末端とも繋がり続けている。それだけでなく……。

——私へも眼を光らせている……。

冴子は爽子の見え透いた嘘を、鼻先で嗤った。

「ま、あんたがそう答えるのはわかってたけどね」冴子は薄い笑みを浮かべたまま言う。

「——とにかく、警告だけしとく。刑事(ジ)部の単細胞捜査員は、コソ泥や粗暴犯を捕まえることだけ考えてればいい。吉村、特にあんたは。……わざわざ非番の日を潰したあげく、おかしな変装までして、余計な手出しをするな」

爽子は、霜が立ちそうなほど冷たい冴子の眼を見詰め返す。冴子とは警察学校からいろいろあったものの、……これほど怜悧な表情を覗かせたのは初めてだった。

巨大な機械の部品になりきった者の貌——公安捜査員の貌だった。

「いい？」

冴子はやや声を和らげて、念を押すように言い置くと、椅子から立った。そして、背を見せながら続けた。

「いらないちょっかいは出さずに、当該所属に任せておくのよ。わかった？」

「ちょっと待って！」

爽子は、警告だけ置いて立ち去りかけた冴子を呼び止める。

「なに」

冴子は足を止め、肩越しに答えた。

「やっぱり中国人留学生の事案の裏で、〝ハム〟が動いてるのね」

「だったら？」

爽子の問いに、冴子は片頬をみせたまま答えた。

「……中国人留学生、楊恵生を釈放したのはどうして？　泳がせて、新宿歌舞伎町の事件の――」

「作戦継続中の事象について話せるわけないでしょ」

吐き捨てた冴子に構わず、爽子は言い募る。

「その作戦には楊恵生や……、三枝由里香の身柄の保護は含まれてるの？」

由里香の名前を出せば、自分が事案と関わりを持っているのを認めたのも同然だった。それは爽子にも判っていた。けれど、そう聞かずにはいられなかった。

――楊恵生は、〝サングラスの女〟から命を狙われるかもしれない……。

だが、同期である公安捜査員の答えは、冷厳としたものだった。

「そんな必要は、ない」

冴子は告げてから、初めて身体全体で振り返った。

「もういっこ警告――っていうより、忠告かな。あんたに教えといてあげる」

冴子は、座ったままの爽子へ眼を据えて続けた。

「あの三枝由里香って子は、あんたを憎んでる。……それも、心の底からね。だから今後は、一切関わるな。あんたは疫病神だけど、あいつはそれ以上の、爆弾（マルY）みたいなものらしいからね」

冴子は言い捨てると、そのままテーブルの間を抜けて、緑色の非常灯のともる食堂の出入り口へ向かった。爽子は、明かりの落とされた薄暗い廊下へと冴子が姿を消すのを言葉もなく見送り、それから、冷めきった夕食を見おろした。

――やっぱり公安部は、楊恵生を〝餌〟にするつもりなんだ……。

〝サングラスの女〟をおびき寄せるために。

そして冴子は、楊恵生の身柄を保護するつもりはない、とはっきりと告げた。

公安部は、犯人検挙よりも情報の入手を優先する――そう聞いていた。とすれば、今回も最悪の瞬間まで〝視察〟……監視を優先するつもりなのかもしれない。でもそうなれば――。

――楊恵生の身の安全は図れないかもしれない……。いえ、それだけじゃなく……！ 三枝由里香。あの怖いもの知らずの新米弁護士の身にも、危険が及ぶかもしれない。

「私、どうすれば……」

爽子は誰もいなくなった食堂で、ひとり呟いた。

「……なんでそんなことに首を突っ込んだんだ」

藤島が呆れと憤懣の入り混じった声で尋ねた。

寮で冴子から警告を受けた二日後の土曜日。……爽子は新宿の、前に逢ったときと同じマンモス喫茶店の席で、当直明けの藤島と向かい合っていた。

あの夜、爽子は夜中まで眠れず、ベッドで輾転反側し、ひとり煩悶した。何か妙案が出るはずもなく結局、――意を決して藤島に連絡することにしたのだった。

――こんなこと、他のひとには話せないもの……。それに……。

同時に、職業柄、歌舞伎町の中国大使館員死亡事案へ強く興味を引かれている藤島に、当該事案には触れてはいけない、と告げなくてはならなかったからだ。

必然的に、爽子は事案に関わることになった切っ掛けと、これまでの事情も明かさざるを得なくなり……、そして、爽子が由里香から情報提供を持ち掛けられたと聞いた藤島の第一声が、なぜそんなことに首を突っ込んだのか、という詰問だった。

「――ごめんなさい」

爽子はうつむいたまま、口の中で答えた。藤島は、そんな爽子のしおれた様子に、はあ、と嘆息し、椅子のうえで背伸びするように、天井を仰いだ。

爽子は肩を落として、テーブルの一点に眼を落としているしかない。藤島が何を考えているのかは、手のひらに載せてみるほどによく解った。そんな話は、持ち掛けられた時点できっぱり拒絶しておくべきだった、と。

――藤島さんは、どこまでも正しい警察官……、〝刑事〟でいたいひとだから……。

うつむいた爽子と、宙を見上げたままの藤島。対照的な二人の間に、店内の喧噪と茶器の触れあう微かな音だけが漂った。

「要するにさ、吉村さんは優しすぎたんだよ」

藤島が顔を戻して口を開くと、爽子は曇った顔をあげた。

「私が……、優しい？」

「そうだよ」藤島はうなずいた。

「三枝由里香を放っておくこともできたんだ。そして当然、そう考えたんだろ？　でも、黙って見過ごすことはできなかったんだから。だろ？」

「なんだか遠回しに、間抜け、って言われているみたい」

そう言って柔らかく睨み、口許に自嘲の微苦笑を浮かべた爽子を、藤島はじっと見詰めた。

「そんなわけないだろ」藤島は言った。

「吉村さんのそういうところが、俺は一番好きだ。その一言が心へと染みこむ数瞬のあいだ、……爽子は自分の返すべき言葉と反応を求めるように、円らな眼を彷徨(さまよ)わせる。それから、藤島を見た。

「い、いま、そ、そんなこと――！」

「でもなあ……」

頬を紅潮させて言い返そうとした爽子へ、真顔になった藤島はそう言って、困ったように頭を掻いた。

「今度ばかりは、その同期に言われたとおりにしたほうが賢明じゃないのかな」

「………」

爽子は顔を赤らめたまま黙り込むと、藤島は続けた。

「〝ハム〟が、その中国人留学生に張り付いてんだろ？　だったら連中だって、当該人へ危険が及ぶ事態になったら、さすがに阻止するよ。関係所属に任せておくべきだと思うんだ」

「でももし、日高さんの言ったとおり、〝ハム〟に留学生を守るつもりがないとしたら……？」

爽子が頑なに訴えると、藤島は持て余すように口を閉じる。

「そうなったら、危険に晒されるのは留学生ばかりじゃない。あの子も……三枝由里香も巻き込まれてしまう」

爽子は言いながら自分でも不思議だった。……私、どうしてこんなに一所懸命なんだろう？　一度も好感を抱いたこともなく、また、自分を憎んでいると冴子にはっきり聞かされた、由里香なんかのために。

「だけど、四六時中――」

眼を光らせておくわけにはいかない。そう、藤島が反駁しようとしたときだった。

携帯電話の振動音がした。

爽子は、藤島が言葉を途中で呑み込んだなか、それが自分のポケットからだと気付く。

急いでスマートフォンを取り出し、その液晶画面を見た途端、――爽子は眼を見開いた。

「由里香さん……！」

爽子は、眉を寄せた藤島に注目されながら、スマートフォンを耳に当てた。

「あ！　もしもし？　吉村さん？　楊くんから電話があって……！　すぐに来て！」

由里香の恐慌をきたした声が電波を通じて耳元で弾け、爽子の鼓膜を打った。

「でも、ほんとにいいの？」

爽子がフロントガラスへ顔を向けたまま、ステアリングを握って告げると、助手席の藤島は答えた。

「いいんだ」

二人は由里香から連絡があった直後、喫茶店から飛び出していた。

「楊くんから電話があって……！　バイトに出掛けたら変な人たちが、ずっと付いてくるって……！」

由里香が電話で爽子へ、そう告げたためだった。

「由里香さん、落ち着いて」

その時、爽子は店内の他の客へ漏れ聞こえないよう、口もとを覆って言った。

「詳しくは言えないけど……尾行しているのは捜査員だと思う。心配は――」

由里香は、そんな爽子の声を苛立たしげに遮る。

「あたしもそう思ったんだけど！　でも、楊くんが……、尾けてくるのは日本人じゃなくて、同じ中国人かもしれない、って……！」

爽子の脳裏が一瞬、漂白された。

まさか本当に、そんなことが……？　どこかの国の機関員が、留学生を狙って……？

「すぐに一一〇番通報するか、近くの交番へ駆け込むように言って……！」

爽子は咄嗟に押し殺した声で指示したが、由里香の返答がない。

「――由里香さん？」

「あ、……うん、あたしもそう言ったんだけど、本人がどうしても警察は嫌だって……。怖いし信用できないから、って」

「そんなことといってる場合じゃないでしょ……！　命が――」

そうだ、ひと一人の命がかかってるんだ。

爽子は思い至った瞬間、決断した。

「これからすぐ行くから！」

爽子が小さく叫ぶように告げると、さすがに席の客が驚いて振り返った。

「楊くんがいまどこにいるかを教えて！　それから、連絡を絶やさないようにして！」

周囲からの好奇の眼に構わず由里香から楊恵生のいる場所を聞き取った。そうして、急きたてられるように席を立った爽子へ、藤島が口を開いた。

「俺も行くよ」

「いいえ、藤島さんはここにいて」

「だめだ」

藤島は席から立ち、革ジャンへ袖を通しながら答えた。

「でも、もし〝ハム〟の連中に、留学生やあの子と一緒にいるところを見られたら……。だからここで――」

「だめだよ」

藤島は爽子と視線を合わせたまま、小さく首を振った。

「ここにいるか、それとも俺を連れて行くか。吉村さんが決めろ」

爽子は、藤島を束の間、見あげた。優しさと強さ——たとえ傍らにはいなくても、いつも心の中から爽子を支える光が、藤島の眼にはあった。

「——ありがと」爽子は小さく答えた。

……そうして喫茶店を出て、近くの駐車場に停めていた爽子のアルト・ワークスに乗ると、走り出したのだった。

「——本当にいいの？　藤島さん」

「いいって言ったろ？」

爽子が車道を見据えたまま再度問うと、藤島は怒ったように言った。

「行ってみなきゃ、まだ何もわからないだろ。公安だって馬鹿じゃないし、俺たちが着く前に連中が何とかする可能性が高いわけだしな」

「でも……」

「それに、いくら止めても吉村さんは行くつもりなんだろ？」

爽子は無言で口を引き結んだ。

「だったら俺も行く」

「だから、どうして？」

「――吉村さんをひとりで行かせて、後悔するような真似は、もうしたくないんだ」

爽子は、胸を衝かれた気がした。……藤島の〝後悔するような真似〟とは、〝あの事件〟を指している。……そう気付いたからだ。

あの事件――都内連続女性殺人事件の際、爽子は逃走し行方をくらませた犯人の潜伏場所を、手作業の地理的プロファイリングで突き止めた。

しかし、それを捜査本部に報告することはなかった。爽子は藤島に、自分と二人だけで逮捕に向かうことを持ち掛けたのだった。

それは、爽子なりの奇妙な愛情の告白というべきものであった。けれど、藤島は当然、捜査員としての良識から断った。捜査本部に報告すべきだ、と。

けれど結果として、爽子は単独で犯人逮捕に向かい、逆に犯人に監禁されるという失態を犯したのだった。

――藤島さんがあの時のことを、ずっと重荷にしてたなんて……。

けれど、危険を冒して助けに来てくれたのは藤島だった。爽子は感謝こそすれ、それが藤島の心でわだかまっていたなどというのは、いま告げられて初めて知ったのだった。

「ごめんなさい」爽子は苦衷で潰れそうになった声をなんとか押し出した。

「私……、いつも自分勝手で……藤島さんには」

「自分勝手なんかじゃないよ」藤島は請け合った。「吉村さんは、他人を助けたいって願いに、素直なだけだ。そんな自分を曲げられないんだろ？」

「……私はそんな、〝正義の味方〟なんかじゃない。そういう風にからかわれるのは嫌い」

「誰もからかってない。俺はほんとに、吉村さんをそう思ってるよ。だけど、まあ――」

真顔で話していた藤島が、ふと笑みをこぼす。

「――俺にも、もう少し素直になってくれたらなあ、とは思うけどな」

「充分、素直なつもりだけど？　大サービスしちゃってる」

爽子もつられて、笑みをこぼして言い返す。すると、やや窮屈な車内に満ちていた強張った空気が、いくらか緩んだようだった。

「とにかく、いまは急ごう」藤島が口調を戻して言った。「留学生の安否を確かめたら、公安の連中に見付かる前に退散しよう。……俺もあと一つか二つは昇任したいからね」

爽子は、ほんとに？　という風に、またくすりと笑い――。

それからは運転に集中した。

爽子と藤島は、由里香の告げた場所付近へ到着すると、駐車場にアルト・ワークスを乗り捨てた。

二人がやって来たのは、週末の人波が引きも切らない――渋谷だった。

「どうして渋谷なの？　アルバイト先の池袋よりずっと先でしょ？」

喫茶店で、爽子はそう由里香に尋ねた。

「楊くん、何度も電車を乗り換えて、振り切ろうとしたらしいの……！　それで……！とにかくパニックになってるみたい……！」

爽子は、藤島とともに雑踏を掻き分けるように渋谷駅へと急ぎながら、スマートフォンを耳に当てた。

「由里香さん？　渋谷に着いた。いま彼はどこ？」

「あ、吉村さん！　楊くん、大きな道路を渡って、陸橋の下を潜ったんだって！……いま、使われていないビルに隠れたって」

大きな道路とは国道二四六号線、陸橋とは首都高のことか。そして、その先には大規模な再開発が予定された地区がある。まだ工事は本格化していないと聞いていた。ならば当然、〝使われていないビル〟があるはずだ。

そこだ、と爽子は思った。そこに、何者かに追われている中国人留学生はいる。

「わかった」

足を急がせながら、傍らで厳しい表情を向けてくる藤島へうなずいた爽子に、由里香が答えた。

「とにかくすぐに行ってあげて……！　あたしもいま、そっちへ急いでるから！」

「え？　ちょっと、由里香さん――」

来ないほうがいい、と爽子が告げる前に、電話は切れた。

爽子と藤島は、先に進むほどひどくなる人混みをなんとか擦り抜けて、渋谷駅のハチ公前を過ぎ、スクランブル交差点を渡った。

そして楊恵生が由里香に告げた〝大きな道路〟、国道二四六号線を進んで、首都高の〝陸橋〟を潜って、再開発地区へと行き当たった。

工事はまだ始まっておらず、爽子と藤島は、再開発地域を囲むベニヤ板に隙間を見つけて、そこから侵入した。

封鎖された地区の路上に立って見回すと、――そこには人影や通行する車といった、動くものは一切なかった。両側へ並ぶ雑居ビルにも人気はない。一階の店舗だったところも、無表情なベニヤ板で塞がれている。

先ほど通り抜けてきた喧噪が嘘のようだった。この一画だけが、大都会の営みから切り取られた異界のように静まっている。

そんな、一足先に死に絶えたような街には、およそ生きている者の気配はなかった。中国人留学生も、それを追う正体不明の集団も、さらに公安部の捜査員たちも。

「公安は振り切られたのかな」

爽子が廃墟を前に呟くと、藤島が言った。

「捜そう」

爽子と藤島は、無人の街を歩き出した。

そこはまさしく、朽ちるのを待つ都市の骸(むくろ)だった。靴底から伝わる感触さえ、どこか非日常的な感じがする……。

緊張してるせいかもしれない。

爽子がそう思った、その時だった。

背後で、どさっ……と何か重いものが、路上へ落下した音がした。

——？　反射的に振り返った、爽子と藤島の眼に飛び込んだのは——

歩道に倒れた若い男だった。

あっ、と爽子は声を上げて駆け寄ろうとしたが、藤島は顔を上げて叫んだ。

「あいつだ……！」

爽子が藤島の視線を辿った先には――道路に沿って並んだ雑居ビル、その二階の窓に、髪の長い女の上半身が浮かんでいた。若い男の倒れている、真上だった。

「あいつだ、〝サングラスの女〟だ……！」

藤島の脳裏で、その女の姿は、新宿二丁目の事案で眼にした、ラブホテルの防犯カメラ映像とぴったり重なっていた。

「ツァオラ……！」

女は二人の視線の先で叫んだ。そして身を翻すと、ガラスの取り外された虚ろな眼窩のような窓から姿を消した。

「しっかりして！」爽子は倒れたままの若い男に駆け寄った。

藤島と一緒に路上から抱え上げた若い男は、顔を苦痛でしかめながら、呻いた。

「楊さん？　あなた、楊恵生さんね？」

爽子の問いかけに、藤島の腕に抱えられた若い男は、普段は整っているだろう顔を歪ませて、頷いた。

「ぼ、僕、楊です……！　楊恵生、いいます……！」

名乗る間にざっと身体を確かめたが、どうやら二階から落下しただけで、大した怪我はしていない。ほっ、と胸を撫で下ろした爽子に声が掛かる。

「吉村さん！」

顔を向けると、駆け付けてきた由里香だった。

「あ……。ふ、藤島さん？」由里香は驚いたように言った。

「君か」

藤島が無表情にいうと、由里香は一刹那、目を逸らしたが、すぐに気を取り直したらしく依頼人の顔を覗き込む。

「だ、大丈夫なの？　楊くん！」

「由里香さん」爽子は立ちあがりながら言った。

「私たちは、そこにいた女を追う。この人を連れて、ここから出て！」

「そんな……、ちょっと待ってよ！」

負傷した留学生を任せると、爽子と藤島は呼び止める由里香をその場に置いて走り出した。

「……女が叫んだのは中国語、かな」

「かもしれない」

爽子と藤島は雑居ビルの間から、裏手に回った。そこだけベニヤ板が外れていて、内部へと入れるようだった。

路上に倒れていた楊恵生の負傷を確かめたのは、わずかな時間だった。とすれば、まだ中に〝サングラスの女〟が留まっている可能性は高かった。

「行こうか」

「ええ」

爽子は、藤島にうなずき返したものの、自分たちが丸腰なのを、今更ながら思い出した。しかし、逃げる者を追うのは警察官の本能であり、最良の選択――中国人留学生と由里香を連れてさっさとこの場から離脱する、という考えは脳裏の隅に押しやられてしまっている。

だから二人は、〝サングラスの女〟の姿を求めて、生活臭の消えた雑居ビルの内部を、一階から順に検索していった。

そうやって、五階まで来たときだった。爽子は引くほどに広がるドアの隙間から、室内を窺っていた眼を、はっと見開いた。

〝サングラスの女〟が、その部屋の真ん中に立っていた。

がらんとした室内に一人佇むその女は、女性としては背が高かった。

日本人と似てはいるけれど異なっている、目鼻立ちのくっきりした顔。

「警察だ！」

爽子が一気にドアを開け放って室内へと踏み込み、戸口を塞いだ藤島が警察手帳を掲げながらそう告げても、女は薄い笑みを浮かべたまま、ただ見返すだけだった。

「動かないで！」

爽子の叫びにも、女は同様に動じた風もなかった。

――？　爽子は女が日本語を解さないのかと、思った。けれど、やがて気付いた。違う、そうじゃない。

女はこの状況を愉しんでいるんだ……！

そう卒然と脳裏に閃いた瞬間、爽子は自分たちが罠に掛かったことを悟った。

「チュエボ……！」女が短くなにかを命じた。

あっ、と思う閑もなかった。爽子と藤島は、いつの間にか背後へ忍び寄っていた数名の男たちに襲いかかられて、羽交い締めにされた。

再開発地区の外を遠ざかってゆくサイレン音が、由里香と楊恵生を搬送する救急車が走り去ったのを教えた。

それを待っていたかのように、爽子と藤島は、腕を後ろに回されて動けなくされたまま、男たちに抱えられて、雑居ビルの階段を引きずられるように降りた。

二人は現職の警察官として当然、抵抗したものの、多勢に無勢だった。それだけでなく、男たちはこのような荒事にも習熟しているようだった。男たちは束の間の乱闘の間も、無言か〝チュシェン〟〝ビェドン〟〝アンジン〟……といった中国語らしい単語で短く罵るだけだった。

やっぱり日本人じゃない……。爽子は両腕をがっちり摑まれて引っ立てられながら思った。拘束はされているが、口は塞がれていないので大声を出そうと思えば出せる。けれど背中に、硬く冷たい物が押し当てられている感覚があった。

銃器だ、と爽子は思った。この国の官憲だと名乗った自分たちを構わず拉致（らち）する連中だ。必要と判断すれば、ためらいなく撃つに違いない。……実際、爽子のそんな表情を察して、藤島は抵抗を諦めたのだった。

女を先頭に雑居ビルを出て、無人の路上を連行され、侵入時とは逆に再開発地区を囲うベニヤ板を潜らされて、外へ出ると——。

そこには、ウィンドーを黒いカーテンで覆ったワンボックスカーが停められていた。音もなく開いたスライドドアに、爽子と藤島は押し込まれた。

「……大丈夫か？」

背中を押されて最後部の座席へ着かされると、藤島は隣の爽子へ囁いた。

「私は、大丈夫……。藤島さんは？　怪我は？　なんともない？」

陽光を遮断した薄闇で爽子が囁き返す中、最後にワンボックスカーへ乗り込んだのは〝サングラスの女〟だった。カーテンで仕切られた運転席へ〝クアィディァカイ！〟とひとこと命じると、〝サングラスの女〟は爽子たちの前の座席へついた。そうしてから、身体をねじ曲げるようにして、爽子たちへ顔を向けた。

藤島は、サングラスこそ外していたものの薄い笑みを浮かべたままの女を、険しい眼で睨んで、切れた唇の端の血を手の甲で拭いながら爽子に答えた。

「ああ、なんとかな」

ワンボックスカーが発進し、車体が揺れた。エンジンの音が高まる。——と、それに紛れさせるように藤島が囁いた。

「いいか、吉村さん。よく聞いてくれ」

「え……？」

爽子は、その口調にただならないものを感じとり、横目で藤島を見た。

「俺が——なんとかする」

そう続けた藤島の囁き声は、緊張にささくれ立ち、ざらざらしていた。

「……だから、吉村さんは逃げろ」

爽子は全身の血が凍るような思いで、傍らから藤島を見上げた。

「そんな……！　なに言い出すの……？」

爽子は、こぼれ落ちそうなくらい眼を見開いて、藤島の硬く強張った横顔を見詰める。

「吉村さんだけでも、逃げるんだ」

嫌だ、嫌だ、嫌だ！　爽子は咄嗟に身体全体を向けると、藤島の腕に取りすがった。

「……そんなの、嫌だ」

「でも、このままじゃ――」

「絶対に、嫌だ」

爽子は、恐怖とも愛情ともしれない強い感情に突き動かされ、身を絞るようにして告げた。

「藤島さんのいない世界なんて、私が生きてていい世界じゃない……！」

爽子は藤島の腕にしっかりと巻き付けていた腕をほどくと、そのままそろそろと上げた。

そして、驚きながら自分を見返す藤島の頬を両手で挟み、その眼をじっと覗き込んだ。

けれど爽子の瞳は、見つめ合っているはずの眼はおろか、藤島の浅黒く整った顔も――実体を持った肉体を凝視しているのではなかった。実際、いまの爽子にとって、いまの藤島は男性ですらなかった。命の瀬戸際にありながら、爽子は藤島の眼の奥にあるもの、

——本質、あるいは魂と呼び変えてもいいものを見詰めていた。

優しさと、それに裏打ちされた強さ……そして、自分への愛があった。

爽子はそっと、藤島と唇を重ねた。

「……爽子」

藤島が、唇を離した後、泣き出す寸前のように微笑んで額を押しつける爽子に、呟いた。

「だから私は、……だから、どうなろうと藤島さんと一緒にいる……！」

爽子は宣言するように藤島に告げると、シートに座り直した。そして、自分たちを眺めていた女を睨み据えた。

どうとでも好きにしろ。ただし、どんな目に遭わされようと後悔はしない。——そんな覚悟を視線で教えてやるために。

爽子の視線の先で、〝サングラスの女〟は相かわらず薄い笑みを浮かべたまま、口を開いた。

「愛とは美しいものね」

女は言った。完璧な日本語で。

「でも、よそでやってくれないかしら？——多摩中央警察署刑事組織犯罪対策課、強行犯係の吉村爽子さん？」

「こんなところでデートとは、雰囲気なさ過ぎね」

柳原明日香は、並んだベンチの間でゆっくりと足を進めながら言った。

ベンチの並びは方は放射状に配置された、まるで劇場の観客席のそれだったけれど、そこが普通のホールではない証拠に、明日香の頭上には、街の灯に焦がされた夜空が広がっている。

そこは代々木公園、大音楽堂だった。

「別にデートに誘ったわけじゃないぞ」

明日香が歩み寄ってゆくステージの前で、背の低い男が薄闇に包まれたまま答えた。

「どうも布施(ふせ)さん、ご無沙汰ね。特に思い出したりはしなかったけれど」

「俺もだよ。用があるから呼んだんだ」

背の低い男――警視庁公安部公安総務課特命作業班、通称〝カスミ〟を率いる布施治人(はると)は、明日香の艶然とした口調で吐かれた皮肉に素っ気なく答えた。それから、傍らに立つ人影へと肯いてみせた。

「初めまして。東亜研究会、主管――」

薄暗がりから進み出た人影は、女の声で言った。

「御堂美麗(みどうみれい)です」

その女は中国大使館員と最後に接触し、なにより爽子と藤島を拉致(らち)した〝サングラスの女〟であった。

「あんたとは初めまして、だな」布施が言った。

「中国工作の専門家だ。たしか、お母さんがあっちの出身だったな?」

御堂は表情を変えずに、ええ、と微かにうなずく。

「〝東亜研究会〟、ねえ」柳原が感心したように女へ口を開く。

「それが、いまも水面下で存在する、非公式の対外情報組織〝桜前線〟の、新しい一端ってわけか。――そして」

明日香は鼻梁(びりょう)の先で笑って、続けた。

「そして、あなたがた東亜研究会が中国大使館員へ仕掛けていた、〝協力者〟獲得作業中に起こった失態が、今回の案件の発端だった。……ってわけね?」

藤島の同僚、丸田の推測は完全に的外れ、というわけではなかった。新宿のラブホテルで死亡した劉瑞生(リュウルイション)は中国情報機関の〝基本同志(ジーベントンジー)〟、――複数のエージェントである〝運用同志〟を操る、いわゆるケースオフィサーであった。

そして、その死は海外の情報機関による暗殺などではなく、日本警察の非公式情報組織が取り込もうとした結果であったのだった。

「お言葉ですが、柳原係長」

御堂美麗が初めて表情を変え、目鼻立ちのくっきりした顔を強張らせた。

「あれは失態というより、不測の事態――〝作業事故〟でした」

「あらあら……」明日香は可笑しそうにすこし笑った。

「対象者を、ベッドの上で頑張らせすぎたってわけ？」

御堂はさすがに寄せた眉の下で白目を光らせて、尖った視線を向けてきた。

なるほど、やはり公安用語でいうところの〝男女関係を軸にした工作〟、――ハニートラップだったか。明日香は鎌をかけたのだが、どうやら図星だったらしい、と思いながら続けた。

「ま、〝作業事故〟でも〝不測の事態〟でもいいけど、……対象者が死亡して、あなた方はパニックになった。そこで――」

明日香は笑みを広げておとがいをあげ、御堂と布施、両方を等分に見詰めてから告げた。

「あたかも第三国の情報機関員が関わっているように偽装するために、わざさわざ大袈裟に騒いでみせた、ってわけね」

だから公安部は、発生直後に衆目を集める公安指揮官車まで臨場させたうえで現場を封鎖し、意味ありげに新宿署に〝分室〟まで設けて見せたのだ。すべては〝サングラスの女〟――いや、いま目の前にいる御堂を日本警察が追っているように見せかけるために。

「さすがです」御堂が言った。「〝公一の女狐（めぎつね）〟と称えられた勘は、鈍ってらっしゃらない」

明日香は御堂の心からの賛辞にも、わずかに眉をあげて応じただけで、容赦のない口調のまま続ける。

「――で、〝作業事故〟だか〝不測の事態〟はそれだけに留まらず、中国大使館員への工作の一環であった、同じく中国人留学生への獲得作業にもケチが付いた、と」

「楊恵生は、劉端生がリクルート対象として接触していました。協力者として獲得する、またとない好機だったのです」

御堂が抗弁すると、布施も、それにだぞ、と言葉を挟んだ。

「あの三枝康三郎の娘がだぞ、二十歳そこそこで弁護士になって、しかもよりによって楊恵生の国選弁護人として付くなんてのは、誰にも想定できることじゃないだろうが」

「それは認めるわ」

明日香が人差し指をおとがいに当て、思案するふりをして答えると、御堂が続けた。

「そしてさらに――柳原係長。あなたの可愛がっている元部下が、その三枝由里香に唆（そそのか）

されて服務規程を逸脱し介入するというのは、もっと予想し難いことではありませんか?」

「それも認めるわ。でもねえ、御堂さん——だったかしら?」

明日香は、御堂の皮肉を利かせた反駁を口の端を吊り上げる微笑みで一蹴した。

「でも、逸脱したっていうのと、しかけたというのでは、厳然たる違いがあるはずよね? それとも、吉村さんが捜査情報を漏洩したという確実な証拠でもお持ちなのかしら?」

このクソ女……。御堂がそう言いたげに杏形の眼を据えたまま黙り込むと、布施が苦笑して告げた。

「結果からいえば、なかった。……三枝由里香は、吉村爽子と面会した際の会話及び通話を、全てスマートフォンに録音していた。任意提出を受けて調べてみたんだが、どれも情報漏洩には当たらなかった。——なかなか優等生だな、吉村ってのは」

「ただの警察官よ」明日香は無味乾燥に答えた。

「自分の仕事に誇りを持っている。ただそれだけのことよ」

「では今後は、その誇りを自ら汚すような真似はしないよう、柳原係長がよくよく御指導ください」

御堂はそう吐き捨てると、脇を向いて声をかけた。

「二人をこっちへ」

柳原がそちらへ目をやると、ステージの袖の暗がりに、大小二つの人影が悄然と、けれど寄り添って立っているのが見えた。

爽子と藤島だった。

「お咎めはなし、ってことね。良かったこと。じゃ、元部下とその彼氏を引き取らせてもらうわね」

「ご随意に」

御堂は吐き捨てると、背中を向けた。明日香は不快さを露わにした御堂の背中が、力なくこちらへとやってくる爽子と藤島の脇を抜け、擦れ違うまで見送った。

「布施さん？」

明日香は追っていた眼を戻して、一旦は明るく呼びかけたものの、——急に声を低めて続けた。

「……私が〝毛布の下〟に何を隠しているか、それを忘れるな」

明日香は布施に言い置くと、御堂の視線が頬に突き刺さるのを感じながら、爽子と藤島の方へと近づいて行った。

「あたしね、あんたが大嫌いなの」

由里香の冷ややかな声が、スマートフォンから聞こえた。

「だから、仕返ししてやろうと思ったんだ」

爽子は電話を耳に当て、藤島とともに、西新宿の夜空へ屹立した摩天楼、――都庁をはじめ高層ビル群に見おろされて、円環歩道橋に佇んでいた。

「私は自分で反省できるひとに、ぐだぐだと怒りをぶつけるのは嫌いなの。そんなの、ただの八つ当たりだものね。……だから、吉村さん。これからは、もっと自分自身を大切にしなさい。自分の身を守れてこそ、ひとも守れる。いいわね」

代々木公園で非公式組織の御堂美麗らから解放された後、明日香は声こそ柔らかかったけれど、悄然としたままの爽子へ厳しい眼を注いで、そう諭したのだった。

爽子は恥ずかしさで崩れそうな表情で、藤島とともに、ただ頭を下げるしかなかった。

警視庁本部へと戻る明日香と別れてから、爽子と藤島が会話もなく新宿まで戻ったところで――、由里香から爽子へ電話がかかってきたのだった。

「……由里香さん。あなた、自分が公安の工作対象になってるって、楊恵生から知らされていたのね?」

それが、爽子の結論だった。全ては、由里香が私に仕掛けた罠だったのだ、と。

わずかな間を置いて、由里香の笑う気配が伝わってきた。

「ええ、最初に接見したときにね。自分は日本の国家機関の関係者から勧誘されてる、って。……で、そのとき、これは使えるって思いついちゃったわけ」

由里香の声は得意気に続けた。

「あたしが情報漏洩を唆して、あんたがそれに応えれば……あたしを監視してる警察官全員が、あんたの警職法、公務員法違反を現認することになるんだもの。――藤島さんまで巻き込んじゃうのは、計算外だったんだけど」

「……そう」

爽子は、罵声を叩きつけてやってもよかった。けれど、何故か胸の中で広がった、怒りではなく寂寥とした空しさに捕らわれて、小さく答えただけだった。

「ね、吉村さん。あたしがいつから、仕返ししてやりたいって考えだしたと思う?」

「………」

「それはね、あの時よ。ある一流企業の応接室で、頭の悪そうな若い社員から〝幾らでヤラせてもらえるんですか〟って笑いながら聞かれた、あの時。――絶対、あんたに思い知らせてやるんだ、って」

「由里香さ――」

もう気は済んだのか。新しい人生を踏み出す気になったのか。そう質そうとした爽子が口を開いた途端、電話は切れた。

「私、馬鹿だよね」

爽子はスマートフォンを支えていた腕を、力なくだらりと下ろしながら呟く。

「藤島さんや柳原係長、みんなに迷惑掛けて、……ほんと、馬鹿……！」

日高冴子から、由里香は私を憎んでいる、という警告を受けていたにもかかわらず。そういえば、由里香たちを保護する策は講じているのか、と聞いたとき、その必要はない、と冴子は言った。それもそのはずだ。中国人留学生を追っていたのは、公安と連なった組織の人間なのだから。危険などあるはずがない。

お陰でその組織の人間に取り押さえられるという、現職の警察官としては醜態を演じる羽目になった。後から聞かされたが、あの時、廃ビルで背中に押しつけられたのは銃器ではなく、落ちていたパイプの廃材だったらしい。

勘違い。全ては自分の甘さと、勘違いの産物だったのだ。

「ほんとに、私って馬鹿……！」

「もういいよ」

藤島が、胸を絞るようにして声を吐き出した爽子に言った。

「いまはもう、それ以上、自分を責めるな」

「でも……！」

爽子は立ち止まり、握った拳を歩道橋の手摺りへ叩きつけた。そして、申し訳ないとは思いつつも、藤島を非難するように見あげた。爽子は、藤島に自分を責めて欲しかった。罵って、突き放して欲しかった。

「処分の対象にはならないって、柳原係長や、あの布施っておっさんも言ってただろ？」

爽子が望んだ態度のどれでもなく、藤島は諭すように言った。

「でも、それは結果論で……私、藤島さんに取り返しのつかないこと……」

「もういいって。俺もいろいろ、吉村さんが誤解するようなことを吹いちゃったしな。それに……」

「それに……？」

爽子が自責の涙で薄く濡れた眼で見詰めると、藤島は続けた。

「――負い目がなくなったよ、あの時の」

初めて組んだ連続女性殺人事件での終局、捜査本部に無断で逮捕に向かうのは論外としても、とにかく爽子のそばについていてやらなかったという、思い出す度に、藤島の心を重くする後悔だった。

「だからさあ、俺がこうむった被害は、顔面に一発食らったのくらいで——」

藤島はそういって、端の切れた唇に指先で触れて見せたのだが、ふと何かに気付いたように、にっ、と笑った。

「そういえば、吉村さんと初めてのキスしたんだよなあ……、それが、あんなところでとはなあ……」

「やめてよ、もう」

さすがに苦笑して、爽子は頰を染めた顔を逸らした。

爽子が立ち止まると藤島も、高層ビル群へ顔を向けた。星の見えない夜空へと伸びるビルの、その煌々とした明かりを見あげていると、——自らの滑稽さや惨めさが舞い上がって、どこかへ吹き散らされてゆき、すべてが悪い夢だったような気にもなれた。

そんな、少しだけにせよ後悔の重荷をそれぞれ下ろした爽子と藤島の間へ、初冬の冷たいビル風が吹き抜けた。

「……寒いな」

藤島は呟いて、そっと手を差し出した。

「どこか、暖かいところへ入ろうか」

爽子は驚いて藤島を見あげ……、それから、おずおずとその手を握ると、うつむいて小さくうなずいた。

「——うん」

爽子と藤島は、強く握りあう手に互いの温もりを感じながら、歩道橋を歩き出した。

クリスマスイブの出来事

「――名前は」

吉村爽子は抑えた声で、もう何度目かになる質問を繰り返した。そして、ペンを立てた弁解録取書の用紙へとうつむけていた、初対面の人間からは必ず五歳ほど若いと勘違いされる童顔を上げて、相手を見る。

爽子の視線の先には、顔を半ば白髭(しろひげ)で覆った奇妙な男が、背を丸めるようにして座っていた。

机を挟んで向かい合っている男は、大柄だった。立ちあがれば百八十センチはあるだろう。それだけでなく、恰幅も良かった。

しかし、男が奇妙だったのは、体格ではなく、その格好だった。

男は温かい色合いの赤い上着を着込み、ベルトからせり出した腹で、銀色に光るボタンがはち切れんばかりに膨らんでいる。そして――机に隠れてみえなかったが、上着だけでなく下衣も赤いゆったりしたズボンだった。履いているのは短靴ではなく、長靴のようなブーツだ。

どうみても一年に一度、聖なる夜に、世界中の子供たちが眠っている間に来訪するのを心待ちにする老人の格好をしていた。

「サンタクロースです」

そして男も、自分がそうであるのを認めた。

「――見ればわかります」

男は衣装だけでなく、頭には先に白い毛玉のついた帽子まで被っていた。爽子は、その帽子と白い髭の間から覗いた柔和な眼を見詰めて、辛抱強く言った。

多摩中央署三階、刑組課の狭い取調室。

しんしんと冷えこんだ空気が足もとを這う小部屋で、爽子は〝サンタクロース男〟と、うんざりするほど同じ問答を繰り返している。

もともとは、地域課から引き継いだ事案だった。――いまから三十分ほど前の夜十一時頃、多摩市永山(ながやま)の住宅から、庭に不審な人物がいる、との一一〇番通報があった。

警邏中の多摩中央署地域課のパトカーが当該住宅に駆け付けたところ、外壁をよじ登ろうとしていた、この〝サンタクロース男〟を発見。その場で署員が住居侵入の現行犯で逮捕し、パトカーで署まで引致した、……というのが大まかな経緯だった。

　そして今夜、刑組課の宿直勤務に就いていた爽子が、事件を扱うことになったのだが――。

「あの、住侵で現逮されたっていうのは」

「ええ、この男です」

「……はあ」

　爽子は最初はもちろん、殺風景な刑事部屋に突如現れた、制服警察官二名に挟まれた男の場違いな格好に驚き――というより呆れたものだったが、同時に今夜がクリスマスイブだ、というのを、改めて思い出しもした。

　そうだったな……。爽子は心の中で、もう慣れている思いに、ふっと息をつく。

　警察官の日常は、世間のカレンダーとは重なりながらも微妙にずれている。日曜祝日、市井（しせい）の人々が愉しんでいるときこそが、警察官にとってはかき入れ時だということがもう身に染みていたからだし……、なにより藤島直人と逢えないせいもある。

　藤島のほうも、今夜は第二機動捜査隊で勤務に就いている。日本最大の歓楽街、新宿を管轄に抱える二機捜は、今夜は多忙を極めるだろう。

　それはともかく、いくら何でもこの聖なる夜に、サンタの装束（しょうぞく）で犯行に及ぶとは。

しかし、普段なら目立つこんな変装も逆に、今夜なら有効かも……と爽子は妙な感心の仕方もしたのだが、それにしても罰当たりな気はする。

だけど……まあ、天にましますが主は見逃さず、こうして天罰がくだったわけだけど……。

爽子はそう気を取り直し、逮捕手続きを始めたのだが——。

こうして半時間も、自称サンタクロース氏に手こずらされている。

「では質問を変えます、サンタクロースさん」

爽子は、取調室で向き合ってからもう何度目かになる問いを繰り返した。

「あなたの戸籍上の名前は？」

「ですから、サンタクロースですよ」

ふざけてるの……？　爽子はさすがに怒りを抑えて表情を消し、やや上目遣いに、力を込めた眼を男へ据える。けれど、錐を揉み込むような捜査員の眼差しにも悪びれることなく、男はますます眼を細めて、年齢を窺わせる目尻の皺を深くするだけだった。

庁舎の外から忍び込む街の音が微かに聞こえるだけの取調室にいながら、サンタの装束をした老人の、やや青みを帯びた菫色の眼には、開き直りや侮りはおろか、拒絶さえなかった。それどころか——。

なんともいえない、優しい光があった。それが何だか、視線を伝い、心の底へ、ぽっ、と火を灯し、温かくなったような気さえする。

気のせいだ。爽子は、得体のしれない違和感を打ち消したものの、心の中で続ける。

――まさか……そんなの……。

――もしかしたら〝本物のサンタクロース〟かもしれない。

ただし、あくまでこの老人の自己認識上では、という条件付きではあったけれど。

要するに、老人が自分自身をサンタクロースと信じ込んでいるだけ――。認知の歪み、つまり妄想に捕らわれているのではないか。

――それもかなり、徹底して……。

爽子は引き継ぎ時、逮捕に伴う身体捜検をしたパトカー乗務員から、ふさふさした白髭は付け髭ではなく、本物だと聞かされていた。これだけ伸ばすのは大変だったはずですが……と乗務員たちは感心していたが、それは同時に、老人の妄想がそれだけ強固であることを物語ってもいる。衣装も、この時期に商店街やデパートで見かけるサンタクロースに扮した店員やアルバイトのそれとは違い、生地も仕立ても本格的ではある。

「でも、サンタさんだって証明するものは、持ってないんですよね」

「はい。――困りましたな」

爽子は静かに、けれど硬質な視線のまま告げたが、老人の髭と帽子の間から覗く眼は、動じる風もない。発音に訛りこそないが、爽子は青みを帯びた瞳を見返すうちに、ふと、この老人は日本人ではないかもしれないな、などと思ったりした。とすれば、ますます厄介な〝お客〟というわけだ。とはいうものの――。

「そうですね」

爽子は微苦笑を、くすっと漏らした。

「サンタさん、ですものね？」

爽子が笑ったのは、サンタクロース氏のひとを食ったような言い草ばかりではなく、半分は自嘲のせいだった。

――素敵すぎたこの一年の、素敵な締めくくりよね……。

聖夜というだけでなく、今年最後の当直の夜には、頭のどうかしているサンタクロースこそが相応しい、と。

今年の春、爽子は、町田署の特別捜査本部へ出向した。

町田市内のマンションで、女子大生が殺害されたうえに頭部を切断された事件だった。難航していた捜査を打開するため、本部の指揮を執っていた明日香が、特別心理捜査官である爽子の分析を必要とし、特に呼び寄せた。

そして、爽子が分析の結果、殺害された女子大生の友人であり、当初は自身も被害者と目されていた同じ大学に通う女子大生に疑いをもったことで、捜査は進展した。

女子大生の犯人性を探るため、爽子は遠く岡山県まで赴き、さらに友人殺しの物的証拠がなかった犯人の女子大生に対し一計を案じることで、ようやく逮捕できるところまで漕ぎ着けたのだった。

しかし——最後が拙かった。想定外だったとはいえ、爽子は思い出す度に唇を噛む。

いざ逮捕というその時、犯人の女子大生が突如、凶暴さを発揮し、隠し持っていた凶刃を振るうのを許してしまったのだ。

そしてその結果、警察学校同期であり、そのとき相勤だった日高冴子が負傷する失態へ発展することとなった。

いくら冴子のことを警察学校入校当時から嫌いだったとはいえ、それとこれとは別だった。日高は自分を庇ったために負傷したのだ。さらに——。

冴子は、私を守ったのは警視庁本部上層部の命令だったから、と告げたのだ。

一体どういうことか。一介の巡査部長、それも捜査一課からここへ罰俸転勤してきた私を、どうして守る必要があるのか。

以来、その問いはしつこい偏頭痛のように折に触れ、爽子を悩ませ続けている。

――私は多分、動揺していたんだと思う。

爽子は自分の業務に集中することで、うるさい羽虫のように纏わりつく困惑を、振り払おうとした。

幸い、――といっては語弊はあるものの、新しい事件はすぐに起こった。

爽子が町田の特捜本部から多摩中央署へと帰任して間もない八月の盛夏、多摩市内落合で、路上強盗が発生したのだ。

「マル害、命に別状はねえって話だぜ」

伊原が、後部ハッチを開け放った救急車から小走りに駆け戻ってきて告げた。爽子とは同じ強行犯係の同僚だった。

「まあ、頭はぱっくり割られて、髪も着衣も血まみれだったがな」

「そうですか。……良かった」

爽子は昼間の暑熱が、熱気となってまだわだかまっている路上、そこに点々と残る滴下血痕へ落としていた眼を上げた。

血痕は大粒で散っている範囲も広い。被害者の出血が酷いのが見て取れたが、これで助かったのなら不幸中の幸いだった、と爽子は思った。

夜の十時を過ぎた、やや狭い二車線道路だった。路上には照明機材が据えられ、すでに鑑識の採証作業が始まっている。第三機動捜査隊も臨場し、活動している。

マル害——被害者は杉下孝治、四十二歳。職業は金融業、といえば聞こえはいいが、いわゆる街金業者だった。その杉下が都内で同業者との会食を終え、近くの駐車場へ車を止め、いま目の前にある、自宅であるオートロック式のマンションへと入ろうとしたところを、背後から何者かに襲われたのだ。

杉下は突如として見舞った、頭が爆発したような衝撃に眩暈をおこしながらも、転がるように逃げ出し、自ら携帯電話で一一〇番通報したのだった。その間に犯人は、杉下が昼間に債権者から回収した、現金二百数十万の入ったバッグを奪い逃走した。

警察官が駆け付けるまで、杉下は何度も通信指令センターの受理係に、〝殺される、殺される〟と喚いていたらしい。

「けどマル害の奴、助かった途端に金のことばっか気にしだしてな」

伊原はごつい顔の口許を歪めて嗤った。

「こりゃ現場を見た限りじゃ、……マル害もそうだが、マル被も相当、金に執着のある奴じゃねえのかな」

「…………」

爽子は大きな眼を微睡(まどろ)むように半ば閉じて、無言だった。そこはかとない違和感があったからだ。

――どうかな……。なにか違う気がする……。

普通、ひったくりなどは別にして、被疑者は〝金を出せ〟などと脅してから犯行におよぶ事例が多い。なのにこの犯人は、いきなり電撃的に襲っている。

「凶器、見付かりました!」

爽子と伊原はマンションの正面、玄関前に立っていたのだが、背後からあがった声に振り返る。

犯行現場から三十メートルほど離れた場所で、鑑識課員が腕を掲げている。

「ここです!」

そちらへと急いだ爽子と伊原は、鑑識課員が指さした植え込みを覗き込む。

ツツジにめり込むようにして、鈍く光る金属バットがあった。血が付着しており、犯行に使用されたものにまず間違いない。

「……こいつか」

伊原が、写真係のフラッシュに照らされながら呟く。

それからは、防犯カメラの画像確認、周辺住民への聞き込み及び目撃者の確保……と爽子たちは一連の捜査活動を続けた。

「それで、ですね。犯行直後に現場付近から急に走り去った車両、これの目撃者（マルモク）がおりまして」

初動捜査が一段落し、爽子も含めて臨場した捜査員らが集まっていた。その輪の中で、機捜の隊員が手帳を手に報告した。

「その証言によると、車種にあってクラウン。色は黒。ナンバーの数字、これは一部の数が不明ではありますが、不完全番号照会をかけたところ、二十台がヒット。これは今夜中に、三機捜（うち）ができるだけ潰します」

「それと、被疑者についても証言（ゲン）がとれました」

もう一人の、相勤の機捜隊員も言った。

「黒ずくめの男が南側へ逃走するのを、近所の住民が目撃しています」

爽子はメモを取っていた執務手帳から顔を上げた。マル被は南へ……？

――でも、それだと……。

「南へだあ？」伊原も爽子と同じ疑問を感じたらしく、口を挟む。

「凶器が見付かったのとは、逆方向じゃねえか？　金属バットは現場の北の植え込みで見付かったんだからよ」

「そうなんですけど……。自分もそう思って、マル目に何度も方角を確認したんすけど、窓の下を通り過ぎたんで間違いない、とのことです」

まだ若い機捜隊員がちょっと、むっ、としたように答えるのを聞きながら、爽子の脳裏で雲のように曖昧だった思考が、纏まり始める。

脅せば最小限のリスクと時間で金を奪えたかもしれないのに、無言で襲いかかった犯人。

逃走したのとは逆方向の、しかも若干離れた場所から見付かった凶器。

この二つの事実が指し示すものとは――。

爽子の脳裏で閃光がひらめく。

「……そうか」爽子は呟いた。

「動機は怨恨(えんこん)なんだ」

その場にいた全員に聞こえたらしい。皆が一斉に、輪の中では、際だって小柄な爽子へ注目した。

「なに言い出すんだよ」

伊原が呆れたように言ったけれど、爽子は、いえ、と首を振る。

「マル被は無言でいきなりマル害を襲ってる……、大金を所持している当該マル害かどうか、確かめもせずに。それは、その必要がなかったからでは……？　つまり面識者(メングレ)。そして、凶器が逃走したのとは逆の方向、しかも現場から離れて落ちていたのは――」

爽子は、遠くを見透かすように細めた大きな眼を、鑑識の照明に光らせながら続けた。

「――激しい怒りで凶器を振り上げたために手から抜けて、犯人の後ろへ飛んでいったかではなくて」

現に被害者の杉下は通報時、何度も〝殺される〟と繰り返している。それだけ恐怖があったのだ。さらに受傷の状況もそれを裏付けている。

「そんなの、調べてみなきゃわかんねえだろうが」

伊原が指摘すると捜査員たちも小さく苦笑し、捜査の現場へとうっかり迷い込んでしまった、就職活動中の女子大生のようにみえる爽子から、目を逸らす。

「……まあ、その辺の調べは所轄さんにお任せしますよ」

機捜隊員が苦笑を残したままの顔で言って、手帳を閉じたのだった。

初動捜査を終え、それぞれがそれぞれの所属に引き上げる頃には、日付が変わっていた。

「あんた、現場のあれ……、本気で言ったのか」

多摩中央署へと帰庁する捜査車両の車内で、ステアリングを握る伊原が言った。

「ええ」爽子は助手席で短く答えた。

「俺は納得いかねえな」伊原は前を向いたまま鼻先で嗤った。

「凶器があんな所に落ちてたのは、主任殿のいうとおりかもしれんが……。だが、それにしたって単にマル被が初めての犯行で、しかもマル害が大騒ぎしたもんだから舞い上がっただけかもしれねえだろ。怒り狂ってた、とは限らねえんじゃねえか？」

「そうですね」

爽子は無味乾燥な返答をするに留めたが、内心は違っていた。

――多分、私は間違ってない。

「それにしても……あんた、仕事熱心だな」

伊原が口調を変えて言った。一つまみほどの労り(いたわ)があった。

「当直でもねえってのによ」

いえ、と爽子は口の中で応える。そして胸の中で続けた。

――私は、捜査員としての自信を取り戻したかった。ただ、それだけなのかもしれない……。

だから勤務解除後で、しかも庁舎上階の単身待機寮へとすでに帰りついていたにもかかわらず、事件発生を知ると、宿直の伊原とともに臨場したのだ。丁度、爽子は買い忘れていた日用品を、庁舎裏手のセブン・イレブンへ買いに出かけようとしていた。

そして翌朝。

伊原は、帰路では爽子に疑義を口にしたものの、被害者聴取のために署へ呼び出した杉下を、取調室で厳しく問い質した。

「あんた相当、ひとから恨みを買ってんな」

「そんな……！」

頭を半ば包帯に包まれた金融業者は、その下の痩せた狐面をしかめて反駁した。

「刑事さん、そりゃ、こういう商売ですからね、恨みを買わないわけじゃありませんよ？　でも、それはみんな逆恨みで――」

「いいから、その最新のやつを教えてくれませんかね」

およそ物事を都合よく解釈するのが信条らしい杉下が伊原に促され、先月解雇した元従業員を思い出すのに、やや時間を必要とした。

「いや、そいつはね、刑事さん」杉下が愚痴(ぐち)るように言った。

「仕事は半端なうえに、ちょいちょい遅刻やら無断欠勤までするわ、でしてね。……それでクビにしたってわけです」

元従業員の氏名は立花真二郎(たちばなしんじろう)、二十四歳。犯歴はなし。

伊原は最初こそ爽子の考えに半信半疑だったが、犯人性の強く疑われる人物が具体的に浮かぶに及んで、俄然(がぜん)、眼の色を変えた。

立花が、貰えなかった退職金の代わりに金を強奪した可能性がある。宿直の引き継ぎを終えると、伊原は早速、部下の三森を連れ、高田馬場にある立花のアパートへと向かったのだったが——。

「……いない？」

爽子は刑事部屋の席で、受話器を耳に当てたまま眉を寄せた。

「ああ、アパートにいる気配なし。バイトの稼働先である居酒屋にも、昨日の晩から姿を現してねえらしい。ゲロったも同然だが、飛んだのかもしれねえな」

一足遅かったか。……爽子が息をついて受話器を置くと、支倉由衣が紙片を手に声をかけてきた。

「主任？　これ、機捜さんからです」

目の前に差し出されたのは、昨夜、現場から急発進するのが目撃された、黒いクラウンの使用者リストだった。そこには二十数台のナンバーと所有者が記されていて、昨夜のうちに機捜は数台の捜査を済ませている。そして残った所有者のなかに、立花真二郎の名前はない。

——とすれば、まだ機捜が潰していない車両の所有者のなかに、共犯者がいるはず……。爽子は支倉に覗き込まれながら、ボールペンの先で所有者をひとつひとつなぞって行く。

そして——。

「……これだ」爽子は呟いてペン先を止めた。

黒いクラウンの所有者はほとんどが個人だったが、ひとつだけ会社名があった。〈大聖ローン〉……違法すれすれの営業をしている街金に相応しい名称だった。

「支倉さん、すぐ伊原さんにこの〈大聖ローン〉の所番地を連絡して。私たちも行きましょう」

爽子が席から立ちながら告げると、支倉が慌てて言った。

「あ、あの、主任？　どういうことですか？　それに行くってどこへ」

「立花の共犯は多分、この金融会社の関係者だから。応援がいるでしょ？」

「でも……、被害者と同業ってだけでは……」

支倉が訳も解らず聞き返すと、爽子は、自分より頭ひとつ背の高い年下の同僚を見あげた。

「街金業者が被害者の事案で、現場近くから走り去った車両がたまたま同業者だった——っていうのは、偶然？」

それに、と爽子は続けた。

「……立花には、都内で会食した杉下がいつ帰宅するのかは判らなかったはずでしょ？

それに、もし待ち伏せてたんならその姿を付近住人に目撃されて、地取りで証言が拾えそうなものだけど……。でも、立花は犯行後のほかは目撃されることなく現金強奪に成功した。――まるで杉下の帰宅時刻をあらかじめ知ってたみたいに」

「ということは――それじゃ、〈大聖ローン〉の関係者は共犯ってだけじゃなくて、……杉下とも〝又鑑〟かなにかってことですか？　それで杉下の昨夜の予定を知って、立花に教えた、と」

文倉はちょっと眼を見張って言った。又鑑とは、間接的な人間関係をいう。

「私はそう思う」爽子は微笑んでうなずいて見せた。

「もちろん、私の勘違いって可能性はあるけど。――さ、行きましょ」

爽子は口に出してはそう告げたのだが、心の中では確信している。文倉のほうは完全に納得したわけではない様子だったが、まあ、いずれは捜査するんだし……という表情で、爽子に続いた。

爽子と文倉は、捜査車両が出払っていたため、爽子の私有車のアルト・ワークスで都内へ向かう途中、新宿の〈大聖ローン〉へ転進した伊原たちから携帯電話へ連絡が入った。

〈大聖ローン〉は古ぼけた雑居ビルの狭い一室にあり、経営者を含め従業員は三人。そして経営者によれば、杉下とは古い付き合いであり頻繁に行き来する仲らしい。

「――で、つい数日前にも電話で、杉下とは互いの景気や近況を話したらしいんだが、そんときに、昨日の晩飯に誘われたらしいんだな。先約があって顔は出せなかったそうだが。そいで、肝心の被疑車両だがよ」

現場で目撃されたのと同じ黒いクラウンは、経営者の出退勤時に送り迎えをするため、運転手を兼ねる従業員が自宅まで乗って帰るのだという。

運転手役の従業員は前川忠志（まえかわただし）。二十五歳。

「俺たちが話す間も、野郎、ちらちら横目でこっちを気にしてやがったな」

杉下らの会食の予定を漏れ聞いていた可能性が高く、なにより夜間、現場から逃走したのと同じ車種の車両を自由に乗り回せる立場の人間。――これで疑わなければ何を疑うのか、というところだった。

当然、伊原たちは何食わぬ顔をして〈大聖ローン〉を辞して、その足で近くの交番に行き、警察電話で前川忠志を総合照会したところ、現住所が判明。伊原たちは〈大聖ローン〉を張り、そのまま前川の行動確認（こうかく）を開始した。

そして、爽子と支倉も、教えられた前川の自宅である西池袋のアパートへ向かい、張り込んだのだった。

それから、都心の暑さに蒸されながら待つこと十時間。前川が黒いクラウンでアパートへ帰宅するや、それを尾行していた伊原と三森と合流し、爽子たち四人はアパートのドアを叩いた。

昼間、捜査員が聞き込みにやってきたことで、自分が疑われているのを察してはいたのだろう。ドアを開いた前川忠志は玄関先で問い詰められると、あっさり犯行を認めた。そして——。

踏み込んだアパート内で息を潜めていた主犯の立花真二郎を発見、緊急逮捕したのだった。奪われた現金も、ほぼ全額を回収できた。

爽子の推測は的中し、事案はスピード解決となった。

「あんた、占い師かなにかか」

被疑者二名を引致して多摩中央署へ帰庁し、逮捕手続きにともなうあれこれを済ませ、ようやく人心地がついた爽子に、伊原が缶コーヒーを押しつけるように差し出しながら言った。

「いえ。——たまたま、うまく繋がっただけです」

爽子は、コーヒーを受け取りながらそう答えたのだが、胸の内では口に出したのとは別の、安堵の混じった思いを呟いていた。

捜査の勘は鈍ってない、と。

私はもう大丈夫、……大丈夫なんだ。爽子は自分自身にそう言い聞かせた。

——あのときは、そう思えたんだけど。

爽子は多摩中央署の取調室で、ふっ、と息をついた。そして、自然とうつむいて不動文字——定型の書式の他は白いままの弁解録取書へと眼を落とした爽子の顔を、サンタクロース男は肩をすぼめるようにして覗き込むと、言った。

「お嬢さん。あなたもこの一年、大変だったんですな」

その声は優しく温かく、聞かれたことにだけ答えなさい、と一喝すべく顔を上げた爽子を見返す眼にも、慈愛があった。

「ええ、まあ……人並みには」

だから爽子は、飛び出しかけた叱咤を飲みこんだだけでなく、老人が唐突に自らの胸の内を読んだかのような言葉にも、不思議と違和感も持たずにそう答えていた。

どこか、調子が狂いはじめていたのかもしれない。普段なら、支倉にいわせれば〝見られただけで緊張する〟という大きな瞳に力を込めて睨みつけ、冷たく鋭く、何の妥協も許さない声で切り返し、畳みかけるはずだったのだが——この時に爽子の口から、そっと押し出されたのは、自分自身でも思いがけない一言だった。

「……一息、いれましょうか」

爽子はそう告げてから、自分がほんとうにそういうつもりになっているのに驚いたものの、机の上に何も残していないのを確かめると、椅子から立った。

通常、被疑者が喉の渇きを訴えてもよほどのことがない限り、あるいは、まとまった供述をするまでは、爽子はなにも飲ませない。熟練した調べ官は、途中で何かを飲ませるとマル被は供述まで呑んでしまうといい、爽子もまた、それを経験から知っていたからだ。

そして、卒配――警察学校卒業後の配属先である碑文谷署の留置管理係で、最初に叩き込まれたのは、〝身柄がどんなに大人しく見えようと決して隙をみせるな〟だったのだが、――爽子はサンタクロース男を残してひとり取調室を出て、がらんとした夜更けの刑事部屋の片隅にある、お茶くみ場へと向かった。

そこで、食器棚から安っぽい簡素なプラスチック製のコップをとり、ぬるい湯を注いでインスタントコーヒーを淹れた。カップが軽くて割れないプラスチック製で、コーヒーが生温かい程度の温度なのは、手渡された被疑者が凶器として使えなくするための用心だ。取調室を出る際に、机へ筆記具を放置していないかを確認したのと同様、捜査員の常識だった。

常識、か。爽子は、スプーンでかしゃかしゃと音を立ててコーヒーを掻き回しながら、微苦笑する。

――世の中には刑事一個人を陥れようとする奴は、いる。……警察の内側にさえも。

それは充分、わかってたはずなのに……。

強盗事件の被疑者を共犯者も含め速攻で逮捕し、捜査員として、ささやかな自信をとりもどした爽子に、ある人物から連絡があった。

それは炎熱の夏が過ぎ、そろそろ乾いた風の冷たさが身に染み始める、秋の終わりだった。

連絡してきたのは三枝由里香。――まだ捜査一課に所属していた爽子が、かつて重要な証言者として対峙した女子大生。

再会した由里香は、驚いたことに学生のまま弁護士になっていた。そして、国選弁護人としてついた中国人留学生の痴漢事件には誤認逮捕の疑いがあり、警察部内の情報を提供してほしい、と持ち掛けてきた。爽子は当然、警察官としての倫理から拒否したのだったが――。

私は、どうしてこうなんだろう……。

爽子はカップを手に刑事部屋を出て、暗い廊下を取調室へと戻りながら――由里香に、いわば踊らされた一件のことを思う。

私は十歳のあの日から、ずっとひとを信じられなかった。それなのに――。

もっとも油断してはならない相手の仕掛けた罠の網へ、頭から塡る羽目になった。

私がそんな馬鹿をしでかしたのは、私が優しいからだ、と藤島は言ってくれたけれど
……。けれどそれで足をすくわれたのでは、どうしようもない。優しさと愚かさはいつも
紙一重ではある。

詰まるところ、私は中途半端だということだ。

捜査員として。爽子はそう結論づけて、取調室のドアの前で立ち止まり、ふうっと息をついたものの、顔を上げたときには、いつもの透明な表情を取り戻していた。被疑者と対峙するとき調べ官は法の権化であり、いかにも完全無欠です、という鉄面皮でいなければならない。被疑者に弱味を見せてはいけないのだ。

爽子は〝使用中〟のランプが赤く灯る取調室のドアを開けた。


「……で、サンタクロースさん?」

爽子は取調室の椅子で、コーヒーを口に含んでから言った。

「どうして、あの家に忍び込もうと思ったんですか」

氏名は後回しにして、とりあえず動機から聞きだそうと爽子は思ったのだった。

老人が赤い帽子の下の顔を上げた。カップをさも大事そうに両手で包んでいる。……爽子から手渡されたときも、心から嬉しそうな笑顔で、どうもありがとう、お嬢さん、と礼を言った。

その様子に、いい歳でしょうにまったく……と爽子は呆れないでもなかったが、このマル被は本当に無邪気なのかもしれない、とも思う。もっとも、だからこそ認知の歪みが深刻といえるのかもしれないが。

「あの家には小さな女の子がおりましてな」サンタクロース男は言った。

「可哀想にその子は学校でいじめられていて、私が近くを通ったとき、とても寂しい思いが伝わってきたのですよ。それで、ぜひプレゼントを届けたいと」

サンタクロース男は、菫色の眼を柔和に細めた。

「吉村さん、でしたかな？　お嬢さんにも、プレゼントをさしあげたいですな」

「どうもありがとう。でもね、サンタさん」

嘘をつくな。なにも所持していなかったくせに。——爽子はそう思いながら捜査員の眼差しで見返し、口許だけで笑って見せた。

「私が欲しいのはプレゼントじゃありません。聞かせて欲しいのは、あなたの名前や、本当の動機です」

——あなたがほんとにサンタクロースで、望むものを贈ってくれるというのなら……。

爽子は表情を変えずに、心の中で付け加えた。

——私がこれからも刑事としてやっていける、その自信を贈って欲しい……。

由里香との一件で、爽子は思い知らされた。

——優しいんじゃなくて、馬鹿なだけだ……私が。由里香の嘘、真の意図を見抜けなかった、この私が。

捜査員は、疑うのを仕事にしているわけではない。けれど、やはり人間が自分を守るために嘘を吐き、錯覚を起こす生き物である以上、事案解明のためには適切な猜疑心をもって物事を受け止め、捜査に当たらなくてはならない。そうすることで、どれだけ市民に疎まれても。……もっとも、ひとの言い分を何でも信じて鵜呑みにする警察官など、たとえいたとしても、市民は信頼などしないだろう。そんな警察官に、事案解決ができるとは思えないから。

警察官、とりわけ捜査員に必要なのは、事実と向き合い、その中から真実を峻別する力だ、と特別心理捜査官でもある爽子は思う。

だが、それだけではない。もっと根源的なものも必要だ。

——それは……強さだ。

年も押し迫りつつある取調室で、サンタクロースの衣装を着込み、大人しい熊のように背を丸めた大男の前に、机を挟んで、ちょこんと座る爽子は思った。

――私には身体的強さもない……。

それを思い知らされたのは半月前の現場で、だった。

「どうかされたんですか」

「……え？」

爽子は後部座席の高井に聞かれて、助手席から右の頬だけを後ろへ向けた。

「いえ、別に」

そう答えて、爽子はまだ歩行者や車もまばらな道路へと眼を戻したものの、すこし自信が揺らいでいる内心を見透かされたような気がして、少し落ち着かなくなる。

高井は一般企業からの転職組で、その如才のなさで強行犯係内の緩衝材役でもある。

その分、同僚の変化には敏感なところがあった。

この日の早朝、爽子たちは二台の捜査車両に分乗し、稲城市内天神のアパートへ被疑者逮捕へと向かっている。

被疑者は米田克之といい、容疑は知人と市内の居酒屋での飲酒中、口論となって殴り、全治二週間の怪我を負わせたというものだった。

まだ空いている道路を走って到着した米田のアパートは、古いモルタル造りで、住宅に囲まれて建っていた。

捜査車両を路上に停め、降り立った爽子たちは伊原を先頭に、冬の朝の硬い空気へ靴音を小さく響かせてアパートの階段をあがった。外廊下を米田の部屋の前までやってくると、手はずどおり、まず支倉がドアの内側へ声をかけた。

「米田さん？　おはようございます？　米田さん？」

「……ああ？　誰だよ、朝っぱらからよお」

室内の物音へ耳を澄ます内にドアが開き、短髪の男が顔を覗かせる。出勤前の作業着姿だった。内偵で出勤時間は把握していた。

「多摩中央警察です」

伊原が支倉を押しのけるように一歩踏み出して、片足をドアにかけて言った。

「米田さん？　米田克之さんで間違いないな？」

「……だったらなんだよ」

米田は強張った表情で提示された警察手帳を見て、それから、採掘場に転がる岩のような伊原の顔へ眼を移した。

「心当たりがあるでしょうが、どうして警察が来たのか」

まず本人に容疑事実を確認するのは被疑者の出鼻を挫き、かつ事後の捜査を円滑に進めるためでもある。一度認めれば、被疑者も観念するからだ。

爽子はこういう時の伊原には、いつも感心する。相手にどう押し返されようが、微動だにしない岩のような迫力があるからだ。

「は？　ねえよ、そんなもん」米田は言った。

「そうか。まあ、いいけどな。だが、逮捕状は出てる。――部屋にいれてもらうぞ」

不満げな米田に告げ、爽子たちは六畳一間の部屋に入り、ドアを閉めた。

伊原はまず、寝乱れたままの布団と衣類、弁当やインスタント食品のトレイが散らばる床へ米田を座らせると、自分も座ったうえで令状を示し、通常逮捕する旨を告げた。

それを米田はふてぶてしい態度で聞いていた。そこまでは問題なかった。しかし、捜索差押許可状を示した途端――。

「あ、てめえ！」伊原が声を上げた。

――！　白手袋をつけながら室内を見回していた爽子が、はっ、としてそちらを見ると、床から跳ねるように立った米田が、奥のガラス戸へ突進して行くところだった。

近年、逮捕時の身柄拘束に慎重になっている。そこを突かれたのだ。

しまった！　爽子がそう思う間もなく、開け放ったガラス戸から飛び出した米田の、やや大柄な身体が狭いテラスでもう一度跳び上がり、宙で躍って、そのまま手摺りの向こうへと消えた。

「あ！　くそ、待て！」

「おい、逃げるな！」

伊原と三森が開いたままのガラス戸へ駆け寄るなか――、爽子は咄嗟に身を翻すと、靴下のまま玄関を飛びだす。

急げ、急げ、急げ……！　爽子は外廊下を走り抜け、急を報せる半鐘（はんしょう）が乱打されるような音を立てながら、階段を駆け下りる。

逃がすものかと唇を噛んだ爽子が、狭い敷地をアパートに沿って回ったところで――。

同じように建物の陰から不意に姿を現した米田と、鉢合わせした。

「待ちなさい！」

「うるせえ、どけよ！」

爽子は、みえない壁へぶち当たったように一瞬、動きをとめた米田へ怒鳴った。

けれど米田が怯（ひる）んだのはその瞬間だけで、その大柄な身体で突っ込んできた。爽子は咄嗟にタックルで止める要領で身を屈め、全身でぶつかってきた被疑者の腰へ、突き飛ばされそうになりながらしがみつく。

「はなせ、はなせよ、こら！」

爽子も必死なら、この傷害事件の被疑者はもっと必死だった。けれど体格の差は歴然で、爽子が小型犬のヨークシャーテリアなら、米田は大型のセントバーナードくらいの違いがあった。米田はそのまま爽子を引きずりながら、ベルトのように腰へ回った爽子の腕を、もぎ離そうとした。

「はなせよ！　てめえ、はなせって！」

「……待て！　大人しくしろ……！」

放すものか、と爽子は呻いたものの、抗いきれなかった。腕を外され、さらに膝で力一杯、腹を蹴り上げられた。

爽子の小さな身体が宙に浮いて、爪先が地面から離れた。それから全く無防備に、顔面から路面へ叩きつけられる。しかし――

「――逃げるなあ！」

爽子は腹の、内臓が潰れたような重々しい痛みに路面でうつ伏せ、それでも、痺れて感覚のなくなった擦り傷だらけの顔を上げると、米田の足首を摑んだ。

「しつっけえんだよ、てめえ！」

米田は喚いて、自由な足で倒れた爽子の肩や背中を滅多矢鱈と蹴りつける。素足とはいえ、衝撃を受けるたびに爽子は息が詰まった。

「はなせっつってんだろ！」

爽子は、悪鬼の形相の被疑者から、傷だらけになった顔を蹴りつけられた瞬間、目の前に白光が閃いたような気がした。そして、――針で鼻の奥から頭の芯まで突き通されたような激痛に半ば失神して、倒れ伏した。

地面に額を押しつけたまま動けなくなった爽子の掌から、米田のズボンの裾が擦り抜けてゆく。

「馬鹿野郎、なにしてる！」

「まて、米田！」

爽子は捨て置かれた人形のように路上へ倒れたまま、――ようやく駆け付けた伊原たちの罵声と、すぐ脇を走り去る靴音を聞いた。

ひ、被疑者は……？　爽子が身体中で悲鳴を上げる激痛を堪えて唇を噛み、匍匐前進でもするように頭をもたげると、――五十メートルほど離れたところで、伊原たち四人が、路上に駐車した一台の自動車を取り囲んでいるのが見えた。米田は自分の車に乗り込んだのだ。

そしてそのまま、米田は警棒を振りかざして囲んだ伊原たちに構わず、タイヤを鳴らして自動車を急発進させた。米田のセダンは、走って追いすがる伊原たちを置き去りにして、すぐに住宅街の塀の角に消え、見えなくなってしまう。

逃げられる……！　そう思った瞬間、身体の痛みはほんの束の間、どこかへ消えた。爽子は路上から華奢な身を引き剝がすように起こすと、ふらつきながら駆けだした。

爽子たち多摩中央署強行犯係は、被疑者逃走を報告すると、すぐさま米田の車両の追跡に移った。

「緊急車両が通ります！　道を空けてください！」

爽子は、捜査車両の助手席で警光灯のスイッチを踏みしめながら、口許のマイクに叫んだ。

絶対にこの手で捕まえてやる！　爽子は額や頰の、擦り傷から赤い筋をひいた血をそのままにして前を見据え、それだけを念じたのだったけれど――。

米田克之は二時間後に身柄を確保された。ただし、確保したのは爽子たち多摩中央署強行犯係ではなく、――神奈川県警だった。米田は県境を越えたところを、警戒中の県警に確保されたのだった。爽子たちの追跡は実を結ばなかった。それだけでなく緊急配備を敷いた警視庁としても面目を損なう結果となった。

「おえんじゃろ……！」

被疑者確保の一報を検索中に受けた爽子が、握り続けたマイクを叩きつけるようにダッシュボードへ戻すと、運転していた高井が驚いて顔を向けた。

私があの時、マル被を取り押さえておけば。いえ、それが無理でも、せめて足止めできていれば……。

——私はどうして、こんなに弱いんだろう……？

爽子は刑事部屋の自分の席で、絆創膏だらけになった顔でひとり、始末書を作成しながら忸怩たる思いを噛みしめ続けたものだった。

……とにかく、散々な一年だった、と爽子は取調室で思う。

そしてその極めつきが、いま目の前に机を挟んで座っている。

「で、サンタさん」爽子は言った。

「名前は思い出しましたか」

「ですから、サンタクロースなんですよ」

老人は白髭の上でまた菫色の眼を細めて、申し訳なさそうに繰り返した。

爽子は溜め息をついた。……これは指紋で照会をかけてみるしかないかな、と思ったところで、——背後のドアの外から、なにか騒がしい音がするのに気付いた。

「ん……？」爽子は眉を寄せてちらりと振り返る。

なんだろう、こんな夜中に。爽子は立ちあがってドアを開け、暗くて短い廊下を覗いてみた。

刑事部屋の戸口から灯りが漏れていて、どうやら物音もそこから響いてくるようだった。

「ちょっと待っててください」

爽子はサンタクロース男に言い置いて、取調室を出た。

「――なにをしてるんですか」

爽子は様子を見に来た刑事部屋の入り口で眼を見張ったまま、言った。

先ほどコーヒーを淹れに戻った際には、人気はなかった。一部を除いては明かりは落とされ、薄暗かった。

なのにいまは、煌々と明かりが灯っている。そして、さらに驚かされたのは――。

いつのまにか刑事部屋に、強行犯係をはじめ刑組課の同僚たちが戻ってきているところだった。それだけでなく動き回り、なにやら気ぜわしそうに作業をしている。

なにか大規模な事案が発生したの……？　爽子は最初そう思った。

けれどどこか、雰囲気が違う。みな笑顔で楽しそうだ。

まるで、パーティーの準備でもしているようだった。

「あ、主任！」

文倉が踏み台にした椅子の上から、壁をきらきらと光るテープで飾り付けながら声をかけてきた。

「お疲れさまです！」

「――なにしてるの？」

爽子はもう一度、聞くしかなかった。実際、頭の中が漂白されたようで、他に言葉が思い浮かばない。

「え、やだなあ。なにってそりゃ」

「馬鹿野郎、明日はクリスマスだろうが」

伊原の声がして、そちらを見ると、伊原が三森に手伝わせて、やはり文倉と同じように飾り付けをしている。

「それは……知ってますけど」爽子は呟くように答えた。

けれど、だからといって夜中の警察署の、それも刑事部屋で……？

「なんといっても、一年に一度ですからね」

ますます混乱する爽子へ答えるように、突然、高井の声がした。爽子が驚いて振り返ると、高井はプラスチック製の星やら万国旗の端がはみ出した箱を抱えていて、その側には、佐々木も立っていた。

佐々木は、普段全く表情を変えない顔の上に、奇妙なパーティー用の帽子まで被っている。愛嬌を感じる前に、不気味さのほうが先立つ。

「そういうことです」佐々木が言った。

「はあ……」

そういうこと、といわれても、どういうことなのか、爽子にはさっぱりわからなかったのだが、大きな瞳を瞬かせて、とりあえずそう答えるしかない。

――どうなってるの？

「吉村くん」

「えっ、……あ、係長」

思考の混乱に歯止めが掛からない爽子は跳び上がらんばかりに驚いたのだが、高井たちと同じく、いつの間にか傍らに堀田が立っている。

「あ、あの……。これはどういう……？」

「みんなの言ったとおりだよ」堀田は微笑んだ。

「君もこの一年、大変だったね。なに、これからはきっといいことがある。だから、気を落とすな」

「……はい。ありがとうございます」

爽子は状況を呑み込めたわけではなかったものの、それとは別に、堀田の言葉に込められた優しさには、口の端に微笑を浮かべて応えることができた。

ほんとうに、係長のいうとおりならいいけれど……。

爽子は胸の内でため息を一つついたものの、堀田には微笑みをむけて告げた。

「それでは……取り調べの途中なので、私は戻ります」

「ああ、お疲れさん」

「主任！　パーティーには必ず顔を出してくださいね！　今年もお花見に行けなかったんですから、その代わりですよ！」

「ええ……、必ず」

爽子は支倉にも微笑んだまま小さくうなずいた。

なにか陽気な騒がしさに満ちた刑事部屋から、取調室へ戻った。

そしてそこに、サンタクロース男の姿はなかった。

「嘘、……でしょ」

取調室の中をひとめ見ただけで、爽子は立ちすくんでいた。

狭い六畳ほどの室内には、スチール製の机と椅子、そして所在なくカップがふたつあるきりだった。

サンタクロース男の大柄な姿は、影も形もない。

「まさか……そんな……」

爽子は円らな眼をさらに丸くし、室内を見回す。戸口から左右を確認したが、廊下側の壁に隠れているわけでもない。

消えた……？　爽子は恐慌を来したのかもしれない。その証拠に、あの大男が隠れようもない机の下はもちろん、補助官の机の下まで屈み込んで確かめたほどだった。

いない……！　サンタクロース男は忽然といなくなっていた。

しかし、どうやって？　取調室から庁舎外へでるには、留置場から直通の階段と、あとは刑事部屋の側を通り抜けるしかない。あんな大柄な男が通り過ぎるのに気付かないはずはない。しかも、あんなに目立つサンタクロースの衣装まで着ているというのに。

ということはまだ、ここ三階にいる。爽子は念のために、他の取調室も捜したのだが――。

しかし、いないのだ。

――被疑者事故……？

爽子は血の気の引く思いで駆けだしながら、私、どうかしてた……！　と悔恨に唇を噛んだ。油断して被疑者の逃走を許してしまうという失態から、いくらも経っていないというのに……！

しかしそんなのは後だ。すぐに報告して、全署を挙げてサンタクロース男を追わなくてはならない。幸い、といってはおかしいが、みんなは刑事部屋にいるはずだ。

だが――。

「――えっ？」

爽子は刑事部屋の入り口で、取調室のときと同様に立ちすくむ。

刑事部屋には、誰もいなかった。……部屋の隅に暗がりを溜めたまま机が並んでいるだけで、ひっそりと静まっている。いつもの殺風景さだった。

もちろん支倉や堀田たち、同僚の姿もない。それどころか、先ほどまで大勢がいた気配さえ漂ってもいない。

「……ど、どうなってるの？」

爽子は呆然としたまま、今夜、何度目かになる呟きを漏らした。

「よ、どうした？」

爽子は、声をかけてきた盗犯係の玄田(げんだ)主任へ振り向いた。署の中庭にある喫煙場所から戻ってきたらしい。

「あ、あの！　い、いまサンタクロースの格好をした大男を見ませんでしたか？」

「いや、見てないが……どうした？」

同じく宿直である玄田は、爽子の泡を食った表情に驚きながら答えた。

「いえ、それが……住侵のマル被なんですけど……、取り調べ中に……！」

「うん？　吉村さんよ、あんた、そりゃ今夜の話か？　そんな奴を引っ張ってきたとは、聞いてねえが」

「いえ、確かに地域のＰＣが引致して……。失礼します！」

――宿直員が知らない？　そんなはずない！

爽子は刑事部屋のある三階から一階へ、階段を飛ぶようにして下りると、無線室(リモコン)へと走り込んだ。

「ど、どうした？」

突然の闖入者(ちんにゅうしゃ)に驚く無線係には構わず、爽子はその手から引ったくるように奪った無線のマイクへ言った。

「多摩中央ＰＳから多摩中央一へ――応答してください！」

『こちら多摩中央二』

サンタクロース男を確保し、署へ引致してきたパトカー乗務員が返答する。

「確認したいんですけど……！　一時間前、そちらが本署へ引致したサンタクロースの格好をした男性一名、これを――」

『多摩中央一から、多摩中央ＰＳ。……サンタクロース、ですか？』

「ええ、そうです」

パトカーからの無線は、しばし沈黙して答えた。

『多摩中央一にあっては、該当する事案の扱いはありませんが。どうぞ』

「え？　でも、確かに……！」

『管内、人出はありますが平穏です。……以上、多摩中央一』

無線は終わった。

「……そんな」

爽子はマイクを下ろすと、怪訝そうな係員に見送られながら、無線室を出る。

同じ宿直員が知らないといい、それればかりか逮捕し身柄を確保した、当のＰＣ乗務員まで扱っていない、という。

どうなってるの？　いっそ、立川にある多摩センターの通信指令へ確認しようかとさえ思った。一一〇番通報の内容は受理簿へ記録されているのだから。

でも、みんな知らないと口を揃えてる……。爽子は念のため、庁舎内を捜してみたものの、やはりサンタクロース男はいないと確認できただけだった。

なんなの、一体……？　爽子は頭の中身を混乱というスプーンで掻き回されるように感じながら、とぼとぼと刑事部屋へと戻る。

すると、急に一日の疲れが鉛のような肩や背中にのし掛かってきて、爽子は事務椅子を引き出して、自分の席にすとんと座った。

そして、大きく息をついて、ふと机の上を見た途端――。

小さな箱があるのが目に止まった。

手の平にのるくらいの大きさで、純白の包装紙に包まれ、綺麗な赤いリボンが十字に結ばれていた。

――こんなの、さっき来たときには、なかったけど……？

爽子は形の良い眉をひそませて、それを持ち上げてみる。軽い。耳を近づけて揺すってみたが、音はしない。

と――、爽子は箱の下に、小さなカードが隠れていたのに気付く。

二つ折りの、色鮮やかなクリスマスカードだった。

とりあえず箱はおいておき、爽子はカードを開いてみる。

Ｍｅｒｒｙ　Ｃｈｒｉｓｔｍａｓ．Ｓａｗａｋｏ！　と美しい筆記体で記されていた。

爽子は箱を目の前に置き、指先でリボンを慎重に引っ張ってほどき始めた。……と、耳がどこからかの、微かな物音を捉えた気がして、顔を上げる。

「……ん？」

それは、しゃんしゃん……、とたくさんの鈴が鳴っているような音だった。それも遠ざかってゆくように小さくなり、やがて――聞こえなくなる。

気を取り直して赤いリボンをほどき、白い包装紙の下からあらわれた箱を、爽子はゆっくりと開けた。

その瞬間、箱の中から白い光が天井へ向けて、迸（ほとばし）るように吹きあがった。

天使の羽のように白く、烈（はげ）しいけれど、同時にふんわりとした優しい光。

爽子は眩しさに、眼を閉じた――

……瞼を開けると、いつの間にか光の洪水は終わっていた。かわりに、小さな線香花火のような光が薄闇の中で、ぽつん、と目の前に浮いていた。

そのちいさな光は、迷った蛍が飛んでゆくように、そのままふわりと天井へと消えるかにみえたが、すうっと光跡を引いて、見あげた爽子に向かってきた。

そして爽子のワイシャツの胸へ吸い込まれて……消えた。

——あたたかい。

爽子は眼を閉じてうつむき、胸元に手を当てて思う。まるで楽しい記憶のように、それは爽子を内側から温める。

これは、きっと——。

「——希望……？」

爽子が呟きながら顔を上げると、おとがいが、柔らかい何かに触れたのがわかった。

刑事部屋の片隅の、ソファだった。

座り込んだまま、眠ってしまったらしい。おとがいが触れたのは毛布だった。誰かが被せてくれたらしい。

まだぼんやりしたまま目をやると、目の前のテーブルには、未開封のパンや缶コーヒーが、なぜか供え物のように並んでいる。

——私、眠ってた……？

「あ、主任！　おはようございます」

支倉が爽子の様子に気付いて声をかけてきた。

「あ……、私、寝ちゃってたみたい」

爽子が毛布を除けながら急いで立ちあがりかけると、支倉が笑顔で言った。

「あ、そんなに慌てなくていいですよ。伊原長が、もうすこし寝させといてやれって。毛布も伊原長ですから」

「おい、いらねえこと言うな！」

伊原が声を上げる中、爽子は毛布を畳みながら立ちあがった。

「どうも。……すみません」

——やっぱり、夢か……。

まだはっきりしない眼を瞬かせて見渡した刑事部屋は、いつもの朝の光景と変わらない。いつもどおり、事案に追われ、被疑者を追う一日が、また始まろうとしている。

そうは思ったけれど、いまの爽子の眼には、同じなのに違って見える。

「あ、それから……あのパンやコーヒーは皆さんから。あのう、主任？」

自分の席へついた爽子に、支倉が隣からこっそり聞いた。

「起きる直前、なんか言ってませんでした？」

「え？」

「なんて言ったんです？」

「ええと、それは――」

　爽子は、身を乗り出してきた支倉に、どう答えたものかと口ごもる。まさか、サンタさんを取り調べて、プレゼントをもらう夢を見た、といえるはずもない。

「……メリークリスマス」爽子は答えて微笑んだ。

　サンタさん、か。

　爽子は微笑したまま思った。サンタクロースを取り調べた刑事など、そうはいないだろうな、と――。

本作品は「読楽」二〇一九年四月号～一一月号に連載されたものを改稿した徳間文庫オリジナルです。なお本作品はフィクションであり実在の個人・団体などとは一切関係ありません。

徳間文庫

警視庁心理捜査官（けいしちょうしんりそうさかん）

純粋なる殺人

2020年4月15日 初刷

著者 黒崎視音（くろさきみお）

発行者 小宮英行

発行所 東京都品川区上大崎三―一―一 目黒セントラルスクエア 〒141―8202
株式会社徳間書店

電話 編集〇三(五四〇三)四三四九 販売〇四九(二九三)五五二一

振替 〇〇一四〇―〇―四四三九二

印刷 製本 大日本印刷株式会社

ISBN978-4-19-894550-3 (乱丁、落丁本はお取りかえいたします)

徳間文庫の好評既刊

黒崎視音

警視庁心理捜査官
公安捜査官　柳原明日香
女狐

書下し

　公安部第一課の柳原明日香は冷徹な仕事ぶりから女狐と畏れられていた。しかし居並ぶ幹部の前で一本のテープを聴かされる。自身の情事のあられもない喘ぎ声。降格され屈辱にまみれた明日香は、自分を貶めた者たちに復讐する。

黒崎視音

警視庁心理捜査官
捜査一課係長　柳原明日香

書下し

　斬りおとされた首は膝の上に乗っていた。警察手帳を咥えさせられて──。公園で発見された警察官の惨殺死体。捜査主任は捜査一課柳原明日香。犠牲者が身内ということもあり上層部からのプレッシャーは凄まじい。明日香は心理捜査官吉村爽子を招集する。